dtv
premium

Susanna Mewe

Als Clara Dorn ein *bisschen heilig* wurde

Roman

dtv

Für meine Mutter

MIX
Papier aus verantwortungsvollen Quellen
FSC® C083411
FSC
www.fsc.org

Originalausgabe 2017

Umschlaggestaltung: FAVORITBUERO, München
Satz: Fotosatz Amann, Memmingen
Gesetzt aus der DTL Documenta
Druck und Bindung: CPI – Ebner & Spiegel, Ulm
Gedruckt auf säurefreiem, chlorfrei gebleichtem Papier
Printed in Germany · ISBN 978-3-423-26125-8

1. Ein großer Verlust

Clara Dorns Blick glitt über die stumme, würdevolle Menge, die sich zwischen den verwitterten Grabsteinen versammelt hatte. Sie sah kunstvoll gewundene Hochsteckfrisuren, Familienwappen, Designerkostüme und dezente Blumengebinde, jede Menge Hüte und Schleier und natürlich die leuchtend weißen Handschuhe der Sargträger. In ästhetischer Hinsicht waren die Beerdigungen des Hochadels nicht zu schlagen, das musste man zugeben. Sogar der stetig vor sich hin tröpfelnde Regen hatte etwas Stimmungsvolles. Die Trauergäste standen gefasst vor dem frisch aufgeschütteten Erdwall, das klaffende Rechteck zu ihren Füßen, während die Träger langsam den Sarg hinabließen. Jede ihrer Bewegungen schien einem genau festgelegten Protokoll zu folgen. Im Moment allerdings bewegte sich gar nichts. Die vier Männer standen bloß da, die Enden der straff gespannten Hanfseile in den Händen, mit ausdruckslosen Gesichtern, und rührten sich nicht. Falls sich der Sarg auf seinen Bestimmungsort zubewegte, dann höchstens millimeterweise.

Clara verrenkte sich den Hals, um über die schwarze Mauer steifer Herrenrücken zu spähen, die ihr die Sicht versperrten. »Runter damit«, flüsterte sie ihrer Freundin zu. »Ich krieg nasse Füße.«

»Kein Wunder, bei den Schuhen.« Marie warf einen abfälligen Blick auf Claras spitze Chanel-Pumps. Claras

Hausarzt hatte ihr Schuhe dieser Art eigentlich schon vor Jahren verboten. Als Ersatz hatte er ihr orthopädisches Schuhwerk empfohlen, das Claras Ansicht nach allerdings immer wie etwas aussah, mit dem man Hafer drosch. Sie behielt ihre Schuhe und wechselte stattdessen lieber den Hausarzt.

»Wir verschwenden hier nur unsere Zeit.« Marie ließ ihren Blick missgelaunt durch die Runde schweifen. »Schau dir die Bagage doch an.« Sie wies auf die Witwe in der ersten Reihe. Die Gräfin war eine hagere, silberhaarige Frau mit einem Gesicht wie verwitterter Granit. Sie stützte sich schwer auf ihren beleibten Sohn, der seiner Mutter mit bekümmerter Miene in regelmäßigen Intervallen über den Rücken strich. An seiner Seite stand, etwas linkisch, die zu groß geratene Schwiegertochter, daneben der auf den Boden starrende Enkel. »Das kannst du vergessen.« Marie schüttelte den Kopf. »Die bleiben auf ihrem Kram sitzen. Die Alte hat's nicht nötig. Der Sohn ist kreuzbrav und die Schwiegertochter hat eh nichts zu sagen. Das war eine Schnapsidee von dir.«

Clara drückte sich die Spitze ihres Seidentaschentuchs ans Gesicht und wischte sich eine unsichtbare Träne aus dem Augenwinkel. Sie versuchte es mit einem diplomatischen Lächeln, doch Marie war nicht zu beschwichtigen. »In unserem Alter sind Beerdigungen gefährlich. Hier stundenlang in der Nässe herumzustehen. Vollkommen idiotisch.«

»Du meinst, wir holen uns den Tod?«

Doch Marie war, wenn sie fror, unempfänglich für jede Ironie. »Weißt du eigentlich, wie viele Leute sich auf Beerdigungen die Lungenentzündung zuziehen, die letztlich zu ihrem Tod führt? Statistiken belegen, dass siebenundsiebzig Prozent aller Beerdigungsbesucher in der

Altersgruppe von siebzig bis achtzig …« Clara nickte höflich und hörte nicht mehr zu. Marie liebte Statistiken und verfügte über ein unerschöpfliches Repertoire. Sie kannte Statistiken zur Regenwahrscheinlichkeit im August, der Wahlbeteiligung der Wechselwähler und der Häufigkeit von tödlichen Beißunfällen bei Hundeattacken. Clara war sich nie sicher, ob Marie all diese Tabellen, Prozentzahlen und Kurvendiagramme tatsächlich im Kopf parat hatte – in diesem Fall verfügte sie wohl über ein fotografisches Gedächtnis – oder ob sie einfach aus dem Stegreif etwas erfand.

Es war im Grunde egal, denn Clara hörte ihr ohnehin nicht zu. Auch im Moment nutzte sie die Gelegenheit lieber, um von schöneren Dingen zu träumen. Dem Chanel-Kostüm zum Beispiel, das sie sich nach dem erfolgreichen Abschluss dieser Aktion gönnen würde. Ihr Blick wanderte zum Enkelsohn zurück. Er hatte seinen Anzugkragen hochgeschlagen und klemmte sich fröstelnd die Hände in die Achselhöhlen. Das Haar hing ihm fransig in die Stirn. Er erinnerte Clara an einen Hund. Diese edle, überzüchtete Rasse, deren Name ihr im Moment nicht einfallen wollte. In ihren jungen Jahren setzte man solche Hunde bei Rennen ein, bis man sie dann nach wenigen Saisons wegen Hüftproblemen einschläfern musste. Edel, aber degeneriert. »Ich rede mal mit dem Enkel«, sagte Clara, mehr zu sich selbst.

Marie lachte höhnisch. »Dir hat wohl jemand ins Gehirn geschissen.« Clara rümpfte die Nase. Marie musste wirklich aufhören, sich beim Nägellackieren diese ordinären Nachmittagstalkshows im Fernsehen anzusehen, die hatten einen fatalen Einfluss auf ihren Wortschatz. Mit einem dumpfen Poltern landete der Sarg endlich auf dem Boden der Grube. Einige Trauergäste, die offensichtlich schon nicht mehr damit gerechnet hatten, dass dieses Ereignis jemals eintreten würde, zuckten zusammen. Doch im nächsten Moment kam erleichterte Bewegung in die Trauergesellschaft, und alle begannen, sich in einer Reihe aufzustellen. Clara nickte mitfühlend. »Ein guter Junge. Leider in schlechter Gesellschaft. Im Internat ist er an die Drogen gekommen. Seitdem ist er immer in Geldnöten.«

»Woher weißt du denn das schon wieder?«

»Pauls Großtante und ich gehen zum selben Friseur.«

»Das ist nicht dein Ernst.« Maries Stimme klang eindeutig gereizt.

»Ich weiß, was du meinst.« Clara seufzte. »Hamburg ist zwar eine große Stadt, aber die Auswahl an fähigen Friseuren ist erschreckend gering. Constanze und ich haben beide Problemhaar, musst du wissen.«

Marie sah sie kopfschüttelnd an. »Du bist wirklich unglaublich. Wenn's dich nicht gäbe, müsste man dich erfinden, um kleine Kinder zu erschrecken.«

Lächelnd reihte sich Clara in die Schlange der Kondolierenden ein. Maries moralische Skrupel waren ein Witz. Schließlich war auch sie nicht hier, um einen siebenundachtzigjährigen von und zu Karlsburg unter die Erde zu bringen, sondern weil sie wusste, dass Beerdigungen dieses Kalibers eine Goldgrube waren. Die Frau in der Reihe vor Clara bot ein Bild des Jammers. Gramgebeugt schlurfte sie dahin und wühlte bei jedem Schritt Erde auf. Dann schluchzte sie auch noch laut auf und presste sich ein Taschentuch vor den Mund. Die trägt aber dick auf, schoss es Clara durch den Kopf. In welcher Branche sie wohl tätig war? Die Immobilienbranche stand in letzter Zeit ziemlich schlecht da. Erst mit Verzögerung kam ihr der Gedanke, dass ein gewisser Anteil der hier Versammelten möglicherweise Hinterbliebene mit echten Gefühlen waren, nicht nur Geschäftsleute mit echten Geldproblemen.

Zu ihrem Erstaunen folgte Marie ihr nicht, sondern blieb missmutig auf der Stelle stehen, während sich die Reihen um sie herum zu lichten begannen. Clara konnte es recht sein, dennoch ärgerte sie sich. Nicht zum ersten Mal kam ihr der Gedanke, dass Marie langsam alt wurde. Nicht äußerlich. Haut und Unterhautfettgewebe waren bei ihr in tadellosem Zustand. Sie war schlank und konnte ihre Glieder noch immer in alle möglichen Yogastellungen verbiegen. Und ihr Haar, obwohl ungefärbt, war ein so hübsches Durcheinander aus blonden und weißen Strähnen, dass nicht einmal der skrupelloseste Friseur bei ihr Hand anlegen wollte. Aber irgendwie verlor Marie in letzter Zeit ihren Biss. Clara behielt die Zeichen im Auge: eine beiläufige, altersmüde Bemerkung hier, ein Ziepen im Rücken da. Und immer wieder Müdigkeit. Gehen wir ins Kino? Zu müde. Trinkst du noch ein Glas? Müde, müde, müde. Sie konnte es nicht mehr hören. Was sie aber am meisten aufbrachte, war die fade, milchige Nettigkeit, die sie in letzter Zeit an ihrer Freundin beobachtete. Neulich hatte sie sogar die Kanzlerin verteidigt! Nach einer Fernsehdebatte, die sie beide getrennt voneinander verfolgt hatten, hatte Clara wie üblich zum Telefonhörer gegriffen, voller Vorfreude auf ihr gehässiges Lieblingsritual des gemeinschaftlichen Lästerns. Doch während sie lang und breit jeden Aspekt der Kanzlerin auseinandernahm und mit Hohn übergoss, blieb Marie seltsam still. Als Claras Beschimpfungen und herabsetzende Bemerkungen selbst für ihren eigenen Geschmack ein wenig redundant zu werden begannen, unterbrach sie sich mitten im Satz. »Was sagst du eigentlich dazu?« Ausnahmsweise lauschte Clara aufmerksam in den Hörer. Doch sie hörte nur Maries tiefe Atemzüge, dann ein halbes Stöhnen, gefolgt von einem noch tieferen Seufzer. »Die macht doch auch nur ihren Job.« Clara konnte es nicht glauben. »Du hast gerade die Kanzlerin verteidigt«, sagte sie.

Das stritt Marie natürlich vehement ab. Der Hinweis, dass jemand seinen Job mache, tauge wohl kaum zur glühenden Verteidigungsrede. Und Clara wisse sehr gut, dass sie keine Freundin der Kanzlerin sei. »Oh, ihr seid also keine Busenfreundinnen«, höhnte Clara. »Was denn dann? Gute Bekannte? Seelenschwestern?« Sie stichelte so lange weiter, bis sich Marie endlich entschuldigte. Sie liege, ehrlich gesagt, schon im Bett, habe bereits vor der Debatte ihr Sanogran genommen. Sie sei wohl schon etwas beduselt. Selbstverständlich verabscheue sie die Kanzlerin – und zwar leidenschaftlich. Doch es war offensichtlich, dass ihr die letzten Worte nur widerwillig über die Lippen kamen. Clara blieb misstrauisch. »Die Lauen spuckt der Herrgott wieder ins Meer«, sagte sie drohend, bevor sie endgültig den Hörer auflegte. Und die Alten auch, setzte sie im Stillen hinzu. So harmlos ihr Disput auch gewesen sein mochte, irgendetwas daran ließ sie bis heute nicht los.

Mechanisch ergriff Clara eine zerdrückte Rose vom Blumenhaufen und rückte einen Schritt in der Schlange vor. Der Geruch aufgeschütteter Erde mischte sich mit dem schweren Duft von Eau de Cologne. Schon vor Jahren hatte sie Marie vor dem Altwerden gewarnt. »Wenn du alt wirst«, hatte sie zu ihr gesagt, »kann ich nicht mehr mit dir befreundet sein. Es ist nichts Persönliches, aber ich kann einfach nicht mit alten Leuten befreundet sein.«

Was hatte Marie damals geantwortet? Sie wusste es nicht mehr. Beileidsbekundungen murmelnd schüttelte Clara nacheinander Witwe, Sohn und Schwiegertochter die Hand. Alle drei lächelten und nickten mit jener überschwänglichen Herzlichkeit, zu der höfliche Menschen immer dann Zuflucht nehmen, wenn sie ihr Gegenüber beim besten Willen nicht identifizieren können.

Vermutlich hatte Marie nur eine schlechte Phase, dachte sie. Das erwischte jeden mal. Selbst Clara kannte sie, diese erschütternde Panik bei dem Gedanken: Jetzt ist es so weit, ich werde alt. Und dann, nach ein paar Tagen Weltschmerz, ging doch alles weiter wie immer.

Schließlich war Clara beim Enkel angelangt. Er hatte dunkle Ringe unter den Augen, seine Haut war grau, und er starrte trostlos durch sie hindurch. High sieht jedenfalls anders aus, dachte sie. Seine Hand fühlte sich schweißkalt an. Constanze hatte ihr verraten, dass für Paul die Luft im Schweizer Eliteinternat allmählich dünn wurde. Bei seinen reichen Schulfreunden hatte er bereits Schulden. Und vor Kurzem war eine Drogenlieferung, die er unter seinem Bett versteckt hatte, von einem übereifrigen Aushilfslehrer konfisziert worden.

»Ein großer Verlust«, sagte Clara.

Ein Ausdruck von Verwirrung trat in das hagere Gesicht des Jungen, als er die scharfen Kanten ihrer Visitenkarte in seiner Hand spürte. Clara sah ihn durchdringend an. Dies war der entscheidende Moment. Der Moment, in dem sich zeigte, ob das Risiko sich gelohnt hatte – oder ob sie zu dem exklusiven Personenkreis zählen würde, die man in Handschellen von einer Trauerfeier abführte. Natürlich bestand immer das Risiko, dass der Junge – wenn exzessiver Drogenkonsum irgendein Indikator für seelisches Ungleichgewicht war – sich wie ein hysterischer Trottel aufführen, die Karte zu Boden fallen lassen und womöglich Vater und Mutter zur Hilfe rufen würde. Doch Clara hatte bereits genug Erfahrungen in der Verkaufsbranche gesammelt, um zu wissen, dass kein Weg daran vorbeiführte. An irgendeinem Punkt musste man sich auf seine Intuition verlassen, die Augen zumachen und einfach springen. »Wenn ich irgendetwas tun kann«, sagte sie und ließ seine Hand los. Der Junge zögerte. Mit einem kaum merklichen Nicken schob er die Karte in seine Hosentasche, und Clara sah sich triumphierend nach Marie um.

»Du hattest einfach nur Glück.« Marie keuchte. Seite an Seite hasteten sie den aufgeweichten Sandweg zwischen den Gräbern entlang, vorbei an Blumen, Findlingen und anderem bunt zusammengewürfeltem Zeug, das man für gewöhnlich auf Gräber schmiss. Manches davon sah aus, als hätte ein Ufo beim Überfliegen rasch eine Luke geöffnet und seinen Müll auf dem Friedhof entsorgt.

»Du bist bloß neidisch.«

»Und du solltest dich schämen.«

Clara schämte sich sehr selten und heute ganz sicher nicht. Sie sah das so: Während seiner Lebenszeit war jeder Mensch von Dingen umgeben. Sie umkreisten ihn wie Planeten auf ihrer Umlaufbahn, gehalten von einem Gravitationsfeld aus Nostalgie, Gier und gedankenloser Gewohnheit. Wenn ein Mensch starb, erlosch diese Anziehungskraft schlagartig, und all die persönlichen Dinge wurden zu irgendwelchem Krempel, der auf die Erde stürzte und herrenlos liegenblieb. Das war der Moment, in dem man zuschlagen musste.

Clara ging schneller. Anderen Menschen war es ein Rätsel, wie Clara es schaffte, dieses Tempo zu erreichen, ohne zu rennen. Clara, die gerne in Metaphern dachte, sofern sie zu ihren Gunsten sprachen, stellte sich vor, dass sie mit ihrer schnellen Gangart viele Menschen an den unkrautgesäumten Rändern ihres Lebenswegs hinter sich gelassen hatte. Ehemänner, Geliebte, Konkurrenten. Leute, die zu langsam gewesen waren, zu behäbig, um mit ihr mithalten zu können.

»Weißt du, warum wir immer noch befreundet sind?«, fragte Clara. Sie versuchte, so ruhig und gleichmäßig zu atmen, als würden sie gemächlich einen Waldweg entlangschlendern.

»Weil es niemand sonst mit dir aushält?« Marie schnaufte.

»Weil du die einzige Person bist, die ich kenne, die in normalem Tempo läuft. Die Welt ist voller Menschen, die schleichen!«

»Jetzt lauf ein bisschen langsamer, um Himmels willen. Das ist immer noch ein Friedhof. Die Leute denken, du joggst!«

»Du solltest wirklich mit dem Rauchen aufhören, weißt du.« Clara wies auf eine Ansammlung grau verwitterter Grabsteine am Wegrand. »Alles Raucher.«

»Lauf gefälligst langsamer!«, rief Marie ihr hinterher, nun ernstlich verstimmt.

Clara lachte sie aus. »Wieso? Kannst du nicht mehr mithalten?«

Marie warf ihr einen herablassenden Blick zu und ging ebenfalls schneller, bis sie auf gleicher Höhe mit Clara lief. »Du bist kindisch.« Marie drängte sich an einer Dame mit Plastikregenhaube vorbei, die eine Schubkarre voller Begonien vor sich herschob. Eine Weile liefen sie verbissen nebeneinanderher. Kein Joggen, aber definitiv Power-Walking.

»Das ist wirklich lächerlich«, zischte Marie ihr zu. Aus allem machst du einen Wettkampf.«

Clara lächelte sphinxhaft. »Dann mach doch nicht mit.«

Als sie das schmiedeeiserne Friedhofstor erreicht hatten, taten beide ihr Bestes, sich ihre Erleichterung nicht anmerken zu lassen. Marie tastete mit zitternden Fingern nach dem Zigarettenpäckchen in ihrer Brusttasche, bis ihr einfiel, dass sie heute ja gar nicht ihre Lederjacke, sondern den Mantel trug. Stattdessen griff sie in ihre Handtasche, fand das Päckchen und ihr silbernes Benzinfeuerzeug.

»Ich muss zu meinem Taxi«, sagte Clara und zog ihr iPhone hervor, während sich Marie mit zitternden Fingern eine Zigarette anzündete. Marie nahm den ersten Zug, noch ehe sie zu Atem gekommen war, und hustete. Rauch stob in alle Richtungen. »Weißt du, ich habe nachgedacht.«

Clara erschrak.

Diesen Tonfall kannte sie nur allzu gut. Mit einem Mal hätte sie nichts dagegen gehabt, noch weitere zehn Kilometer zu laufen, nur um von hier fortzukommen. »Ich habe nachgedacht« bedeutete immer Ärger. Clara sah das so: Ab und zu bekam Marie die Lebenskrise wie andere Leute die Grippe. Dann haderte und jammerte sie wochenlang und hielt alles, was sie je getan hatte, für einen Fehler. Natürlich war es keine echte Lebenskrise, keine von der Sorte, die einen dazu brachte, all seinen Besitz aufzugeben, ins Kloster zu gehen, etwas Drastisches zu tun oder überhaupt irgendwelche Konsequenzen zu ziehen. Es war eher ein gepflegter Yuppie-Luxusleben-Blues, der es einem trotzdem erlaubte, in einem schicken Restaurant zu Mittag zu essen, eine Matineevorstellung im Theater zu besuchen oder sich von einem sauteuren Edelfriseur die Haare schneiden zu lassen. Sofern man das alles mit tragischer Leidensmiene tat, die jedem, der nicht schlau genug war, schleunigst die Flucht zu ergreifen, mitteilen sollte: Was ist das am Ende schon wert?

In Wahrheit liebte Marie ihr Leben natürlich, sie hatte auch allen Grund dazu. Bis vor einem Jahr hatte sie eine der exklusivsten Galerien der Stadt geleitet, dann hatte sie sich freiwillig ins Privatleben zurückgezogen. Noch immer verfügte sie über einen beeindruckenden, halbwegs amüsanten Bekanntenkreis und eine Penthousewohnung in bester Lage. Wie Clara hatte sie sich ihre Karriere aus dem Nichts aufgebaut. Wenn man von einem winzigen Fehltritt in den Achtzigern absah, hatte Marie alles richtig gemacht. Das Ergebnis dieses Fehltritts war ein teigiger, beruflich vor sich hin dümpelnder Sohn, der ihr nun zum Dank für seine Existenz in regelmäßigen Abständen ins Telefon heulte und seine Mutter für alles verantwortlich machte, was in seinem miserablen Leben verkehrt lief. Nach solchen Gesprächen war Marie immer fix und fertig. »Er sagt, ich sei nie für ihn da gewesen«, flüsterte sie dann mit weidwunder Stimme ins Telefon. »Er habe immer gespürt, dass er bei mir nicht an erster Stelle stehe. Im Grunde hätte ich mich nie für ihn interessiert.«

Spätestens an diesem Punkt verlor Clara die Geduld. Wie kam es eigentlich, dass Kinder automatisch davon ausgingen, dass sie für ihre Mütter interessant seien – und das praktisch von Geburt an? Was taten sie denn, um sich so interessant zu machen? Wenn sie an den Sohn ihrer Freundin dachte, fiel ihr nur ein pastöser, weinerlicher Junge ein, der an einem heißen Sommertag einmal auf die Ledersitze ihres brandneuen Cabrios gekotzt hatte. Dies mochte keine repräsentative Momentaufnahme aus dem sicher reichen Bilderbogen seiner Kindheit sein, doch tatsächlich war es das einzig annähernd erinnerungswürdige Ereignis, das sie mit Jannek in Verbindung brachte.

Es wäre klüger gewesen, sich einen Hund anzuschaffen, bemerkte Clara bei solchen Gelegenheiten gern, und egal, wie verheult Marie auch war, dieser Satz brachte sie immer zum Lachen. Aber Clara meinte es ernst. Ein Hund liebte einen bedingungslos. Kinder erwarteten, bedingungslos geliebt zu werden, egal was für Kotzbrocken sie waren. Sicher, ein Hund machte eine Menge Dreck, und spätestens nach einer Woche roch das ganze Haus nach ihm, doch zumindest war das Ganze kein reines Verlustgeschäft. Man gab einem Hund, was er brauchte – und bekam Liebe. Man gab einem Kind, was es brauchte – und bekam Vorwürfe. Sie selbst hatte da so ihre Erfahrungen gemacht …

»Hast du wieder mit Jannek gesprochen?«, fragte Clara argwöhnisch. Marie schüttelte milde lächelnd den Kopf. »Es hat nichts mit ihm zu tun. Ich habe über etwas anderes nachgedacht …«

Sehnsüchtig lauschte Clara dem verheißungsvollen Rauschen der Hauptverkehrsstraße. Wenn es nicht die Yuppie-Lebenskrise oder die Kinderkrise war, dann blieben nur noch die Pläne fürs Alter. Was hatte sie sich nicht schon alles anhören müssen. Maries Plan, in ihre Heimatstadt zurückzukehren, ein Mehrgenerationenhaus zu gründen und – das war der Gipfel gewesen – zusammenzuziehen. Sie konnte sich noch erinnern, wie sie auf Maries Terrasse gesessen hatten, die zweite Flasche Wein halbleer zwischen ihnen, während Marie vor Begeisterung auf die Tischplatte getrommelt hatte: »Das ist doch eine tolle Idee! Wir könnten füreinander da sein im Alter! Wir könnten ein Kaminzimmer haben und so eine süße Wohnküche mit Kachelofen.« Nach etwa einer halben Stunde hatten Marie diese selbstgenügsamen Träumereien nicht mehr gereicht. Sie wollte, dass Clara Stellung bezog. »Du kannst ganz ehrlich sein«, sagte sie. »Was geht dir durch den Kopf?«

Clara ging so einiges durch den Kopf, in erster Linie Flüche und Komposita: Alte-Schachtel-WG! Torschlusspanik! Sexlose Lesbenkommune! Rosamunde-Pilcher-Scheiß!

Was bitte war aus ›Ein Zimmer für sich allein‹ geworden? Was aus Simone de Beauvoir und Sartre? Getrennte Wohnungen, getrennte Leben. Bei ihren Männern hatten sie es stets so gehalten, und nun wollte Marie auf einmal das Ehe-Kuschelleben durch die Hintertür einschmuggeln. Doch ihre Freundin ließ nicht locker: »Jetzt sag doch mal, was du denkst. Sei ruhig ehrlich.« Um Zeit zu gewinnen, hatte Clara ganz langsam an ihrem Drink genippt und überlegt, wie sie ihre Gefühle auf diplomatische Art in Worte fassen sollte. Schließlich hatte sie sich würdevoll in ihrem Stuhl aufgesetzt und die Augen verdreht, bis die Pupillen in den Höhlen verschwanden und man nur noch das Weiße sah. »Würg«, hatte sie gesagt, ganz klar und deutlich artikuliert. Sicher keiner ihrer rhetorischen Glanzmomente, doch alles in allem brachte es ihren Gemütszustand in diesem Moment recht treffend auf den Punkt.

Jenes unglückselige »Würg« hatte ein ernstes Zerwürfnis nach sich gezogen – in Telefonzeit übersetzt hieß das drei volle Wochen strafenden Schweigens. Wenn Clara anrief, nahm Marie nicht ab. In der Galerie war sie nicht für sie zu sprechen. Marie ließ das Schweigen schwelen. Sie wollte, dass sie litt. Clara konnte ihr keinen Vorwurf machen. Freundinnen reagierten leicht empfindlich, wenn man beim Gedanken an ein gemeinsames Zusammenleben die Augen verdrehte und Brechreiz andeutete. Und weil die Sachlage in diesem Fall (die Frage, wer wen beleidigt und folglich Buße zu tun hatte) so eindeutig gewesen war wie sonst nur selten, hatte Clara zu Kreuze kriechen müssen. Am Ende hatte sie die Adresse ihres Lieblings-Feinkost-Caterers geopfert, eine Adresse, die sie zwanzig Jahre lang wie ihren Augapfel gehütet hatte.

Es war ein hoher Preis gewesen, zu hoch, fand Clara, aber zumindest hatte die Geste ihren Zweck erfüllt und den wackeligen Frieden wiederhergestellt. Doch so ein Gespräch, das hatte sie sich geschworen, würde sie sich nie wieder aufzwingen lassen.

»Ich weiß gar nicht, wie ich es dir sagen soll.« Marie hielt den Blick auf die tropfenden Zweige der Kastanie hinterm Zaun gerichtet. Clara erwog ernsthaft, sich ans Herz zu fassen und einen Infarkt vorzutäuschen, als plötzlich der durchdringende Pfeifton einer Lokomotive erklang. Die beiden Frauen zuckten zusammen. Marie sah sich verwirrt nach einer heranrasenden Dampflokomotive um. »Mein Wecker!« Clara lachte erleichtert. »Gefällt dir mein neuer Klingelton? Gott sei Dank ist er nicht während der Feier losgegangen!« Konzentriert begann sie, auf ihrem iPhone herumzutippen, als wäre das Ausstellen eines Handyweckers ein hochkomplizierter technischer Vorgang, der ihre volle Aufmerksamkeit erforderte. Nach ungefähr einer Minute blickte sie zerstreut auf. »Was wolltest du sagen?«

Marie schüttelte nur den Kopf. »Ach nichts. Vergiss

es.« Clara kannte diesen Tonfall, schroff und eine Spur verletzt. Doch die Stimmung für Geständnisse war eindeutig verflogen. Das machte Clara mutig. »Nein, sag ruhig, wir können über alles reden.« Sie drehte ihr Handgelenk und sah auf die Uhr. »Eine halbe Minute hab ich noch.«

»Vergiss es. Beerdigungen machen einen wohl einfach nur ...« Marie seufzte. Clara nickte. Reich, ergänzte sie im Kopf. Denn auf Beerdigungen, die irgendetwas anderes mit ihr machten, ging sie schon lange nicht mehr. Sie hatte das Glück, über einen gesunden, stets wohlgelaunten Bekanntenkreis zu verfügen. Weil sie etwas dafür tat. Wenn sie hörte, dass jemand, mit dem sie verkehrte, sterbenskrank war oder unter Depressionen litt, tat sie das Stilvollste und, wie sie fand, einzig Richtige. Sie rief den Blumenservice an und strich den Namen des Betreffenden für immer aus ihrem Adressbuch.

»Bitte, denk an die Vernissage nächste Woche«, sagte Marie.

Clara runzelte die Stirn und nickte. Marie wusste, dass sie die Vernissage nicht vergessen hatte. Aber sie war anhänglich und zögerte den Moment des Abschieds hinaus. Sie wollte sich noch etwas herumdrücken und über Nichtigkeiten reden. Es war ein Ritual, aus dem sie an verstörenden Tagen manchmal Trost schöpfte. Obwohl Clara diese Angewohnheit schon seit der Schulzeit auf die Nerven ging, ließ sie es ihr heute ausnahmsweise durchgehen. Geduldig hörte sie zu, während Marie ihr umständlich von der Auktion erzählte, die als Teil der Vernissage ausgerichtet werden sollte. »Es ist für einen wohltätigen Zweck«, erklärte Marie.

»Was ist denn der wohltätige Zweck?«, erkundigte sich Clara höflich.

Marie geriet ins Stocken. »Oh Gott, das habe ich schon wieder vergessen. Ich glaube, es geht um Flüchtlinge. Oder nein.« Sie überlegte. »Vielleicht um kranke Kinder.«

»Vielleicht geht es um kranke Flüchtlingskinder?« Clara war durchaus kompromissbereit. Marie hatte vergessen, an ihrer Zigarette zu ziehen. Die Glut hatte sich vorgefressen, und ein graues, längliches, bröckelndes Aschestäbchen neigte sich dem Boden zu. Einen Moment lang sah Maries Gesicht so leer aus, dass Clara fröstelte.

»Ich muss jetzt zum Taxi, bevor der Fahrer irgendeine andere Alte mitnimmt«, sagte sie.

Marie schnippte die Asche auf den Boden, und Clara gab ihr einen flüchtigen Kuss auf die Wange.

»Clara?«

Clara drehte sich vorsichtshalber nicht um.

»Zieh nicht wieder dieses schreckliche Kleid an. Sonst halten die Leute am Ende dich für den wohltätigen Zweck.«

Clara schüttelte mitleidig den Kopf. »Für dieses Kleid, meine Liebe, braucht man wirklich tolle Beine. Du mit deinen Stampfern bist doch bloß neidisch.«

»Ja«, sagte Marie, »das bin ich.«

2. Das Tagesgericht

Es war zum Verzweifeln. Sosehr Herr Dinksötter auch die Augen zusammenkniff, er konnte noch immer keine der Zahlen erkennen, die sich angeblich auf dem weißen Rechteck an der Wand gegenüber befanden. Er sah nur eine weiße Schneefläche mit schwarzen Schmierflecken. Er sah Nebel und Graupel, westfälisches Nieselwetter, mehr nicht.

»Und?«, fragte die Augenärztin hoffnungsvoll. »Was sehen Sie?«

»Einen Scheiß«, sagte Herr Dinksötter und versuchte, über die schwarze Piratenklappe zu spähen, mit der sie sein rechtes Auge zuhielt.

»Versuchen Sie es noch mal mit der ersten Reihe.«

Herr Dinksötter schüttelte verstockt den Kopf. Er begriff nicht, warum die Ärztin ihm nicht erlauben wollte, sein rechtes Auge dazuzunehmen, wo er damit doch die besten Ergebnisse erzielte. Das sagte er ihr auch.

»Es geht nicht um Ergebnisse«, erklärte sie ihm für ihre Verhältnisse relativ geduldig. Frau Doktor war nicht gerade für ihre Sanftmut berühmt. »Das ist keine Mathearbeit, sondern ein Visustest. Ich versuche, Ihre Sehschärfe zu messen. Und mit der gewinnen Sie nun wahrlich keinen Blumentopf.«

Herr Dinksötter nickte betrübt. Warum gerade er – vierzig Jahre bei der Post angestellt, dreißig Jahre verheiratet, zwei Kinder und drei Enkel – mit einem solchen

Auge geschlagen war, würde er nie begreifen. Statt ihm die Welt akkurat in Form und Farbe abzubilden, wie es sich gehörte, fraß es Ränder und Konturen weg, schmolz ein, was immer ihm unter die Linse kam. Straßenschilder, die Baumwipfel vor seinem Fenster, sogar das Gesicht seiner Frau. Bis die Welt nur noch ein grauer, unerfreulicher Einheitsbrei war. Es war absurd.

Die Ärztin zerrte an dem Gerät mit den Testgläsern, ächzend und quietschend setzte es sich in Bewegung und ließ sich endlich vor Herrn Dinkskötters Gesicht schieben. Sie begann an den Seitenrädchen zu drehen. Klackernd wechselten die Brillengläser mit den verschiedenen Sehstärken vor seinen Augen. Immerhin konnte er beim Nach-vorne-Blicken jetzt erkennen, dass es sich bei den grauen Schmierflecken auf der Tafel tatsächlich um Zahlen handelte. Doch theoretisch hatte er das ohnehin gewusst. Nur Kindern im Vorschulalter wurden beim Visustest Lokomotiven und Teddybären gezeigt.

»So besser oder so besser?«, fragte die Ärztin.

»Ach, lassen Sie mich doch in Ruhe«, brummte er.

Seufzend nahm Katrin die Karteikarte ihres störrischen Patienten vom Schreibtisch, um Herrn Dinkskötters Visuswerte mit denen von seinem letzten Besuch abzugleichen. Sofort erkannte sie Yvonnes schöne Tintenschrift. Lauter Schnörkel und Bögen, von denen man sich so lange einlullen ließ, bis man begriff, dass man nichts begriff. Was sollte zum Beispiel diese plötzlich in die Höhe schießende und dann rapide abfallende Linie? Katrin beschloss, der Sache auf den Grund zu gehen.

Draußen vorm Sprechzimmer erwarteten sie die üblichen müden Montagmorgengesichter. Sie hörte das monotone Stimmengemurmel, das Rascheln der Boulevardblätter und das verschleimte Röcheln, das einem verriet, dass der Herbst in diesen Breitengraden nie in so weiter Ferne lag, wie man glaubte. Es roch nach dem Mief feuchter Jacken. In der Stuhlreihe direkt vor der Rezeption saßen die drei Ks: Kleinert, Kapeter, Kühn, rezitierte Katrin im Stillen. Alle Zutaten für einen grässlichen Morgen.

Die drei alten Damen waren Mitglieder im örtlichen Wohltätigkeitsverein und schon so lange miteinander bekannt, dass sie anfingen, einander ähnlich zu sehen. Mit ihren frischen schneeweißen Löckchen, den knisternden Röcken und fiependen Hörgeräten wirkten sie harmlos. Ein selbstgenügsamer, vergnügt vor sich hin zwitschernder Vogelschwarm. Doch der erste Eindruck täuschte. Und das lag nicht nur daran, dass jede Einzelne von ihnen – inklusive Rezepterstattung und endloser Nachfragen – mindestens eine halbe Stunde ihrer Zeit verschlang. Frau Kleinert hatte keine Ahnung, wie ihr Hörgerät funktionierte, Frau Kapeter vergaß bei jedem Termin ihre Brille, und Frau Kühn war schlicht die Pest.

Katrin nickte ihnen kurz zu und blickte sich dann suchend nach ihren Sprechstundenhilfen um. Rita stand in vergnügter, rosiger Fülle an der Rezeption und tippte mit Feuereifer in die Computertastatur. Die zwanzigjährige Yvonne hielt, die Augen halb geschlossen, den Telefonhörer zwischen Schulter und Ohr geklemmt und summte vage Laute der Anteilnahme in die Sprechmuschel. Dabei wippte sie mit ihrem Oberkörper rhythmisch vor und zurück, als wollte sie sich selbst in den Schlaf wiegen. Ihrer Chefin schenkte sie keinerlei Beachtung.

»Er hat sie einfach verlassen«, wisperte es in Katrins Rücken. Sie hörte, wie Frau Kühn sich räusperte: »Von einem Tag auf den anderen.«

»Ausgerechnet an Ostern.« Das war Lissi Kapeter. Sie seufzte kummervoll, als sei nun wirklich jeder andere Feiertag passender, um eine Ehefrau sitzen zu lassen. Katrin wedelte mit der Karteikarte vor Yvonnes Gesicht herum, doch die ließ sich nicht beirren. So war das immer bei Yvonne. Je mehr Druck man auf sie ausübte, desto stoischer wurde sie. In solchen Momenten bekam sie einen leeren, völlig undurchdringlichen Gesichtsausdruck. Wie eine vorgeladene Verdächtige in einem Fernsehkrimi. *Im Grunde habe ich mit der ganzen Sache nichts zu tun*, sagte ihr Blick. *Sie haben nichts gegen mich in der Hand.*

»Die Eier hatte er noch versteckt«, raunte es in Katrins Rücken. Sie wurde rot und drehte sich zu den drei Frauen um. Kapeter und Kühn verstummten auch sofort, nur Kleinert nicht. »Wie bitte?« Der hilfesuchende Blick der alten Dame heftete sich voller Hoffnung auf Katrin. In ihren Gesichtszügen spiegelte sich die quälende Erkenntnis, dass ihr die Welt, wie immer, einen Schritt voraus war. Verzweifelt schraubte Frau Kleinert an ihrem Hörgerät, doch es war nur leeres Rauschen zu hören, denn ihre Banknachbarinnen waren unter dem zornigen Blick der Augenärztin verstummt.

Katrin hob warnend die Augenbraue und wandte sich dann wieder der Rezeption zu. Aber Yvonne war offenbar entschlossen, so lange weiterzusummen, bis die Praxis schloss oder ihr Gesprächspartner am anderen Ende der Leitung tot umfiel. Katrin starrte auf das trübe Bonbonglas auf der Rezeption. Es war voller knallbunter, klebriger kleiner Bonbons. Winzige Staubflusen klebten am Rand. Das Glas stand schon seit Jahren unverrückt an derselben Stelle. Vielleicht hatte es schon hier gestanden, als die Praxis noch ihrem Vater gehört hatte. Die meisten

Patienten hüteten sich, in das Bonbonglas hineinzugreifen. Steckte doch mal jemand aus Versehen die Hand ins Glas, zog er sie bei Berührung der süßklebrigen Masse meist schnell von selbst zurück. Oder aber eine Sprechstundenhilfe ging dazwischen. Katrin schämte sich.

Gegen vieles, was in ihrem Leben schieflief, war sie machtlos. Sie konnte es sich nicht leisten, die alten, ausgetretenen Teppiche in ihrer Praxis auszuwechseln oder den tropfenden Wasserhahn auf der Toilette zu reparieren. Nicht einmal den graugrünen Kotzefleck im Teppich vor der Eingangstür kriegte sie weg. Sie konnte nichts daran ändern, dass die Leute am Ort lieber in die modern ausgestattete Großraumpraxis in der nächstgrößeren Stadt fuhren. Zumal ihr junger Kollege die Sanftmut in Person war, wie man ihr erzählt hatte. Zumindest schien er seine Patienten nicht routinemäßig anzuherrschen, wie Katrin das tat. Denn auch gegen ihre eigenen Wutanfälle war sie machtlos. Seit ihrer Kindheit war das so. Sie kamen aus dem Nichts, packten sie und schüttelten sie durch wie ein kurzes, heftiges Gewitter.

All diese Dinge konnte sie nicht ändern. Aber gegen das Bonbonglas konnte sie etwas unternehmen. Katrin hatte eigentlich vorgehabt, es beiläufig von der Rezeption zu nehmen, damit in der Kaffeeküche zu verschwinden und es schnell im Mülleimer zu entsorgen. Doch sie hatte die Haftfestigkeit des Glases unterschätzt. Es klebte so hartnäckig an der Unterlage, dass sie beide Hände zur Hilfe nehmen musste. Sie zerrte mit aller Kraft daran, einmal, zweimal, dreimal. Es gab ein schmatzendes Geräusch, als sich das Glas beim letzten Ruck plötzlich löste, Katrin sah fragende Gesichter, Bonbons flogen durch die Luft, hagelten auf die Rezeption, auf den Boden und ein paar Patienten, die sich nicht rechtzeitig weggeduckt hatten. Yvonne ließ den Hörer langsam von ihrem Ohr rutschen und in ihre Hand gleiten. Verwundert blickte sie auf.

»Gibt's was?«

»Ja«, sagte Katrin, »deine Schrift.«

Rita hörte auf zu tippen. Wenn es gegen Yvonne ging, war sie immer dabei. Dabei mochte sie ihre Kollegin im Grunde. Doch Krisen und Katastrophen mochte sie noch mehr. Wenn sie Katrin am Ende eines Quartals von rückläufigen Patientenzahlen berichtete, tat sie das stets mit einem Lächeln im Gesicht. Rita nährte sich von Unfrieden und schlechten Nachrichten. Kein Wunder, dass sie bei mir fett wird, dachte Katrin und schämte sich sofort für den Gedanken. Wütend knallte sie die Karteikarte vor Yvonne hin. »Was bitte hat dieses Zeichen zu bedeuten? Die abschüssige Linie?«

»Äquatoriale Degeneration«, sagte Yvonne, die vorsichtshalber schon mal ihr Ich-möchte-meinen-Anwalt-sprechen-Gesicht aufgesetzt hatte.

»Okay. Nicht, dass ich dein individuelles Zeichensystem nicht zu schätzen wüsste. Aber kannst du es das nächste Mal einfach ausschreiben? Das kapiert nämlich kein Mensch.«

»Sie kann nichts dafür.« Rita lächelte unschuldig. »Sie ist Legasthenikerin.«

Yvonne wurde krebsrot im Gesicht. »Das bin ich nicht!«

»In der Volkshochschule gibt es sehr gute Kurse für Legastheniker.«

»Ich brauche keinen Scheiß-Volkshochschulkurs«, schrie Yvonne.

»Könntet ihr euch freundlicherweise wieder beruhigen?« Würdevoll klaubte Katrin ein Zitronenbonbon aus ihrem Ausschnitt und drehte sich auf dem Absatz um. Einen Moment lang war sie sich nicht sicher, wohin sie eigentlich wollte. Dann fiel ihr Herr Dinksktter wieder ein. Sie hatte ihn völlig vergessen. In letzter Zeit passierte es ihr häufig, dass sie Patienten verlegte oder vergaß. Das musste der Stress sein. Kurz vor dem Behandlungszimmer riss sie plötzlich etwas zurück. Sie taumelte ein paar Schritte und sah dann auf Hilde Kühn hinunter, die den Zipfel ihres Arztkittels festhielt.

»Oh, Frau Doktor.« Hilde Kühns Lächeln war zuckersüß, und ihr Haar schimmerte wie harter, glatter Marmor. Katrin stellte sich vor, wie es wohl wäre, einen Backstein auf ihren Kopf niedersausen zu lassen. Zumindest die Frisur würde es vermutlich unbeschadet überstehen. »Das tut mir sehr leid, Frau Kühn. Ich bin mir sicher, Sie haben eine Menge unaufschiebbarer Termine, aber gedulden Sie sich noch einen Moment.«

»Das ist eine Frage der Organisation«, sagte Frau Kühn. »In einer gut organisierten Praxis muss keiner warten.«

»Lassen Sie jetzt meinen Kittel los?«

»Selbstverständlich«, erwiderte Frau Kühn würdevoll.

Katrin kannte Frau Kühn schon seit ihrer Kindheit. Sie waren Nachbarn gewesen, nur durch eine bröckelnde Backsteinmauer und einen exzentrischen Apfelbaum voneinander getrennt. Dieser Apfelbaum besaß die Eigenart, sämtliche Früchte noch vor ihrer Reife abzuschütteln. Kleine, harte, saure Früchte, zu denen selbst ihrer Großmutter, die sonst alles verwertete, nichts einfiel. Man konnte sie weder essen noch einkochen. Katrin brachte Frau Kühns Cockerspaniel bei, sie zu apportieren. Als Frau Kühn dahinterkam, war sie stocksauer. Der Hund könne sich an den unreifen Äpfeln den Magen verderben oder gar ersticken, meinte sie. Als Kind war ihr diese Erklärung fadenscheinig vorgekommen. Schließlich lagen die Äpfel überall im Garten verstreut. Wenn er sich also unbedingt den Magen verderben oder daran ersticken wollte, konnte er das auch ohne ihre Hilfe tun.

Bis heute empfand Katrin einen irrationalen Groll, wenn sie ihre alte Nachbarin sah. Im Grunde war sie immer noch das zornige Kind auf der Backsteinmauer. Der weiße Kittel änderte daran nichts. Er änderte nur die Art, wie man sie wahrnahm. Selbst Leute, mit denen sie zur Schule gegangen war und die es folglich besser wissen mussten, hielten sie plötzlich für seriös und vertrauenswürdig. Und das alles nur wegen ein paar Jahren in den zugigen Hörsälen der Friedrich-Wilhelms-Universität. Und ein paar mit Ach und Krach bestandenen Prüfungen. Das war nur Multiple-Choice, wollte Katrin ihnen am liebsten sagen. Ich bin eine Spielerin, ich käme auch in Las Vegas zurecht.

Dass sie eine gute Ärztin war, war reiner Zufall. Mit dem Studium hatte das nichts zu tun, und ausstehen konnte sie ihre Patienten deswegen noch lange nicht. Katrin riss sich los, doch da Frau Kühn ungefähr gleichzeitig losließ, geriet sie aus dem Gleichgewicht und stolperte die letzten Schritte zum Behandlungszimmer.

»Sie hat ganz schön zugelegt«, flüsterte Lissi Kapeter mitfühlend. »Das macht der Kummer.«

»Wie bitte?« Frau Kleinert schraubte verzweifelt an ihrem Hörgerät.

»DER KUMMER«, wiederholte Hilde Kühn dröhnend. Katrin, die bereits die Hand auf die Türklinke gelegt hatte, drehte sich um und ging drohend auf die ängstlich in ihrem Sitz zusammenschrumpfende Frau Kleinert zu. Sie schob ihre Hand beiseite und begann, langsam am Regler des Hörgeräts zu drehen. Während die

Klänge in Frau Kleinerts Ohren lauter wurden, wurde es in Katrins Kopf still. Sie dachte daran, wie Joachim und sie in das Haus auf dem Hügel gezogen waren. Das leere Wohnzimmer. Sägemehl in den Ecken. Halb ausgepackte Umzugskartons. Auf einen Karton hatten sie quer ein Brett gelegt und es zum Esstisch erklärt. Auch wenn sie sich damals hauptsächlich von Cornflakes ernährten. Und beide waren sie beinahe geplatzt vor Stolz über dieses neue Erwachsenenleben, in dem sie beide Geld verdienten, ein Haus abbezahlten und eine Familie planten. Und während sie nebeneinander vor ihrem Badezimmerspiegel standen und sich die Zähne putzten, zur Arbeit gingen, Verträge unterschrieben und Kredite aufnahmen, war es, als würden sie sich die ganze Zeit über heimlich zuzwinkern. Weil es ihnen gelungen war, sie alle hinters Licht zu führen. Weil niemand merkte, dass sie im Grunde nur so taten als ob.

»Um Gottes willen«, sagte Marleen und verdrehte mitfühlend die Augen, während sie den Löffel in die graue Brühe tauchte, die heute in der Metzgerei als vegetarisches Gericht des Tages verkauft wurde. »Ich hätte die alten Biester umgebracht.« Ein paar farblose Karotten- und Kartoffelscheiben schwammen in ihrer Suppe. Marleen schob sie mit dem Löffel hin und her. Seit die Metzgerei auch einen Mittagstisch anbot, trafen sich Katrin und Marleen regelmäßig hier, hauptsächlich, weil sie auf halbem Weg zwischen ihrer Praxis und Marleens Sparkasse lag. Es war keine ideale Wahl, zumal Marleen Vegetarierin war und der Anblick der hinter der Fleischtheke baumelnden Dauerwürste sie an Schwänze erinnerte, wie sie sagte. Die Pizzeria im Niederort wäre ihr lieber gewesen.

Doch Katrin fürchtete Zwiebeln und Knoblauch. Und noch mehr fürchtete sie den attraktiven flirtenden Kellner. Essen und Flirten gingen für Katrin beim besten Willen nicht zusammen. Ihre Freundin zu überreden, hierherzukommen, war immer ein Kampf. Aber in letzter Zeit kam es ihr so vor, als habe Marleens Murren und Sträuben ein wenig nachgelassen. Ob sie mich auch mit Samthandschuhen anfasst, dachte Katrin misstrauisch. Der Anblick von Marleens fein gezupften, verächtlich gewölbten Augenbrauen beruhigte sie ein wenig. Ihre Freundin spuckte etwas in ihre hohle Hand.

»Alles okay?«, erkundigte sich Katrin.

»Mettwurst. In meiner vegetarischen Erbsensuppe schwimmt Mettwurst. Ansonsten ist alles prima.« Marleen legte den Löffel beiseite. »Aber erzähl weiter«, sagte sie lustlos. »Du wolltest mir doch diese witzige Geschichte über deine Patientin erzählen.«

Für einen Augenblick wurde Katrins Kopf leer, dann fiel es ihr wieder ein. Es ging um eine Frau, der sie den Tarnnamen Marianne verpasst hatte. Marianne ging es schon eine Weile nicht gut. Wegen der Kinder war sie früh aus dem Beruf ausgestiegen. Sie war unzufrieden mit ihrer Figur und hatte einen Mann, der sich permanent hinter seinem Computerbildschirm verschanzte. Ihre zwei Töchter waren aus dem Haus, gingen in mittelgroßen Städten ihren mittelgroßen Karrieren nach und kreisten ansonsten um ihre mittelgroßen Egos.

»Sie war eben unglücklich«, fasste Katrin zusammen. »Jeder Tag war wie der andere, und sie begann sich zu fragen, ob es ewig so weitergehen würde. Aus Kummer nahm sie jedes Jahr ein Kilo zu und bis zu ihrem vierundsechzigsten Geburtstag war sie ganz schön füllig geworden. Sie versuchte mal die eine, mal die andere Diät, doch sie hielt keine durch. Als sie dann auch noch die Diagnose Diabetes bekam, glaubten alle, sie würde nun komplett zusammenbrechen. Doch das Gegenteil geschah. Sie blühte auf. Auf einmal *musste* sie eine Diät befolgen. Sie *musste* Medikamente nehmen und auf sich achten. Es gab regelmäßige Termine bei Ärzten und jede Menge Aufmerksamkeit. Ihr Mann verbrachte viel mehr Zeit mit ihr, und sogar ihre furchtbaren Töchter kamen jetzt öfter zu Besuch.« Sie stützte die Ellbogen auf den Tisch.

»Zum Einstellen ihres Blutzuckers musste Marianne anfangs noch regelmäßig ins St.-Marien-Krankenhaus. Bei dieser Gelegenheit erfuhr sie von einer Selbsthilfegruppe, die sich jeden Mittwoch im Krankenhaus traf. Die Treffen fanden in diesen typischen Krankenaufenthaltsräumen statt, du weißt schon, mit Stuhlkreis, Plastikpalme in der Ecke und dünn aufgebrühtem Kaffee. Aber die anderen Frauen waren nett, alle in Mariannes Alter, und schlugen sich mit mehr oder weniger denselben Problemen herum. Die Zuckerfrauen nannten sie sich. Die Treffen waren ein großer Spaß, und bald kam die Idee auf, sie doch auch im privaten Rahmen fortzusetzen. Marianne war glücklich, sie hatte noch nie in ihrem Leben so gute Freundinnen gehabt. Sie gaben sich Tipps für Frisuren, empfahlen sich gegenseitig Bücher und Restaurants. Sie war regelrecht berauscht von ihren neuen Freundinnen aus der Diabetes-Selbsthilfegruppe …«

Marleen starrte sie voll konzentriert an, und irgendwie lenkte Katrin das ab.

»Red weiter.«

»Okay. Sie trafen sich abwechselnd, mal bei der einen, mal bei der anderen. Zu Kaffee und Kuchen. Das war anregend. Mal zu sehen, wie andere Frauen lebten. Außerdem waren sie alle gute Bäckerinnen, und bald brach ein freundschaftlicher Wettstreit zwischen ihnen aus. Sie alle hatten irgendwelche Rezepte von Mutter und Großmutter in der Schublade. Schließlich war Marianne an der Reihe, selbst ein Treffen auszurichten. Sie war ganz aufgeregt, blätterte tagelang in Rezeptbüchern und buk den ganzen Tag. Und als sie sich am Abend mit mehlbestäubten Händen endlich erschöpft auf ihren Stuhl fallen ließ, standen auf dem Küchentisch ein halbes Dutzend Kuchen: Stachelbeerbaiser, Sandkuchen, Schwarzwälder Kirschtorte und Streuselkuchen. Im ganzen Haus duftete es. Ihr Mann meinte, sie hätte sich selbst übertroffen. Das fand Marianne auch. Und natürlich war sie auch selbst gespannt, wie ihre Kuchen schmeckten. Sie dachte sich, wenn ich morgen richtig essen will, muss ich heute fasten, um einen Ausgleich zu schaffen. Also verzichtete sie aufs Abendessen und spritzte sich stattdessen nur Insulin. Und als am nächsten Tag die Frauen vor der Tür standen …« Katrin lächelte und sprach den Rest des Satzes nicht zu Ende. Das erübrigte sich auch, fand sie.

Doch Marleen sah sie erwartungsvoll an. »Was war dann?«

»Da war sie tot.«

»Wie bitte?« Marleen sah sie schockiert an. »Warum denn das?«

»Unterzuckerung.«

»Daran kann man sterben?«

»Selbstverständlich kann man daran sterben.«

Katrin hatte Mühe, den gereizten Tonfall in ihrer Stimme zu unterdrücken. Schließlich beinhaltete diese Geschichte all die Zutaten, die Marleen sonst amüsierten. Sie war drastisch, ein Paradebeispiel hinterwäldlerischer Hirnrissigkeit und endete, wie jede gute Geschichte, mit dem Tod. Doch Marleen sah sie an, als hätte sie gerade ihre Lieblingskatze überfahren. Hatte sie etwas Unangemessenes gesagt?

Sie fasste die Geschichte noch einmal im Kopf zusammen. Es ging um eine Frau, der die Kuchentreffen ihrer Diabetes-Selbsthilfegruppe zum Verhängnis wurden. Vielleicht kein Stoff für eine abendfüllende Hollywoodkomödie, doch um ihrer Freundin ein müdes Lächeln abzuringen, sollte es allemal genügen. Vielleicht hatte sie die Geschichte nicht richtig erzählt. Womöglich hatte sie zu viel Gewicht auf die Tatsache gelegt, dass die Frau einsam war. Soziale Isolation. Eine unbefriedigende Paarbeziehung. Selbstsüchtige Kinder. Damit konnte sich eine Kleinstadtmutter natürlich identifizieren. Ob es wohl zu spät war, ihr lächerliche Attribute wie eine Säufernase oder einen watschelnden Gang anzudichten?

Marleen wirkte immer noch verstört.

»Und wie haben die anderen aus der Selbsthilfegruppe reagiert? Haben sie danach mit den Kuchentreffen aufgehört?«

»Darum geht es in der Geschichte nicht«, erwiderte Katrin gereizt.

»Worum geht es dann?«

Ja, worum ging es? Um eine einsame Frau, die sich Hoffnung auf ein besseres Leben gemacht hatte und der das Schicksal einen letzten, bösen Streich gespielt hatte. Im Grunde ging es also um sie selbst. Katrin schluckte. »Vergiss es einfach.«

Mit einem Mal war sie wütend: Seit drei Wochen legte sie sich vor jedem Treffen mit Marleen witzige Geschichten zurecht, als Munition gegen das drückende Schweigen und die mitfühlenden Blicke. Die Hälfte erfand sie eh dazu. Ihr Leben steckte in der Krise, und sie musste sich auch noch abrackern, um ihre Freundin bei Laune zu halten. Katrin war drauf und dran, etwas Gemeines zu sagen, als sich glücklicherweise Stine mit schwankendem Tablett und einer Schale grauer Erbsensuppe näherte. Stine arbeitete seit ein paar Jahren in der Metzgerei. In der Schule waren sie und Katrin Mitglieder in derselben Theatergruppe gewesen. Sie hatten ›Der Besuch der alten Dame‹ geprobt. Leider hatte sich die Gruppe noch vor der Premiere aufgelöst.

»Tut mir leid, dass es so lange gedauert hat«, sagte Stine mit todtrauriger Stimme. Das Tablett in ihren Händen bebte. Über den Tellerrand und aus Stines Blick schwappte das Mitgefühl. Sie wollte wissen, wie es Katrin ging, ganz ehrlich, und sah sie so voller Gram an, dass Katrin weggucken musste.

»In meiner vegetarischen Erbsensuppe schwimmt Mettwurst.« Marleen schien froh über die Gelegenheit zu sein, ihre Bedenken äußern zu können. »So geht's mir, falls es irgendwen interessiert.«

»Ich kann sie rausfischen.« Stine lächelte hilfsbereit.

»Die Mettwurst sollte gar nicht drin sein«, informierte Marleen sie. »Es ist das vegetarische Gericht des Tages.«

Stine versicherte ihr tröstend, dass die Wurst lediglich zum Anbraten verwendet werde. Nur um dem Ganzen etwas Geschmack zu geben. Ein paar Stückchen müssten aus Versehen dringeblieben sein. »Kartoffeln schlucken sehr viel Geschmack«, sagte Stine entschuldigend. »So sind Kartoffeln.« Sie zankten noch ein bisschen hin und her. Stine beharrte auf dem überwiegend vegetarischen Charakter ihres Gerichts. Marleen drohte, nicht zu zahlen. Doch eigentlich hörte Stine schon längst nicht mehr zu. In ihren Augen glänzte es, und es erschien Katrin nicht unwahrscheinlich, dass sie sich ihr demnächst schluchzend an den Hals werfen würde.

»Ich hoffe so sehr, dass es dir schmeckt«, flüsterte sie.

»Ich mag Mettwurst!«, sagte Katrin mit so lauter, fröhlicher Stimme, dass das Rentnerehepaar am Nebentisch erschrocken zusammenzuckte. Sie wirkte wie das kleine, dicke Kind aus der Fernsehwerbung: Ich mag deutsche Butter!

»Du bist sehr tapfer.« Stine drückte Katrins Hand so fest und innig, als wolle sie sie nie wieder loslassen.

»Wo ist eigentlich der Unterschied zwischen der vegetarischen und der nicht vegetarischen Erbsensuppe?«, fragte Marleen missvergnügt, aber dennoch entschlossen, den Dingen auf den Grund zu gehen.

Katrin blickte auf ihren dampfenden Teller. Sie wartete darauf, dass Stine ihre Hand losließ und der Moment vorbeiging. Realistisch betrachtet, musste er irgendwann vorbeigehen. Die Mittagspause würde vorbeigehen, diese Woche, und wenn sie Glück hatte, auch ihr Leben als alleinstehende Ärztin in der Kleinstadt. Sie wusste, dass es so war, doch es fühlte sich nicht so an. Tatsächlich kam ihr schon dieser Augenblick länger vor als ihr gesamtes bisheriges Leben. Warum geschah das eigentlich nie mit den guten Momenten? Von denen hatte es doch auch einige gegeben. Da war der Fußballsieg in der Regionalliga, nach dem sie von den Kameradinnen auf den Schultern durchs Stadion getragen wurde, während der Regen in Strömen auf sie niederprasselte. Oder die Nacht nach der bestandenen Facharztprüfung, als der Sektkorken aus der Flasche schoss und eine Delle in der Zimmerdecke hinterließ. Der schwankende Hochzeitswalzer in den Armen ihres Mannes.

Und schon war sie wieder bei Joachim. Das Fußballturnier hatte in dem Jahr stattgefunden, bevor sie ihn kennengelernt hatte. Immer wieder hatte er ihr versichert, wie gern er am matschigen Spielfeldrand gestanden und ihr zugejubelt hätte. Und natürlich war er es, der den Sektkorken knallen gelassen hatte und hinterher auf die Leiter gestiegen war, um den Zeigefinger prüfend in die Delle an der Zimmerdecke zu legen. Die Arme beim Tanz gehörten ebenfalls Joachim. Es war zum Verrücktwerden. Dreizehn Jahre Beziehung hin oder her: War es wirklich zu viel verlangt, wenigstens einen glücklichen Moment herbeizitieren zu können, an dem nicht ihr Mann klebte?

»Ach, Katrin, es tut mir so leid«, sagte Stine gerade. »Wir alle haben Joachim so gemocht …«

»Ja, ich auch.«

Es hatte ein Scherz sein sollen, aber natürlich lachte wieder niemand.

»Es ist so grauenhaft.« Stine schüttelte sich. Der übergroße Pullover und die Leinenhose schlackerten an ihrem Körper, so sehr erschauderte sie beim Gedanken daran, *wie* grauenhaft Katrins Leben war. »Ich weiß wirklich nicht, wie du das erträgst. An deiner Stelle würde ich …« Sie sprach den Satz nicht zu Ende und erwartete wohl, dass Katrin den Fenstersprung, die ins Auto geleiteten Abgase und den Schlaftablettensuizid im Kopf ergänzte.

»Es geht mir gut.« Katrin spürte, wie das Lächeln zu schmerzen begann, je breiter es wurde. Wie die Verkrampfung in den Kiefer ausstrahlte, in den Nacken und bis hinab in die Schultermuskulatur. Das Lächeln sollte optimistisch sein, lebensbejahend, es sollte ausdrücken, dass sie durch die Stürme des Lebens gegangen war und gestärkt aus ihnen hervorgetreten war. Das Bankenkrisenlächeln.

»Alles in allem geht es mir wirklich gut. Wirklich.« Das letzte »wirklich« klang selbst in ihren eigenen Ohren ein wenig dick aufgetragen. Aber da sie nun schon dabei war, konnte sie ebenso gut weitermachen. »Endlich hab ich mal Zeit für mich. Endlich kann ich mal ...« Ja, was konnte sie endlich mal? Katrin überlegte fieberhaft. Lesbisch werden? Bedeutungslosen Kneipensex mit schwarzäugigen Fremden haben? Den Anonymen Alkoholikern beitreten? »Ich meine ...« Sie stockte. Dann heftete sich ihr bis dahin ruhe- und ankerlos umherschweifender Blick plötzlich auf Marleen, die sich gerade irgendetwas unter ihrem Fingernagel hervorpulte. »Endlich hab ich mal Zeit für meine Freundinnen.« Sie lächelte Marleen strahlend an und versetzte ihr einen aufmunternden Tritt unterm Tisch. »Endlich können wir mal. Na, du weißt schon, Mädchendinge machen.«

Marleen und Stine sahen sie fragend an, aber Katrin, die ihren inneren Trotz wiedergefunden hatte, sagte sich, dass sie nicht konkret werden musste. Es ging nur darum, eine Stimmung zu erzeugen. Fröhlich auf der Tanzfläche zusammengedrängte Frauenrudel. Stapel horizonterweiternder Lektüre auf dem Nachttisch. Lange Spaziergänge im duftenden Herbstwald und ein Glas Rotwein auf dem Rand der Designerbadewanne, während der Regen aufs Dachfenster trommelte. Das konnte eine Trennung auch sein.

Manchmal fragte sich Katrin mit beinahe wissenschaftlicher Neugier, was sie tatsächlich empfand. Nicht viel, hätte die ehrliche Antwort gelautet. Sie wusste, sie sollte eigentlich wütend sein. Oder ein Häuflein Elend. Aber für Wut fehlte ihr die nötige Energie. Und Tränen brachte sie auch keine zustande. »Die Lauen spuckt der Herrgott wieder ins Meer«, hatte ihre Großmutter immer gesagt. Ich kann keine von den Lauen sein, dachte Katrin, ich bin schließlich Ärztin.

»Mein Mann war mit Joachim im Kegelverein«, sagte Stine mit schuldbewusstem Blick. »Aber das würde er nie wieder tun. Mit ihm kegeln, meine ich. Wenn Joachim je wieder einen Fuß ins Kolpinghaus setzt, hat er gesagt, kriegt er eine Tracht Prügel.«

»Danke.« Katrin lächelte herzlich, als wäre ein ihren Exmann vermöbelnder Lynchmob eine reizende Geste.

Es war schon ironisch, wenn man bedachte, wie sehr sich Joachim damals dagegen gesträubt hatte, in den Kolpingverein einzutreten: Er, der studierte Philosoph. Der Großstadtjunge aus Hamburg. Doch Katrin fand, dass er keine Wahl hatte. Schließlich war er neu zugezogen und wollte ein Wissenschaftsantiquariat am Ort eröffnen. Irgendwie musste er seine zukünftigen Kunden ja kennenlernen. Zur Auswahl standen der Kegelverein oder die freiwillige Feuerwehr.

»Ihr würdet ihn wirklich verprügeln?«, fragte Marleen, eher neugierig als schockiert.

Stine nickte ernst und ließ dann endlich Katrins Hand los. »Ich bin immer für dich da«, sagte sie und kehrte den beiden Frauen kampfbereit den Rücken zu.

»Oh mein Gott«, flüsterte Katrin, sobald Stine außer Hörweite war. »Was war denn das?« Marleen starrte auf ihre Fingernägel und schwieg. Nein, dachte Katrin. Frag mich nicht; wenn du meine Freundin bist, fragst du mich jetzt nicht. Marleen hob den Kopf und starrte aus dem Fenster in die leere Innenstadt. Stine zog gerade die Tür auf, und eine Mischung aus Regengeruch und Abgasluft wehte in den Laden. Durch die Fensterscheibe sah man, wie Stine sich breitbeinig vor die Kreidetafel mit dem Mittagsangebot stellte und einen energischen Strich durch die »Vegetarische Erbsensuppe« zog. Marleen runzelte die Stirn.

»Und er hat immer noch nicht von sich hören lassen?«

»Das hätte ich doch wohl erwähnt.«

»Es kommt mir so merkwürdig vor.«

»Fängst du jetzt auch noch an?«

Marleen schüttelte den Kopf, fuhr sich mit der Hand durch ihr wie immer etwas wirres Haar und raffte es dann in einem Zopf zusammen. »Ich mein nur. Was macht dich so sicher, dass nichts passiert ist? Dich einfach zu verlassen. Ohne Brief. Ohne ein Wort. Das sieht Joachim einfach nicht ähnlich.«

»Zum Teufel noch mal«, fuhr Katrin sie an. »Die Leute tun die ganze Zeit Dinge, von denen sie behaupten, sie sähen ihnen nicht ähnlich. Bankräuber sagen, Banken zu überfallen sähe ihnen nicht ähnlich. Und Frauenmörder sagen, Frauen zu ermorden sei normalerweise gar nicht ihr Ding. Manchmal sind es die Taten, die uns am wenigsten ähnlich sehen, nach denen die Welt uns beurteilt. Und wer bei Nacht und Nebel seine Frau sitzenlässt, landet nun mal im illustren Club der Leute, die so was tun.«

Sie wusste, dass es nicht ganz fair war, Joachim in eine Reihe mit Bankräubern und Frauenmördern zu stellen, aber das war ihr egal.

Katrin war laut geworden, und ein paar Köpfe in der Metzgerei hatten sich nach ihnen umgedreht. Doch Marleen ließ sich nicht einschüchtern.

»Betrachten wir das Ganze doch mal rational. Joachim könnte einen Unfall gehabt haben oder einem Verbrechen zum Opfer gefallen sein.«

»Versuch nicht, mich zu trösten.«

Endlich musste Marleen doch lachen. Auf diese seltsame, prustende und schnaubende Art, die sie schon als Teenager gehabt hatte. Und während man sich noch wegduckte, um den umherschießenden Speicheltröpfchen auszuweichen, lachte man schon mit.

»Sein Handy ist noch immer abgestellt, nehme ich an«, sagte Marleen, nachdem sie sich ein wenig beruhigt hatte.

»Das weiß ich nicht. Ich rufe ihn nicht mehr an.«

»Aber willst du denn gar nicht wissen, warum?«

Katrin überlegte. Ja, hätte die ehrliche Antwort gelautet, sie wollte es wissen, dringend, unbedingt. Aber nicht dringend genug, um ihn anzurufen.

»Du solltest mit irgendwem darüber reden.« Marleen sah sie ernst an. »Ich meine, du redest nicht mal mit mir, und ich bin wahrscheinlich so ziemlich die beste Freundin, die du auf der Welt hast. Wenn auch vielleicht nur mangels Konkurrenz.« Sie hob erwartungsvoll ihren Blick von der Tischplatte, doch die Chance, sich ein Kompliment abzufischen, hatte sie sich durch ihre Themenwahl selbst vermasselt.

»Ich will dir doch bloß helfen, Katie.«

Katrin schnaubte. »Indem du mich zwingst, über den unglücklichsten Moment meines Lebens zu sprechen? Weißt du, die Leute finden Katastrophen immer ganz wunderbar, solange es nicht ihre eigenen sind. Laufe ich vielleicht herum und spreche alle auf ihre Probleme an? Marleen, wie war das damals, als dich dein Mann betrogen hat? Erzähl doch mal.«

Marleen wurde aschfahl, und Katrin hätte sich selbst ohrfeigen könne. Sie hatte aufs Geratewohl losgeschossen und mit dem Glück des Amateurs gleich ins Schwarze getroffen. Es war nur eine harmlose Kneipenknutscherei gewesen, die noch dazu unter einem Dutzend Augenpaaren stattgefunden hatte. Karl war volltrunken gewesen, die Frau eine Fremde auf der Durchreise.

»Ich zahl dann mal.«

Die alte Katrin wäre jetzt ebenfalls aufgestanden und hätte sich entschuldigt. Stattdessen blieb sie sitzen, in trotzigem Schweigen, und als ihre Freundin die Handtasche vom Stuhl nahm, drehte sie den Kopf zum Fenster. »Ich finde immer noch, dass du mit jemandem reden solltest«, sagte Marleen zum Abschied. »Vielleicht nicht mit mir. Aber mit irgendwem.«

3. Ex

Clara blinzelte ins grelle Geglitzer der Mittagsstunde. Über ihrem Kopf zogen Möwen kreischend ihre Kreise, Schwäne glitten durchs funkelnde Wasser, und der Abgasgestank der nahen Straße mischte sich mit der fauligen Brise, die von der Binnenalster herüberwehte. Clara und Sky saßen auf ihrer Lieblingsbank, zwischen ihnen lagen zerdrückte Plastikbecher und eine leere Pikkoloflasche. Clara brach ein Stück von ihrem Baguette ab und warf es lustlos nach einem Schwan, doch sie hatte zu wenig Schwung, und es blieb knapp vor dem Wasser auf den Steinen liegen. Neugierig torkelte eine rotäugige Taube herbei. Clara spürte ein sinkendes Gefühl in der Magengegend. Sie legte den Kopf in den Nacken und starrte in den Himmel, doch auch dort trieben nur altbekannte Wolkenformationen vorbei. Eigentlich war es ein schöner Tag. Warum also fühlte sie sich so niedergeschlagen?

Sie blickte Sky von der Seite an. Er hatte die Stirn in modische Falten gelegt und starrte in die Ferne. Die Sonne lag schimmernd auf seinem silbernen Haar. Claras Stimmung hob sich ein wenig.

Sky war zweifellos der schönste Mann, mit dem sie je zusammen gewesen war. In den achtziger Jahren hatte er für Hugo Boss gemodelt. Danach war sein Marktwert immerhin stabil genug geblieben, um ihm die neunziger Jahre hindurch einen Platz in der Gesellschaft der schwächer leuchtenden Sterne zu sichern. Als Clara ihm begegnete, war Sky allerdings in einem bemitleidenswerten Zustand. Er verbrachte seine Tage dahinvegetierend auf abgetakelten Jachten, billigen Champagner schlürfend. Er fröstelte sich in zugigen Festzelten halb zu Tode oder flirtete auf zweitklassigen Medienereignissen mit irgendwelchen Ex-Castingshow-Kandidatinnen. Damals, kurz nach seiner Trennung von dem Pornostar Leila D., zog er mit den verschiedensten Themen durch die Talkshows. Er sprach über die achtziger Jahre, den Wert erster Eindrücke, Sexismus Männern gegenüber, Drogenentzüge. Er hatte sich beim Wechsel von einer Couch zur nächsten regelrecht den Hintern wundgerutscht. Dann lernte er Clara kennen, und sein Leben änderte sich.

War Sky früher zwar schön, aber nichtssagend gewesen, besaß er mittlerweile Charakter und Stil. Sky kleidete sich modisch, aber nicht nach der neusten Mode. Die Sätze, die er von sich gab, waren so bedacht, so gemeißelt schön, dass sie jeder Spruch-des-Tages-Rubrik Ehre gemacht hätten, und wenn er nicht sprach, schwieg er umso schöner. Er ernährte sich vegan, joggte jeden Morgen um die Alster, und was bei einem anderen Mann seines Alters verzweifelt gewirkt hätte, zahlte sich für ihn aus. Sky war die Art Mann, nach der sich Frauen auf beiden Seiten des Klimakteriums die Finger leckten.

Seufzend schloss Clara die Augen gegen das gleißende Mittagslicht und gab sich ihrer Lieblingsfantasie hin. Schon seit Jahren träumte sie von einem Artikel in einem großen Lifestyle-Magazin. Er trug wahlweise den Titel »Eine außergewöhnliche Frau« oder »Eine Frau in den besten Jahren« und handelte ausschließlich von Clara.

Clara als Aushängeschild ihrer Generation.

So abwegig war der Gedanke nicht, fand Clara. Schließlich sah sie blendend aus, und obwohl sie ihr Antiquitätengeschäft schon vor Jahren geschlossen hatte, machte sie dank ihrer solventen Privatkundschaft noch immer ein kleines Vermögen. Außerdem war sie mit einem Model zusammen. Niemand konnte behaupten, dass sie aus ihren Sechzigern nicht das Beste machte. »Erst jetzt fühle ich mich richtig wohl in meinem Körper«, verriet sie der Journalistin in ihrem Kopf. »Im eigentlichen Sinne reif – geistig, emotional, körperlich. Geht es im Leben nicht immer darum, diese drei Bereiche in Einklang zu bringen?« Da es sich um eine rhetorische Frage handelte, nickte die junge Journalistin nur und machte sich eifrig Notizen in ihren Schreibblock. »Ich kann nicht fassen, wie unsicher ich als junge Frau war«, sagte Clara und brach in glockenhelles Gelächter aus. »Erst jetzt, da ich nicht mehr darüber nachdenke, wie andere Leute mich sehen, kann ich mitten im Leben stehen.«

Nicht immer war der Tonfall ihrer Interviews so tiefgründig. Je nach ihrer gegenwärtigen Gemütslage konnte Clara schlagfertig sein, nachdenklich, übermütig – manchmal wurde sie auch dramatisch. Vor allem wenn sie allein mit einem Glas Wein zu Hause saß. Dann erzählte sie der Journalistin von all den Männern, die ihr das Herz gebrochen hatten. Interessanterweise dachte sie dabei nie an ihre Exmänner. Dafür waren die beiden einfach zu nett gewesen. Widerspruchslos hatten sie ihr großzügige Abfindungen gezahlt und verlässlich Karten zu allen Geburtstagen und wichtigen Jahrestagen geschickt. Und ebenso still, wie sie gelebt hatten, waren sie schließlich verstorben, diskret und taktvoll, und falls sie irgendwem Umstände gemacht hatten, dann zumindest nicht Clara. Keiner von ihnen hatte in die Kategorie Mann gehört, die einen demütigte oder einem das Herz brach, und vielleicht war es das, was Clara ihnen am wenigsten verzieh.

Wenn eine Liebe zerbrach, fand Clara, sollte das mit einem Donnerschlag geschehen. Ihre eigenen Ehen waren langwierigen bürokratischen Zersetzungsprozessen zum Opfer gefallen, bei denen Anwälte ihre gemeinsamen Jahre unter sirrenden Neonlampen in Stapel und Aktenordner zerlegt und zu Ende verwaltet hatten.

Es hatte keine Tränen gegeben, keine Wutausbrüche, und die kleinen Sticheleien waren allein von Clara ausgegangen. Manchmal kam es ihr selbst so vor, als hätte sie die Scheidung nur deswegen eingereicht, um ihren Männern irgendeine Gefühlsreaktion zu entlocken. »Wissen Sie, ich habe nie allein gelebt. Ich bin immer von einer Beziehung in die nächste geschliddert«, erzählte Clara dann. »Sie müssen wissen, ich bin katholisch aufgewachsen. Doch jetzt bin ich zum ersten Mal in meinem Leben erfüllt. Die Beziehung mit Sky ist Neuland für mich. Es ist aufregend. Wir haben getrennte Wohnungen, einen getrennten Freundeskreis. Wir treffen uns zum Essen, teilen die schönen Dinge, ohne uns aneinander zu klammern.«

Verstohlen blickte sie zu Sky hinüber, der versonnen auf seine perfekt manikürten Fingernägel starrte. Natürlich mussten auch Fotos von ihm im Artikel erscheinen. Man könnte ihn zeigen, wie er an einem klirrend kalten Herbsttag früh morgens um die Alster joggte; wie er im Businessanzug in ein Taxi stieg, auch wenn Clara nicht so recht wusste, welchem Business Sky genau nachgehen sollte. Sie könnten ihn zeigen, wie er, an seinen roten Porsche gelehnt, an der Straße stand oder in einer lichtdurchfluteten Landhausküche Tomaten aufschnitt oder irgendein anderes unspießiges Gemüse. Natürlich musste es auch Bilder von ihnen zusammen geben. Wie sie im Vorgarten herumtollten und sich übermütig im Gras wälzten, während der Wind ihnen das Haar zerzauste. »Glück«, sagte sie zu der Journalistin, »kann man nicht festhalten.« Die Interviewerin nickte nachdenklich und auch ein wenig betrübt, während Clara fortfuhr: »Wie ich immer sage, die einzige Konstante in meinem Leben ist die Veränderung.« An dieser Stelle machte die Journalistin große Augen und fing schnell an zu kritzeln: »Wie war das …?«

»Das Zitat ist von mir. Sie können es ruhig bringen.«

»Was sagst du, Liebling?« Sky sah sie fragend an, und Clara wurde bewusst, dass sie den letzten Teil ihres Interviews aus Versehen laut geführt hatte.

»Ich habe nur daran gedacht, wie sehr ich dich liebe.« Dieser Satz passte in der Regel immer, und tatsächlich wurde Skys Gesicht auch diesmal butterweich.

»Und ich dich«, raunte er. »Jeder Tag mit dir ist so kostbar. Ich möchte ihn am liebsten in einem Schatzkästchen einschließen und für die Ewigkeit aufbewahren.«

Clara legte den Kopf in den Nacken, schloss die Augen und spitzte auffordernd die Lippen. Sky verstand, doch als ihre Lippen aufeinandertrafen, fühlte es sich nicht richtig an. Clara machte die Augen auf und sah direkt in Skys perfekte runde Nasenlöcher. Die Haare darin waren sorgfältig gestutzt. Sie presste die Lippen noch einmal nachdrücklich auf seine und drehte den Kopf dann ein wenig zur Seite, bis sie über seine Schulter blicken konnte. Claras Blick verfing sich irgendwo in der glitzernden Ferne, und sie seufzte. Da war es wieder – das sinkende Gefühl in der Magengegend. Ob das die Midlife-Crisis ist, fragte sich Clara bang. Immerhin ging sie auf die siebzig zu …

»Wohl eher End-of-Life-Crisis«, bemerkte Marie, als sie Stunden später durch die stimmungsvoll abgedunkelte Galerie schlenderten. Aus verborgenen Lautsprechern dröhnten Trommelschläge, und elfengleiche Kellner tänzelten mit Tabletts vorbei, während die Freundinnen ihre Kreise zogen, die Bilder und Skulpturen als verschwimmende Farbflecken im Augenwinkel.

»Langweilst du dich etwa mit deinem Model?«, fragte Marie.

»Ex-Model.« Clara legte Wert auf die Unterscheidung. »Sky nimmt nur noch ausgewählte Aufträge an.« Sie fand, dass der Ausdruck »Model« und erst recht »dein Model« aus dem Mund ihrer Freundin etwas Despektierliches hatte. Aus Gründen, die ihr selbst nicht ganz klar waren, kam ihr »Ex-Model« wesentlich würdevoller vor. Mit Ex-Bankchef, Ex-Fußballprofi und Ex-Präsident ging es ihr genauso. Irgendwie verlieh die Vorsilbe der Person exakt die richtige Mischung aus frivolem Glamour und Seriosität. Ein Streiflicht auf eine zwar glanzvolle, doch letztlich liederliche Phase im Leben eines Mannes, die er nun hinter sich gelassen hatte, um sich bedeutenderen Dingen zuzuwenden. Kokainsucht und Sexskandalen zum Beispiel.

»Und du hast doch wieder das Kleid angezogen«, sagte Marie missmutig. Sie nahm einen großen Schluck aus ihrem randvollen Proseccoglas.

Marie hasste dieses Kleid schon seit Jahren. Es war giftgrün, hatte mehr Knöpfe am Rücken, als man zählen konnte, und glänzte. Es schimmert, korrigierte Clara regelmäßig. Wie ein Fliegenpanzer, befand Marie. Und dann waren da noch die Schulterpolster, die Clara gewöhnlich mit dem Hinweis auf ihre abfallenden Schultern verteidigte, woraufhin ihr Marie regelmäßig versicherte, sie sehe aus wie ein amerikanischer Footballspieler. Neugierig wartete Clara ab, ob die Bemerkung ihrer Freundin zum Startschuss für den üblichen Schlagabtausch werden würde, doch die verzog nur bitter das Gesicht und nahm einen weiteren tiefen Schluck aus ihrem Glas. Dann ging sie weiter. Überhaupt bestand Marie heute darauf, ständig in Bewegung zu bleiben. Wann immer andere Gäste oder Veranstalter sie in ein Gespräch über die Ausstellung oder neue Entwicklungen auf dem Kunstmarkt verwickeln wollten, lächelte Marie stets strahlend und sagte, heute sei sie nur zu Gast. »Also hast du hier heute nichts vor«, übersetzte Clara. »Wir betrinken uns nur.«

»Exakt.«

Abrupt blieb Marie vor einem Exponat stehen. Es war ein kopfloses Hutzelwesen aus Bambus mit einem riesigen Phallus, der im rechten Winkel in den Raum ragte. »Daran könnte man sich die Augen ausstechen«, sagte Marie beeindruckt.

»Oder etwas darauf abstellen. Vielleicht ein Tablett. Man könnte es bei Partys im Eingangsbereich aufbauen und ein Tablett mit Sektflöten draufstellen.«

Marie lachte auf. »Und du bist mit einem Ex-Model zusammen.« Clara konnte da wirklich keinen Zusammenhang erkennen, doch Marie schüttelte belustigt den Kopf. »Meine Güte, wenn uns das früher einer gesagt hätte. Geschieden, zwei Kinder, die uns hassen. Und du bist mit einem Ex-Model zusammen. Wir braven katholischen Mädchen aus der Sonntagsschule.«

Clara schwieg. Sie konnte Gesprächen über die Vergangenheit nichts abgewinnen. Wie die Welt von einem bestimmten Punkt der Unkenntnis aus gewirkt haben mochte, war ihrer Ansicht nach nie besonders aufschlussreich. Früher hielten die Menschen die Erde für eine Scheibe. Na und? Auch an sich selbst dachte sie nicht gern als junges Mädchen zurück. Mit unmöglichen Frisuren, kratzigen Strümpfen. Und so schrecklich nichtssagend. Sie fand, dass die Zeit für sie gearbeitet hatte. Sie mochte auf die siebzig zugehen, doch sie fühlte sich heute attraktiver und selbstbewusster als mit siebzehn. Das wäre ein schöner Satz für den Artikel, dachte sie und probierte ihn gleich an Marie aus. »Ich würde mit niemandem tauschen wollen«, fügte sie als Quintessenz hinzu.

»Ach, erstick doch dran.« Maries Stirn war in gewittrige Falten gelegt. »Das sagen bloß diese verlogenen Frauen in Zeitschriften. Dieselben, die auf die Frage, ob sie sich je haben liften lassen, antworten, sie söffen nur literweise Mineralwasser und machten lange Spaziergänge am Strand. Du würdest sofort mit einer Jüngeren tauschen, alles andere wäre doch auch idiotisch.« Die letzten Worte spie Marie ihr regelrecht ins Gesicht.

»Was bist du heute so aggressiv?«, fragte Clara, eher erfreut als schockiert. Das war die alte Marie, nicht randvoll mit milchiger Nächstenliebe, sondern kämpferisch und voller Abscheu für alles und jeden. Im nächsten Augenblick rauschte eine Frau im gelben Kleid vorbei, und Maries Hohn fand eine neue Zielscheibe. Wohl wahr, das Kleid konnte man tatsächlich nur als Griff ins Klo bezeichnen. Viel zu viele Röcke übereinander, die beim Gehen dämlich raschelten. Doch Marie lästerte so ausgiebig und mit nicht nachlassender Energie, dass Clara sich ernsthaft wunderte: »Wer ist das überhaupt?«

»Die Kuratorin.«

»Sie sieht aus wie eine Banane.« Die Freundinnen kicherten. In diesem Moment gesellte sich eine dünne Frau mit schütterem grauem Haar und staunend aufgerissenen Augen zu ihnen. Sie war eine Mäzenin, die regelmäßig für die Galerien in der Stadt spendete. Allerdings nur für die florierenden. Mit offenem Mund stand sie vor dem Phallus und verschlang ihn förmlich – Clara konnte diese Formulierung selbst im Kopf nicht vermeiden – mit den Augen. Sie atmete laut ein und aus, dann stöhnte sie.

»Einfach wunderbar, oder?«

Clara nickte ernst. »Ja, diese rohe Kraft.«

Marie nahm einen großen Schluck von ihrem Prosecco und tat dann so, als hätte sie sich verschluckt, um ihr Kichern unter einem Husten zu verbergen. Die Frau nickte wehmütig und ließ sich von einer neuen Welle der Empfindungen zum nächsten Kunstwerk fortspülen. Marie konnte nicht aufhören zu lachen, sie lachte und lachte, bis ihr Lachen ein Husten und das Husten keine Tarnung mehr war, sondern ein Röcheln. Marie rang nach Luft, nur langsam kam sie wieder zu Atem. Danach wirkte sie ernüchtert. Das bösartige Funkeln in ihren Augen war erloschen. Sie stand da, eine dürre, alte, glanzlose Frau, dachte Clara und erschrak.

»Mein Gott, du hast dich auf dieser Beerdigung wirklich erkältet«, sagte sie und trat missvergnügt einen Schritt zur Seite. Sie konnte sich die Bazillen lebhaft vorstellen, die Maries Kopf wie ein angriffslustiges Bataillon umschwirrten. Clara hatte wenig Verständnis für Krankheiten. Als Anlass für Versteigerungen, Wohltätigkeitsbasare oder glamouröse Spendengalas mochten sie durchgehen, aber in ihrem unmittelbaren Umfeld wollte sie sie nicht haben.

»Du fängst dir auch wirklich alles ein. Weil du nicht auf mich hörst.«

»Deswegen muss ich sterben, weil ich nicht auf dich höre?« Marie lächelte ironisch.

»Herrgott, jetzt sei nicht so melodramatisch. Du hast nur eine Erkältung.«

Maries Lächeln begann, an den Rändern zu zittern. »Ich fürchte, die Lage ist ein wenig, wie soll ich sagen, desolater.« Sie tippte sich mit den Fingerspitzen ganz leicht gegen die Brust. Eine Geste, die für einen Außenstehenden keinen Sinn ergeben hätte, da sie heute ein beiges Etuikleid trug. Nur Clara wusste, dass sie damit ihre Burberry-Lederjacke beschwor, in deren Brusttasche sie üblicherweise ihre Marlboro Lights herumtrug.

»Du solltest aufhören zu rauchen«, erwiderte Clara lustlos. Sie hasste dieses Thema. Clara hatte volles Verständnis für Menschen, die wie ein Schlot qualmten und dann, sei es mit neunzig oder neununddreißig, in einer Rauchwolke gen Himmel stiegen. Selbst für die Leute, die aufhörten und fortan für ihre Willensstärke gelobt werden wollten, brachte sie ein gewisses widerwilliges Verständnis auf. Was sie nicht mochte, waren Leute wie Marie, die mal sechs Monate lang nicht rauchten, dann drei Schachteln am Tag, die Besserung gelobten und doch wieder rückfällig wurden und einem folglich immer wieder dieselbe lahme Anfeuerungsrhetorik aufzwangen: Du musst es wollen. Es gibt da ein Buch. Es gibt da ein Pflaster. Einen Hypnotiseur. Du wirst schon nicht zunehmen. Die Reihenfolge der Sätze war beliebig.

Marie lächelte traurig. »Du wirst mir fehlen.«

»Ich habe ab-so-lut keine Ahnung, wovon du sprichst.« Das Silbenzerhacken verlieh Clara in Momenten wie diesen immer ein angenehmes Gefühl von Kontrolle.

»Ich fürchte, derartige Veranstaltungen wirst du in Zukunft ohne mich durchstehen müssen, meine Liebe.«

»Was zum Teu-fel meinst du?«

»Ich habe Krebs.«

Clara sah Marie an. Alle möglichen Gedankenfetzen und Gefühle wirbelten in ihrem Kopf herum, doch sie griff nach der Emotion, die ihr am vertrautesten war: ärgerliche Ungeduld. Sie schnaubte und riss einem gerade vorbeikommenden Kellner ein Glas vom Tablett. Erschrocken machte er einen Satz zur Seite. Sie schnaubte noch einmal, als wäre Krebs etwas, was sich wirklich nur Marie einfallen lassen konnte.

»Und da kann man nichts machen?«

»Laut Statistik liegt die Überlebensrate der Patienten, die …«

»Wenn du mich nicht sofort mit deinen beschissenen Statistiken in Ruhe lässt, schreie ich.«

Marie sah sie freundlich und eine Spur mitleidig an. »Ich habe Metastasen in der Leber.«

»Kannst du keine neue kriegen?«

»Die gibt's leider nicht im Supermarkt.«

Clara spürte die Wut als kompakten heißen Knoten im Bauch. Langsam löste er sich auf und breitete sich als warme Welle in ihrem ganzen Körper aus. Schweigend starrten sie auf die Hutzelskulptur. Leute stellten sich zu ihnen, um zu sehen, was diese beiden alten Damen so faszinierte. Manche gingen nach ein paar Minuten achselzuckend davon, andere blieben länger und nickten, als hätten sie irgendetwas begriffen.

»Und was ist mit Kämpfen und dem ganzen Kram?«, fragte Clara schließlich. »Den Krebs besiegen?«

»Dafür bin ich, glaube ich, nicht der Typ«, antwortete Marie ruhig.

Das war's also. Clara starrte auf ihr Glas, auf den abgestandenen, kaum noch prickelnden Rest, dann stürzte sie ihn in einem Zug herunter. Er brannte wie Säure in ihrer Kehle.

Einen kurzen Augenblick lang hatte sie tatsächlich den Impuls verspürt, Marie das Glas ins Gesicht zu schütten. Doch natürlich schüttete man einer Todeskandidatin keinen Prosecco ins Gesicht. Man schrie sie auch nicht an. Aber was tat man? Was tat man nur? Andere Sterbenskranke würden im Internet recherchieren, alternative Heilmethoden suchen oder nach Lourdes pilgern. Aber das war es ja, was Marie gemeint hatte, als sie sagte, sie sei nicht der Typ. Sie war nicht der Typ, der nachts vorm blau schimmernden Computerbildschirm saß, das knallharte Fachgespräch mit Spezialisten suchte oder sich auf den Weg zu den Wunderheilern dieser Welt machte.

Clara hatte nie geglaubt, dass es einen Typ Mensch gab, der den Krebs eher besiegte als ein anderer, doch als sie Marie sah, so lächerlich zerbrechlich in ihrem beigen Kleid, das Gewicht ganz auf einen Fuß gestützt, den anderen leicht eingeknickt, kamen ihr Zweifel. Irgendwann im Laufe des Abends hatte Marie von einer Brezel abgebissen, ein einziger Bissen nur, bevor sie das Gebäck wieder in die Papiertüte gepackt und in ihrer Handtasche verstaut hatte. Und doch klebten immer noch winzige Bröckchen, von Lippenstift angefärbt, in ihren Mundwinkeln. Das war typisch Marie: Wenn sie versuchte, in einem exklusiven Restaurant einen Tisch zu reservieren, wusste der Kellner bei ihrer Ankunft grundsätzlich von nichts. In ihrer Wohnung gingen sämtliche Pflanzen ein. Und sie hatte noch nie in ihrem Leben wirklich festes Schuhwerk getragen. Wie sollte so eine Frau den Krebs besiegen? Clara schüttelte sich. »Das soll doch wohl ein Scherz sein!«

4. Kampfhund

Clara hatte genug. Zwei Stunden schon saß sie mit eingefrorenem Lächeln auf der geblümten Couch der Schotts, balancierte eine Tasse Tee und eine Serviette mit bröckelnden Keksen auf den Knien und hörte sich diesen Unsinn an. Während der gesamten Zeit hatte sich das Ehepaar fest an den Händen gehalten und nur losgelassen, wenn einer von beiden aufstand, um ein weiteres Hundeerinnerungsalbum aus dem Schrank zu holen. »Hier sieht man ihn bei unserem Hollandurlaub am Strand. Schauen Sie, wie süß er dem roten Ball hinterherjagt.« Frau Schott war eine hübsche Frau mit sportlicher Figur und schulterlangem honigblondem Haar, doch ihre Augen sahen rot und verheult aus, und ihr Lächeln machte einen äußerst instabilen Eindruck. Ihr Mann schüttelte fassungslos den Kopf: »Wenn mir jemand gesagt hätte, dass wir unseren Harri je weggeben würden.« Ihm traten die Tränen in die Augen. »Die verdammte Allergie.« Er sagte das in demselben Tonfall, wie ein Veteran sagen würde: »Der verdammte Krieg.« Er konnte nicht weitersprechen, und so ergriff seine Frau das Wort. »Wir dachten, wir kriegen das Ganze mit Medikamenten in den Griff, aber als die Immunsuppressiva anfingen, Franks Leber anzugreifen … Na ja – es war jedenfalls keine leichte Entscheidung.«

Unwillkürlich glitt Claras Blick zu dem wuscheligen weißblonden Hund, der sich neben der Couch zusammengerollt hatte. Seine Augen waren halb geschlossen, und ein stacheliger roter Gummiball lag wenige Zentimeter von seinem Maul entfernt. Er schnappte ein paarmal träge danach, doch der Ball rutschte ihm immer wieder weg; Harri nahm es hin. Gleichmütig riss er sein Maul noch weiter auf und gähnte. Nicht gerade das Genie des Wurfs, dachte Clara, aber vielleicht tut ihm der Kulissenwechsel ja gut.

Der Kontakt zu den Schotts war ihr von einer Bekannten vermittelt worden, deren Namen sie im Geiste bereits rigoros aus ihrem Adressbuch strich. Irene Tide hatte ihr erzählt, die Schotts hätten einen Retriever abzugeben, und Clara wollte einen Hund. Die Sache hätte folglich einfach sein müssen. In ihrer Vorstellung hatte sie den Hund an der Haustür in Empfang genommen, den Schotts noch einmal freundlich zugenickt und dem Hund im nächsten Tierladen einen Beißring gekauft. Aber nichts war leicht in der gefühlsbeladenen, unendlich langsamen Welt der Schotts.

Die beiden sahen Clara immer noch verständnisheischend an, und sie wurde das Gefühl nicht los, dass sie etwas von ihr erwarteten. Aber was? Entschlossen klappte Frau Schott das Fotoalbum zu, als sei alles Bisherige nur Geplänkel gewesen und als würden sie jetzt zum Kern des Ganzen vorstoßen. »Jedenfalls ist es uns sehr wichtig, dass wir Harri in liebevolle Hände geben. Deswegen würde es uns natürlich interessieren, warum Sie einen Hund haben wollen.«

Um Zeit zu gewinnen, biss Clara von ihrem bröckelnden Butterkeks ab. Ja, warum wollte sie einen Hund? Die Sache war, die rationale Clara wollte keinen Hund und verband mit dieser Spezies nichts weiter als Mief, Gekläffe und unwillkommene Haare. »Nun ja, aus den üblichen Gründen, nehme ich an.«

Frau Schott lächelte aufgeschlossen, als hätte sich Clara endlich bereit erklärt, ein wenig Sonne in ihr Herz zu lassen. »Sie wollen jemanden, den Sie lieben können.« Ihr Ehemann nickte eifrig.

Clara lachte, doch dann fielen ihr die Nächte wieder ein, die hinter ihr lagen, und das Lachen verging ihr. Die Nächte waren in der Tat ein Problem. Dabei hatte Clara, wenn man von einer kurzen, aufreibenden Kokainphase in den späten Neunzigern absah, nie mit Schlaflosigkeit zu kämpfen gehabt. Normalerweise berührte ihre Wange das Kissen, und schon gingen in ihrem Kopf die Lichter aus. Doch in diesen Tagen konnte sie ihren Kopf aufs Kissen legen, sooft sie wollte, nichts geschah. Sie lag bloß da, starrte ins Dunkel und wartete. Nach einer Weile drehte sie sich auf die Seite. Dann stand sie auf und öffnete das Fenster. Eine halbe Stunde später schloss sie es wieder; sie trank Milch oder Whiskey, doch nichts half. Es war, als hätte ihr Körper die Bedienungsanleitung für den Schlaf verloren.

Irgendwann, wenn es ihr reichte, stand sie ganz auf und beschloss, die letzten Stunden der Nacht im Wohnzimmer abzusitzen. Kerzengerade saß sie auf ihrer Couch wie ein höflicher Gast; bei dieser Gelegenheit fiel ihr immer wieder auf, wie groß und unübersichtlich ihre Wohnung war und wie ungeschützt. Die Wände waren praktisch aus Papier. Selbst bei geschlossenem Fenster dröhnte der Straßenlärm laut ins Zimmer, eine Erinnerung daran, dass draußen der Kriegszustand tobte und sie allein war und wehrlos.

Natürlich wusste Clara, dass dies nur ein beschämender Anfall von Alte-Leute-Paranoia war und dass die Welt heute nicht gefährlicher war als gestern oder vorgestern. Die Vorstellung, einem Raubüberfall zum Opfer zu fallen, hätte die rationale Clara als reichlich egozentrische Fantasie abgetan. Aber die rationale Clara hatte nicht mehr uneingeschränkt das Sagen. Zumindest sobald es dunkel wurde. Die Nächte in ihrer Wohnung waren ein schwarzes Loch, um das sie täglich herumschlich, voller Furcht, ganz hineinzustürzen.

Clara entschied sich, den Schotts nichts von schwarzen Löchern zu erzählen. Stattdessen sprach sie vom zunehmenden Leerstand in ihrem Haus, der unruhigen Nachbarschaft, den Polizeisirenen, die in den frühen Morgenstunden heulten, und dem dramatischen Anstieg von Einbrüchen im letzten Jahr. Sie trug ein bisschen dick auf – nur zur Sicherheit.

»Meine Güte«, sagte Frau Schott langsam, »Blankenese ist wirklich ein heißeres Pflaster, als ich dachte.«

Clara nickte ernst. »Ich würde einfach besser schlafen, wenn ich einen Hund hätte, der – Sie wissen schon – meine Feinde im Zweifelsfall totbeißt.«

»Ihnen ist bewusst, dass unser Harri nicht gerade ein Kampfhund ist.« Herr Schott verzog das Gesicht zu etwas, das vermutlich ein Lächeln werden sollte, aber eher den Eindruck hervorrief, er litte unter Kieferschmerzen.

»Na ja«, antwortete Clara mit – für ihr Gefühl – übermenschlicher Geduld, »ein paar Basisbefehle wird er ja wohl begreifen. Sitz, bei Fuß, fass …«

Zum ersten Mal, seit sie hier war, lachte das Ehepaar herzlich und unbeschwert. Frau Schott fasste sich als Erste wieder. »Ehrlich gesagt, haben wir auf diese Dinge nicht allzu viel Wert gelegt. Wissen Sie, für uns war Harri nicht die lebendige Alternative zu einer Kalaschnikow, sondern ein Familienmitglied. Als Irene anrief, dachten wir, es ginge Ihnen darum.« Sie zögerte, als wäre sie nicht sicher, ob es ratsam war, weiterzusprechen.

»Worum?«, fragte Clara spitz.

»Nun, sie meinte, Sie seien eine ältere alleinstehende Frau, die …«

»Ich wollte einen Hund, damit er mich beschützt«, unterbrach Clara sie.

»Ich fürchte, da werden Sie an unserem Harri nicht viel Freude haben.« Herr Schott schmunzelte in sich hinein. »Er ist eher zurückhaltend. Das hat mit seiner Kindheit zu tun. Er war der Jüngste in seinem Wurf, und seine Mutter hat ihn ständig mit sich herumgetragen. Ich glaube, das hat dazu beigetragen, dass er nicht besonders selbstständig geworden ist.«

Das, dachte Clara, wäre eine wirklich nützliche Information, wenn ich vorhätte, die Autobiografie dieser Töle zu schreiben.

»Wissen Sie«, sagte Frau Schott vorsichtig, als sie sah, dass Clara in ihre Heiterkeit nicht mit einstimmen konnte, »Irene meinte, Sie machen gerade eine schwere Zeit durch und fühlen sich vielleicht etwas einsam.«

Clara kochte vor Wut. »Wenn ich nachts einsam bin, rufe ich einen Callboy und schaffe mir keinen Hund an.« Sie stellte ihre Tasse auf den Couchtisch ab und zerknüllte die Serviette auf ihrem Schoß. »Ich fürchte, hier liegt ein Missverständnis vor.«

Und was für eins. Clara trat mit so viel wütendem Schwung aus dem Hauseingang, dass sie beinahe in die metallisch schimmernde Pfütze getreten wäre, die sich auf dem Pflaster vor dem Haus gebildet hatte. Auf der Straße ging es ihr sofort besser. Sie hörte das Gekreisch der Möwen, atmete den Fettgeruch vom Fischimbiss ein und die schwere Luft nach dem Regen. Zusammen mit dem aufdringlichen Geglitzer der Schaufenster addierten sich die Eindrücke zur ganz normalen Schäbigkeit eines Hamburger Spätnachmittags. Teuer, billig, hässlich, funkelnd. Dieses Nebeneinander der Gegensätze machte ihr immer Mut. Außerdem war es ein schöner Tag. Der Himmel war aufgerissen, rotes Sonnenlicht sickerte durch die Wolken, und das Verhältnis der attraktiven zu den hässlichen Menschen auf der Straße schien ausnahmsweise einmal fast ausgewogen.

Die Schotts entglitten schon wieder ins graue Reich der Vergangenheit, während Clara entschlossen vorwärtsschritt.

Überhaupt waren ihr Menschen, die wehleidig der Vergangenheit hinterherjammerten, ein Graus. Sie selbst verdoppelte in schwierigen Zeiten das Tempo. Allein in der letzten Woche hatte sie ihren Wintergarten renovieren lassen, in einem nepalesischen Restaurant zu Mittag gegessen, das so brandneu war, dass noch die Preisschilder an den Möbeln klebten, und einen Krav-Maga-Kurs gebucht; auch wenn sie zugegebenermaßen nur eine vage Vorstellung hatte, was sich hinter dieser Bezeichnung verbarg. In jedem Fall war es wichtig, lebenswichtig, neue, positive Dinge zu tun. Man musste in Bewegung bleiben. Wer weiß, vielleicht würde sie am Wochenende mit Sky aufs Land fahren. Oder einen Last-Minute-Flug nach Rom buchen. Die Welt war voller Möglichkeiten! Ja, schwere Tage lagen hinter ihr, aber heute fühlte sie sich besser, und morgen würde sie sich noch besser fühlen. Clara ging schneller. Sie überholte Tütenschlepper, Buggyschubser, Jeanshosenträger, Vierbeiner, Rollstuhlfahrer, Langsamgeher und Rollatorenschieber.

Am Knotenpunkt vor der Bäckerei kam der Menschenfluss ins Stocken. Clara drängte, schubste, schob und keilte. Es war ein wunderbares Gefühl, die aggressive

Energie, die sich in den letzten zwei Stunden in ihr aufgestaut hatte, herauszulassen. Endlich war der Weg wieder frei, und Clara beschleunigte ihr Tempo weiter, bis sie mit dem Absatz in der Ritze zwischen zwei Steinplatten hängen blieb und direkt in eine der Gruppen hineinstolperte, die sich, wie üblich, vor der Petrikirche versammelt hatten. Sektengründer, Umfrager, Reklamezettelverteiler und Wiedererweckte, die, allesamt schlecht angezogen, für ihre jeweilige Sache warben. »Lieben Sie Tiere?«, rief ihr eine junge Frau mit strähnigem Haar und dünner, überkippender Stimme entgegen. Clara ging einen Schritt schneller. Nein, sie liebte die Tiere nicht, und danke, sie hatte auch kein Interesse daran, die neunundneunzig Prozent ihres brachliegenden geistigen Potenzials auszuschöpfen. Sie kam ganz gut zurecht. Claras Ansicht nach lief bei Leuten, die sich für wohltätige Zwecke auf die Straße stellten, einiges schief. Da kam schon der nächste Trupp. Ein zotteliger Haufen mit ausgeblichenen Haaren und fahlen Gesichtern, der den Bürgersteig blockierte und selbstgemalte Schilder über den Köpfen schwenkte: »Dressed to kill« stand da in großen roten Lettern. Und »Mäntel, für die man sterben muss«. Clara seufzte – offensichtlich eine Werbeaktion für die neue Pelzkollektion. Nur Werbeagenturen konnten sich so einen Mist ausdenken. Die Mäntel hingen schlaff und sehr unvorteilhaft an Stöcken herunter und troffen vor roter Farbe. Die Geschäftsfrau in Clara hatte Verständnis, die Zeiten waren hart, gerade im Hochpreissegment, doch als Privatperson ärgerte sie sich: Wer hatte sich nur diese dummdreiste Kampagne ausgedacht? Mit Theaterblut beschmierte Pelzmäntel, nur für ein bisschen billige Aufmerksamkeit? Bevor Clara ausscheren konnte, sprang ein Junge mit Rastalocken und Klemmbrett herbei, mit einer Flinkheit, die sie seinem zotteligen Haar und der auf der Hüfte schlackernden Cordhose nicht zugetraut hätte. Sie tat so, als wollte sie in die entgegengesetzte Richtung ausweichen, doch er fiel nicht darauf herein und vertrat ihr entschlossen den Weg. »Wussten Sie eigentlich …?« Clara ließ ihn gar nicht erst zu Wort kommen. »Bitte, kein neuer Pelzmantel. Davon habe ich wirklich noch genügend im Schrank hängen. Dutzende. Ach, was sag ich, zwanzig. Wissen Sie eigentlich, wie grausam manche dieser Betriebe arbeiten? Da könnten Sie ruhig mal drüber nachdenken, finde ich!«

Clara entschied sich zu einem Abstecher in ihr Lieblingsmodegeschäft, das von einer blutjungen Halbitalienerin geführt wurde. Mias Lächeln war strahlend wie immer, als Clara die Tür ihrer Edelboutique aufzog. »Cara mia!«, rief sie mit ihrer mädchenhaften und zugleich rauchigen Stimme in das Klingeln hinein. »Ich habe gerade ein Stück reinbekommen, das ist wie für dich gemacht.«

Mia legte ihr immer ihre neusten, teuersten Stücke ans Herz, was Clara gefiel. Manchmal, wenn im Laden wenig zu tun war, zeigte sie ihr auch Schnappschüsse von ihrem zweijährigen Sohn und ihrer vierjährigen Tochter auf dem Handy, was Clara weniger gefiel. Wenn es um Kinder ging, bewegte man sich immer auf dünnem Eis. Was sollte man sagen? Im Grunde sahen Kleinkinder doch alle gleich aus, fand Clara: rund, rosig, ein bisschen mondäugig. Und wenn sie anders aussahen, war meistens etwas nicht in Ordnung mit ihnen, und man wusste erst recht nicht, wie man sich verhalten sollte.

Doch alles andere in Mias Boutique liebte Clara so sehr, dass sie Mia sogar die Sache mit den Kindern verzieh. Die Art etwa, wie Mia, die Hände in die Hüften gestemmt, ihr mit großem Ernst versicherte, sie könne alles tragen.

Wie sie Claras tadellose Figur lobte und schon beim Griff nach dem Maßband in sprachloser Verblüffung den Kopf schüttelte: »Und Sie wollen fast siebzig sein? Hier laufen Achtzehnjährige herum, die nicht so schlank und durchtrainiert sind wie Sie. Wissen Sie eigentlich, wie deprimierend das ist für Leute aus meiner Generation?«

Einer weniger eitlen Frau wäre diese wohlerprobte, ausgefeilte Choreografie der Bewunderung auf die Dauer vielleicht langweilig geworden, doch Clara wurde sie nie leid. Sie fand ihre Beziehung zu Mia in jeder Hinsicht vollkommen. So ähnlich hatte sie sich immer das Verhältnis zu ihrer eigenen erwachsenen Tochter ausgemalt, ein Mischung aus gutmütiger Neckerei und Schmeichelei, der auch die beigemischte Dosis Unaufrichtigkeit nicht schadete. Denn natürlich gehorchte auch diese – wie jede funktionierende Beziehung in Claras Leben – den beruhigenden Regeln der Marktwirtschaft. Mia lobte zuverlässig ihre Figur, woraufhin Clara ihr ebenso zuverlässig ihre neusten Designerstücke abkaufte. Das Kostüm, das sie ihr heute empfahl, musste sogar noch teurer sein als sonst, denn Mia legte vorsichtshalber noch eine Schippe drauf: »Als der liebe Gott das gute Aussehen verteilt hat, müssen Sie dreimal ›Hier‹ geschrien haben. Ganz ehrlich, wenn ich in Ihrem Alter bin, möchte ich genauso aussehen wie Sie.« Mia drückte ihr das Kostüm in die Hand. »Gehen Sie ruhig durch. Die Kabinen hinten sind alle frei.«

Das Kostüm war wirklich ein Schmuckstück, gefertigt aus feiner taubenblauer Seide und an der Taille eng geschnitten. Auch der Rock bauschte sich schön. Clara bewunderte sich im Spiegel. Am liebsten hätte sie für immer hier gestanden und sich im weichen Licht des Deckenstrahlers hin und her gedreht. Doch gerade als sie das dachte, glitt ein Schatten am äußersten Rand ihres Gesichtsfelds entlang, etwas Dunkles huschte blitzschnell vorüber, und Clara wurde eiskalt. Sie fuhr herum, doch da war nichts, nur eine große, hell erleuchtete Kabine und im Spiegel das ängstliche Gesicht einer alten Frau. Clara erschrak. »Hast du das noch eine Nummer kleiner?«, rief sie.

Ein Aufschrei gespielter Verzweiflung tönte durch die hölzerne Schwingtür. »Sag nicht, du hast schon wieder abgenommen, Cara! Weißt du, was für ein mieses Gefühl mir das gibt? Und bei mir will kein Kilo runter, sooft ich mir das Naschen auch verkneife. Aber ich bin eben eine Süße …« Mia reichte ihr das Kleidungsstück herein und plapperte noch eine Weile selbstvergessen vor sich hin. Clara lauschte dem Klang ihrer melodiös an- und abschwellenden Stimme, während sie mechanisch den Bauch einzog und der Schweiß ihr die Achseln herabrann.

Sie musste an etwas Schönes denken. An ihren Wochenendausflug mit Sky zum Beispiel. Sie konnte mit ihm in seine Jagdhütte auf dem Land fahren. Tagsüber würden sie lange Spaziergänge durch den kiefernduftenden Wald machen und abends mit einem Glas Rotwein vor dem prasselnden Kaminfeuer sitzen; wahrscheinlich auf einem Teppich oder einem Tierfell, jedenfalls auf dem Boden und auf irgendetwas Flauschigem. Und wenn Skys Rücken es zuließ, würden sie sich darauf vielleicht sogar lieben, während der Regen aufs Holzdach prasselte. Sky würde ihre Hand nehmen, ihr tief in die Augen blicken und sagen, wie sehr er sie verehrte und wie kostbar jeder Moment mit ihr war. Clara selbst würde ihn nur ansehen und nichts sagen. Überhaupt nahm sie sich vor, an diesem Wochenende möglichst viel zu schweigen. Sie würde ihm vielsagende Blicke zuwerfen und ansonsten bezaubernd in der Gegend herumsitzen wie die eleganten ketterauchenden Frauen in den französischen Filmen, die sie als junges Mädchen bewundert hatte.

Sie lächelte sich selbst ermutigend im Spiegel zu, und wie aufs Stichwort meldete sich die imaginäre Journalistin zu Wort. »Wow«, sagte sie anerkennend. »Das sieht umwerfend aus. Wollen Sie uns verraten, was Sie da anhaben?«

»Ein Kostüm von Sfacciato.«

»Das kann nicht jeder tragen.« Die Journalistin wog ehrfürchtig den Kopf. »Sie haben eine tolle Figur.« Clara lächelte und wollte schon bescheiden abwehren, als die Journalistin unvermittelt fortfuhr: »Ich habe gehört, Ihre Freundin ist gestorben?« Clara zuckte zusammen. In ihrer Vorstellung war die Interviewerin stets höflich und seriös. Zwar scheute sie sich nicht davor, gelegentlich auch unbequeme Fragen zu stellen, doch eine investigative Journalistin war sie sicher nicht. Normalerweise fiel es Clara nicht schwer, den Ball elegant und souverän zurückzuspielen.

»Ja, das ist tragisch.« Clara seufzte. »Aber so ist nun mal das Leben. Es muss gelebt werden. Von den Lebenden.« War es möglich, noch mehr Leben in eine einzige Antwort zu packen, dachte Clara, unzufrieden mit sich.

Die Interviewerin nickte langsam. »Und Sie bereuen gar nichts?«

»Was sollte ich bereuen?«

»Nun, Sie haben Marie kein einziges Mal im Krankenhaus besucht, waren nicht auf ihrer Beerdigung. War die nicht heute?«

»Das geht Sie gar nichts an!«

»Und, gefällst du dir?«, rief Mia aus dem Nebenraum,

doch sie schien keine Antwort zu erwarten. Von draußen war ein Klackern zu hören. Clara stellte sich leere Kleiderbügel vor, die auf einer silbernen Stange vor und zurück schwangen. Das Licht in der Kabine kam ihr mit einem Mal grell und hart vor. »Marie und ich«, sagte sie, »hatten für sentimentale Spinnereien nichts übrig.«

»Komisch, das klingt gar nicht nach Marie.«

Unwillkürlich wich Clara zurück. »Das klingt eher nach Ihnen.« Die Journalistin hatte sich mit verschränkten Armen vor der Schwingtür positioniert. »Ist es nicht so, dass sie Sie angerufen, Ihnen geschrieben hat, und dass Sie …« Mit einem Aufschrei drängte sich Clara an ihr vorbei in den Hauptraum der Boutique. »Ich brauche frische Luft!« Mia, die gerade ein Preisschild an einem schwarzen Samtkleid befestigte, sah sie fragend an. »Ist alles in Ordnung, Cara? Willst du nicht wenigstens vorher noch …«

Clara versuchte zu sprechen, doch die Laute verschmolzen in ihrem Mund zu einem zähen Brei und verstopften ihr die Kehle. Noch immer in Mias Kostüm, stürzte sie auf die Straße. Draußen hatte es wieder angefangen zu regnen, und die dicken Wolken tauchten die Stadt in ein trübes Dämmerlicht. Der Regen rann Clara in die Augen, sie musste blinzeln. Von den Fassaden der Geschäfte um sie herum tropften die Farben und zerliefen zu rot, blau und grün schillernden Pfützen auf dem Asphalt. Aus der Ferne hörte man das Rauschen der Straße, ein Platschen, jedes Mal, wenn die Reifen die Pfützen durchschnitten. Clara atmete schwer und riss an den Knöpfen ihrer Bluse. Ein älterer Herr, der gerade seinen Hund ausführte, blieb stehen und starrte sie an, während sein Hund verzweifelt hechelnd an der Leine zerrte. Claras Herz raste. Sie hatte alles richtig gemacht. Beerdigungen besuchte man, um Geschäfte zu machen. Sonst hielt man sich von ihnen fern. Sie und Marie hatten es stets so gehalten: keine Trauerfeiern, keine Krankenbesuche. Freundinnen tauchten wieder auf oder blieben verschwunden. Im Alter herrschte das Kriegsrecht. Blieb man zu lange stehen und blickte zurück, riss einen die nächste Bombe vielleicht selbst mit. Nach vorne zu schauen war wichtig. Überlebenswichtig. Nur so wahrte man sein Gleichgewicht.

»Und Sie würden sich als jemanden bezeichnen, der im Gleichgewicht ist?« Die Journalistin stand dicht vor ihr und sah sie aus kühlen blauen Augen an.

»Selbstverständlich«, erwiderte Clara und stolperte beim Zurückweichen beinahe über die straff gespannte Hundeleine hinter ihr. Der Regen troff aus ihrem Haar, durchweichte das Kostüm. Clara blickte sich um. Unnatürlich hell strömte das Licht aus dem Schaufenster der Boutique. Hinter der Scheibe schwebte Mias schönes, besorgtes Gesicht.

»Mir geht es gut.«

Die Journalistin wirkte nicht überzeugt. »Sie schwitzen.«

»Na und?«

»Ihr Herz rast. Sind Sie sicher, dass es Ihnen gut geht?«

Clara versuchte, ihren Blick auf etwas Festes zu richten, einen Ankerpunkt in dieser glänzenden, regenverwischten Stadt. Sie sah eine rot blinkende Ampel und einen neonvioletten Schriftzug an einem Gebäude, doch im nächsten Moment lösten sich die Farben von ihren Gegenständen und regneten auf sie nieder. »Es geht mir gut«, war der letzte Satz, den der Hundebesitzer aus dem Mund der Frau mit der aufgerissenen Bluse hörte, bevor sie ohnmächtig zu Boden sank.

5. Keine weiteren Nachrichten

Clara saß auf einer harten, mit weißem Papier überzogenen Liege und musterte den Arzt hinter seinem Schreibtisch voller Misstrauen. Er hatte ein rundes Gesicht, braunes, glänzendes Haar und rosige Apfelwangen. Keins dieser Attribute flößte Clara Vertrauen ein.

Dabei war seit ihrer Einlieferung alles mit der geschäftigen Effizienz abgelaufen, die man von einem innerstädtischen Großklinikum erwarten durfte: Man hatte Clara in Untersuchungszimmer hinein- und wieder herausgerollt. Man hatte ihr Blut abgenommen und sie in lärmende Röhren geschoben. Sie war in einem Rollbett durch die Krankenhausflure geglitten, und die summenden Neonröhren, die an der Decke vorbeizogen, hatten die Gesichter in ein fahles, ungesundes Licht getaucht. Dies alles hatte eine hektische, freudlose Atmosphäre erzeugt, die Clara sehr passend fand, wenn es um Leben und Tod ging. Die jugendliche Apfelwangigkeit ihres Arztes kam ihr dagegen taktlos vor.

»Wie geht es Ihnen?«, fragte der Arzt und lächelte sie an. Er hatte ihr bei der Begrüßung seinen Namen genannt, doch Clara hatte beschlossen, ihn sich nicht zu merken.

»Warum, glauben Sie, sind Sie hier?«

Clara schnaubte. »Oh, da muss ich überlegen. Es könnte an dem Herzinfarkt liegen, den ich erlitten habe. Aber wenn ich recht darüber nachdenke, könnte es natürlich alles Mögliche sein.«

Der junge Arzt schob ein paar Papiere auf seinem Schreibtisch hin und her. »Also eigentlich, Frau Dorn«, er räusperte sich, »haben wir Sie gründlich durchgecheckt, und medizinisch gesehen ist mit Ihrem Herzen alles in Ordnung.«

Clara wollte am liebsten aufspringen, doch der Gedanke an ihr armes, geschundenes Herz hielt sie zurück. »Wie ich schon mehrfach erwähnt habe«, sagte sie – es stimmte, sie hatte diese Geschichte seit ihrer Einlieferung mindestens ein Dutzend Mal erzählt –, »habe ich einen stechenden Schmerz in der Brust gespürt. Ich konnte nicht atmen, meine Kehle wurde eng, und dann wurde mir schwarz vor Augen.«

»Und wie haben Sie sich da gefühlt?«

»Na, großartig! Was denken Sie, wie ich mich da gefühlt habe?« Clara blickte sich im Zimmer um und suchte die Wände nach Diplomen ab. Wer sagte ihr eigentlich, dass dieser Mann wirklich Medizin studiert hatte? So etwas kam ständig vor: Jemand zog sich einen Kittel an, tauchte in einer Klinik auf und behauptete, er sei der neue Arzt, und bis zur ersten Lebertransplantation merkte niemand etwas.

»Die Sanitäter sagten, Sie hätten etwas von einer Beerdigung erzählt, als Sie wieder zu sich kamen.« Der Arzt blickte von seinen Papieren auf und sah sie an. Clara schwieg. Sie erinnerte sich nicht, mit irgendwelchen jungen Männern gesprochen zu haben. Allerdings erinnerte sie sich an so wenig, dass sie wahrscheinlich von Glück reden konnte, dass sie nicht nackt an einer Stange getanzt hatte.

Das Erste, woran sie sich nach dem Aufwachen erinnerte, waren Mias große, glänzende Augen. Schwarze, zitternde Wimpern mit winzigen Bröckchen Tusche an den Spitzen. Mia saß an ihrem Bett und hielt ihre Hand. Als sie bemerkte, dass Clara wach war, stieß sie einen erstickten Schrei aus: »Cara, ich hatte solche Angst um dich!« Vom Laden aus hatte sie zugesehen, wie Clara auf dem Pflaster zusammengebrochen war. Sie war es, die den Krankenwagen gerufen hatte. Halbtot sei sie gewesen vor Angst, sagte Mia. Ihre Stimme brach. Mit einer fahrigen Handbewegung wischte sie sich die schwarzen Schmierflecken unter den Augen weg, sie zitterte, und einen schwachen Moment lang hätte Clara sie beinahe gebeten zu bleiben.

Doch dann riss die Krankenschwester die Zimmertür auf. Mia sprang so schnell auf, dass ihr Stuhl ins Wanken geriet, die Erleichterung in ihrem Blick war unverkennbar. Natürlich, es wurde spät, und sie musste zu ihrem Mann und ihren mondäugigen Kleinkindern, dachte Clara. Zum Abschied schrieb Mia ihr noch die Adresse der Reinigung auf, an die sie das Kostüm schicken sollte, sobald man sie aus dem Krankenhaus entlassen hatte. Aber das habe keine Eile, versicherte sie ihr schnell. »Wenn es dir besser geht, cara.« Trotzdem konnte Clara sich des Gefühls nicht erwehren, dass Mias Tränen wohl doch eher den Rissen in ihrem kostbaren Stoff gegolten hatten als denen in ihrer Herzkammer. Sie durfte nicht vergessen, ihr einen Scheck auszuschreiben, dachte Clara. Für ihre Mühe.

»Wer ist gestorben?«, erkundigte sich der Arzt. »Ich meine, wegen der Beerdigung.«

»Eine Freundin von mir.«

»Darf ich fragen, wie alt sie war?«

»Neunundsechzig.«

»So alt wie Sie.« Er nickte langsam, als ergäbe jetzt alles einen Sinn. »Kannten Sie sich lange?«

Clara wusste nicht, worauf er hinauswollte.

»Wir sind zusammen zur Schule gegangen.«

»Sie standen sich nah?«

Der Arzt wartete einen Moment. Als Clara nichts sagte, stieß er sich mit der Fußspitze ab und rollte umständlich um seinen Schreibtisch herum. »Sehen Sie, könnte es nicht sein …« Geräuschlos glitt er übers Linoleum auf Clara zu. »…dass da ein Zusammenhang besteht? Zwischen dem Schock, den der Tod Ihrer Freundin bei Ihnen ausgelöst hat, und dem Gedanken, Ihr eigenes Herz könnte aufhören zu schlagen? Könnte es nicht sein, dass das der Auslöser Ihrer Panikattacke war?«

Bevor der rollende Arzt sie erreicht hatte, sprang Clara von der Liege. Dabei vernahm sie ein beunruhigendes Ratschgeräusch. Ihrem Sfacciato-Kostüm zuliebe musste sie in Zukunft daran denken, ruckartige Bewegungen zu vermeiden. »Vielen Dank, Herr Doktor. Wenn ich mal einen Psychiater brauche, dann wende ich mich direkt an Sie! Mit Herzanfällen sind Sie offenbar überfordert!«

Sie riss ihre Tasche vom Boden und eilte aus dem Zimmer; der Versuchung, die Tür hinter sich zuzuschlagen, widerstand sie allerdings. Sonst steckte er sie am Ende noch in eine Zwangsjacke. Im Krankenhausflur atmete Clara auf. Sie hatte in ihrem Leben noch nie mit psychischen Problemen zu tun gehabt. Soweit es sie anging, besaß sie gar keine Psyche! Panikattacken waren etwas für Schwächlinge. Menschen, die den Tatsachen des Lebens nicht ins Auge blicken konnten. Nicht wie Clara. Sie wusste, wo es im Leben langging. Sie kniff die Augen zusammen. Wo war hier nur der verflixte Ausgang? Der Krankenhausflur erstreckte sich trost- und endlos in beide Richtungen, kalt sirrendes Neonlicht und graues Linoleum, alles sah gleich aus. Clara kramte die Brille aus ihrer Handtasche.

»Verirrt?«, erklang eine Männerstimme in ihrem Rücken. Clara fuhr herum. Katzenhaft glitt der schlaksige junge Mann von dem Fensterbrett, auf dem er bis jetzt gehockt haben musste, und schlenderte auf sie zu. Wer war dieser Kerl? Sein Alter war schwer zu schätzen, Anfang oder Mitte dreißig vielleicht. Er trug eine zerknitterte, nicht gerade taufrische Jeans und eine schwarze Lederjacke über einem ebenfalls schwarzen Kapuzenpullover. Das teigige, fahle Gesicht mit den dunklen Ringen unter den Augen kam ihr irgendwie bekannt vor.

»Na, kennst du mich noch? Soll ich dir mal einen Tipp geben?« Unter seiner Kapuze wucherte schmutzig blondes Haar hervor. »›Wenn du das nächste Mal in mein Cabrio kotzt, schmeiße ich dich aus dem fahrenden Auto.‹«

»Jannek«, sagte Clara wie aus der Pistole geschossen. Er lächelte breit.

»Wie es die Ironie des Schicksals so will, bin ich mit dem Auto da. Ich kann dich nach Hause fahren, wenn du willst. Betrachte es einfach als späte Wiedergutmachung.«

Clara hielt den Kopf angestrengt zur Seite gedreht und starrte aus dem Beifahrerfenster. Es regnete noch immer in Strömen. Draußen verschwammen die Lichter und trieben vorbei, Fußgänger mit Regenschirmen, in Regenjacken. Durchnässte, schutzlose Gestalten, die sich gegen den Wind stemmten. Was machten nur all diese Menschen da draußen? Imbissbuden leuchteten gelb und anheimelnd in die Dunkelheit. Jannek schwieg. Es war nichts zu hören bis auf das regelmäßige Rucken der Scheibenwischer auf der Windschutzscheibe; vergeblich, denn es strömte nur immer mehr Wasser nach. Jannek nahm eine Hand vom Lenkrad, griff an Clara vorbei und zog das Handschuhfach auf. Ein Haufen ungeöffneter Briefe und zerknüllter Papiere platzte heraus, Jannek stopfte sie achtlos zurück. Seine Hand wirkte im fahlen Licht wachsbleich, mit langen, dünnen Fingern und heruntergekauten Nägeln. Er zog ein Päckchen Marlboro Lights aus dem Fach. Clara zuckte zusammen. Jannek lachte. »Drei Wochen vor ihrem Tod hat sie aufgehört. Kannst du dir das vorstellen? Meine Mutter ohne Zigarette?« Clara schwieg.

»Bist du gar nicht neugierig, wie ich dich gefunden habe?«, fragte er, es klang beinahe fröhlich.

»Wie hast du mich gefunden?«

»Ich hab dich gar nicht gesucht.« Er steckte sich die Zigarette zwischen die Lippen, während er gleichzeitig in seiner Hosentasche kramte. Schließlich zog er Maries silbernes Feuerzeug hervor. »Du hast mich gefunden.« Er drehte am Zündrad und sog an der Zigarette, bis sie aufglomm. »Du hattest immer noch Mamas Kontaktnummer für Notfälle angegeben. Als du bewusstlos warst, haben die Leute vom Krankenhaus auf ihrem Handy angerufen. Ich hab schon gedacht, du stirbst an dem Tag, an dem meine Mutter beerdigt wird. Pathetischer geht's ja wohl nicht.« Kopfschüttelnd starrte er auf das Feuerzeug in seiner Hand. Dann, einem plötzlichen Impuls folgend, warf er es ihr zu. Da Clara es nicht auffing, fiel es in ihren Schoß.

»Behalt es ruhig. Als kleine Erinnerung.«

»Es ist nett, dass du dir Sorgen um mich gemacht hast«, sagte Clara.

»Hab ich nicht.« Jannek beschleunigte. »Falls es dir noch nicht aufgefallen ist, Clara, ich scher mich einen Dreck um dich.« Die Ampel vor ihnen sprang auf Gelb um, doch statt zu bremsen, trat Jannek das Gaspedal durch, und Clara wurde in ihrem Sitz nach hinten gedrückt. »Ich darf doch Clara sagen? Tante Clara kam mir immer komisch vor. Warum sollte man jemanden, den man nicht leiden kann, Tante nennen?« Clara stemmte sich mit aller Kraft gegen das Armaturenbrett, als Jannek ruckartig das Lenkrad herumriss, um einen langsamer fahrenden Mercedes zu überholen. »Ich bin echt neugierig, wie es dir mit der ganzen Sache geht.« Haarscharf zog er an ihm vorbei. Der Fahrer hupte empört. Im Vorbeifahren sah Clara sein zornrotes Gesicht. Sie warf ihm einen hilfesuchenden Blick zu, aber er tippte sich bloß an die Stirn. Mittlerweile neigte sie dazu, sich der Diagnose des Arztes anzuschließen. Wenn ich wirklich ein Herzproblem hätte, dachte sie, wäre ich jetzt längst hinüber.

»Ich meine, das ist doch die alte Nummer, die du da abgezogen hast, stimmt's? Blumen schicken. Namen aus dem Adressbuch streichen. Wie lebt es sich so als kaltherzige, asoziale Egoistin? In welchem Höllenkreis haust ihr?« Er schüttelte den Kopf. »Mama und du habt gelebt, als ginge euch der Rest der Welt nichts an. Aber für die Art Leben zahlt man eben am Ende einen Preis.«

»Marie hatte ein wunderbares Leben.« Clara zwang sich bewusst, den Namen auszusprechen, sonst würde sie in diesem Gespräch nie die Oberhand gewinnen. »Sie hatte eine großartige Karriere, eine erfolgreiche Galerie. Außerdem hat sie viele junge Künstler unterstützt und gefördert. Sie hatte einen großen Freundeskreis. Alle haben sie geliebt.«

Jannek schnaubte. »Ich weiß nicht viel über das Leben meiner Mutter. Wie du weißt, standen wir uns nicht sehr nah. Aber auf ihrer Beerdigung bin ich gewesen, im Gegensatz zu dir. Willst du gar nicht wissen, wie es war?«

Nein, das wollte Clara nicht. Sie wollte an Chanel denken. Chanel-Pumps, Chanel-Jacken, Chanel-Hosenanzüge.

»Der Trauerredner konnte sich partout ihren Namen nicht merken. Die meisten Trauergäste wirkten, als hätten sie sich verlaufen. Da war ein Typ, der die ganze Zeit in sein Handy gebrüllt hat. Wahrscheinlich hat er parallel an irgendeiner Auktion teilgenommen.«

Chanel-Blusen.

»Und sobald die letzte Schippe Dreck auf dem Sarg landete, waren sie auch schon alle verschwunden.« Jannek riss das Lenkrad herum und bog in Claras Straße ein. Mit quietschenden Bremsen kam der Wagen zum Stehen. Jannek nahm die Hände nicht vom Lenkrad. Er blieb reglos sitzen, während der Motor lief und der Regen strömte, und Clara wusste, dass sie eigentlich die Tür aufstoßen und davonrennen sollte, so schnell sie konnte.

»Meine Mutter hat sich bei mir entschuldigt«, sagte er schließlich. »Ein paar Tage vor ihrem Tod. Sie hat eingesehen, dass sie viele Fehler gemacht hat.«

Clara verbiss sich die Erwiderung, dass der schlimmste Fehler ihrer Freundin direkt neben ihr saß. Jannek kurbelte das Fenster herunter und warf seine Zigarette auf den Gehsteig.

»Hast du je über deine eigene Beerdigung nachgedacht?«

Natürlich hatte Clara das. Bis ins letzte Detail, wie sie sich sämtliche bedeutsamen Stationen ihres Lebens ausgemalt hatte. Es würde ein wunderbares Fest werden. Elegante Menschen in schicken schwarzen Kostümen, Blumenmeere, Blitzlichter, ergreifende Ansprachen und Gedichtlesungen. Live-Musik und ja, auch der eine oder andere Weinkrampf. Besonders wenn die musikunterlegte Diashow lief, die Claras Leben noch mal Revue passieren ließ: Clara als süßes bezopftes Mädchen im Sonntagskleid. Auf Skiern unterwegs im gelben Schnee der Siebziger. Vorm Kleinstadtfamilienhaus mit Baby auf dem Arm und Mann im Hintergrund. Dann im grauen Businesskostüm und mit aggressivem Lidstrich – als Karrierefrau in Hamburg. Schließlich als Best-Agerin neben Sky auf ihrer Lieblingsbank am Ufer der Binnenalster. Wie sie altersmilde in die Sonne blinzelten. Und dann – was kam dann? Das Bild ruckte, doch es ging nicht weiter. Wie sah das nächste Bild aus?

»Ich schätze, sie werden dich einfach verscharren«, sagte Jannek. Seine Stimme klang friedlich, beinahe verträumt, und Clara lief es eiskalt den Rücken hinunter. »Selbst Katie wird Schwierigkeiten haben, Leute aufzutreiben, die an deinem Grab Trauer heucheln. Katie ist ein lieber Mensch. Auch wenn du sie natürlich völlig verkorkst hast.«

»Was soll denn das schon wieder heißen?«

»Ich bitte dich, sie war vierzehn, als du sie verlassen hast.«

Clara fühlte sich mit einem Mal furchtbar erschöpft. Sie sehnte sich nach ihrem Bett; doch in dem, das wusste sie, würde sie auch keinen Schlaf finden. Ermattet schloss sie einen Moment lang die Augen. »Sie war fast fünfzehn. Und ich habe sie nicht verlassen. Ich bin umgezogen. Da besteht ein Unterschied. Sie hätte mitkommen können, wie ich es ihr mehrfach angeboten habe. Aber sie wollte ja unbedingt in ihrer geliebten Kleinstadt bleiben. Bei ihrer Großmutter, ihrem Fußballclub und ihren Schulfreunden.«

»Ihrem Vater, nicht zu vergessen.«

Herrgott, was ist nur los mit dieser Generation, dachte

Clara. Laut sagte sie: »Findest du nicht, dass du ein bisschen übertreibst?«

Jannek riss an seinem Gurt, bis er sich löste, und drehte sich zu Clara. Durch den Zigarettenrauch konnte sie sein billiges Aftershave riechen und den Imbissfettgeruch, der wahrscheinlich schon seit Tagen in seinen Kleidern hing. »Weißt du, wie oft ich in meiner Kindheit umgezogen bin?« Er blickte sie herausfordernd an. »Fünf Mal. Genauso oft habe ich die Schule gewechselt. Und meinen Freundeskreis. Weißt du, wie viele Männer meiner Mutter ich kennengelernt habe?« Man konnte hören, wie er das Wort »Männer« in Anführungsstriche setzte. »Sechs. Und weißt du, wie alt ich war, als meine Mutter sich von meinem Vater getrennt hat? Vier. Danach habe ich ihn so gut wie nie zu Gesicht bekommen. Ich war der einzige Junge in meiner Klasse, der nicht im Fußballverein spielen wollte. Weil an den Wochenenden immer die Väter an den Spielrändern standen und ihre Söhne anfeuerten.«

»Nicht zu vergessen, dass du eine Niete in Sport warst.« Clara wollte ihn nicht kränken. Es war nun mal eine Tatsache.

Jannek starrte nach draußen in den Regen, und Clara war sich nicht sicher, ob er ihr überhaupt zugehört hatte. »Was ich wollte, hat für meine Mutter nie eine Rolle gespielt.« Er schüttelte langsam den Kopf. »Ihr beide wart immer so stolz auf euer rasantes, abwechslungsreiches Leben. Aber das Wichtigste habt ihr uns nicht beigebracht: wie man wo bleibt. Und wie man weitermacht, wenn's schwer wird.«

»Verstehe«, erwiderte Clara eisig. »Deine Mutter hat sich nicht mit dem Tag deiner Geburt eingemauert, und deswegen bist nur du dabei herausgekommen und kein

Nobelpreisträger. Aber bevor du uns in deinem gesammelten Lebenselend ertränkst: Was ist mit meiner Tochter? Sie hat die Praxis ihres Vaters übernommen, lebt in der Stadt, in der sie aufgewachsen ist, und führt eine Bilderbuchehe. Klingt ziemlich solide für mich.«

Jannek lachte.

Dieses Lachen klang Clara noch immer in den Ohren, als sie eine knappe Stunde später ihre Küche nach alkoholischen Getränken durchsuchte. Sie zog Fächer auf, durchwühlte Schränke, fand aber nichts. Nur mysteriöse Haushaltsgeräte, deren Zweck sie nicht begriff, kamen zum Vorschein, und Monatspackungen exotischer Tee- und Kaffeesorten. Warum bewahrte sie nur nie Lebensmittel im Haus auf? Aber halt – hatte sie nicht noch irgendwo eine angebrochene Flasche Rotwein stehen? Weißes Licht strömte in die dunkle Küche, als sie die Kühlschranktür aufzog, doch im Inneren herrschte ernüchternde Leere; nur ein einzelner wachsgrüner Apfel lag da, angestrahlt wie ein Ausstellungsstück. Clara fröstelte. Die Fliesen unter ihren nackten Füßen fühlten sich eiskalt an, außerdem hatte sie aus Versehen das falsche Nachthemd aus dem Schrank geholt. Es war aus perlmuttfarbener Seide und hauchdünn. Sie trug es sonst nur, wenn Sky bei ihr übernachtete.

Langsam ging sie von der Küche ins Wohnzimmer, nahm die Strickjacke von der Stuhllehne und zog sie über. Dann hob sie eine Zeitschrift vom Tisch auf und setzte sich aufs Sofa. Das mit dem Schlaf konnte sie fürs Erste sowieso vergessen. Wer hatte eigentlich die spießige Regel aufgestellt, dass man nachts schlafen und tagsüber aktiv sein musste? Das war doch wieder mal nur die Diktatur der Durchschnittlichkeit, dachte Clara.

Ab jetzt würde sie ihren Tagesrhythmus umkehren: die Nachtstunden produktiv nutzen und sich ins Bett legen, sobald die Sonne aufging.

Clara blätterte eine Seite um und versuchte, sich für die Wohnträume eleganter Menschen zu interessieren und die Telefonstation auf dem Beistelltisch zu ignorieren. Der Anblick der beiden starren roten Striche auf dem Anrufbeantworter war im Moment mehr, als sie ertragen konnte. Doch sie kam nicht dagegen an, irgendwann glitt ihr unruhiger Blick automatisch von der herrschaftlichen Fassade eines französischen Landhauses ab und zum Telefon. Und da blinkte tatsächlich eine Zwei! Clara drückte die Nachrichtentaste. »Sie können froh sein, wenn ich keine Anzeige erstatte«, ertönte eine hektische dünne Frauenstimme, die vor zorniger Energie förmlich vibrierte. »Mein Enkel hat mir alles gestanden. Er hat mir von dem Bild erzählt, das Sie ihm abgekauft haben. Ein Erbstück meines Mannes! Zum Schleuderpreis!« Endlich erkannte Clara die Anruferin. Es war die Gräfin. Anscheinend war Claras Transaktion mit Paul zu ihr durchgesickert. Man sollte eben keine Geschäfte mit Junkies machen, dachte sie düster. Doch die Gräfin war noch lange nicht fertig. »Für mich sind Sie nichts als eine hinterhältige Grabräuberin. Aber Sie haben einen Fehler gemacht. Ich kenne Sie. Und ich kenne Ihre gesamte Stammkundschaft. Ich werde dafür sorgen, dass Sie in dieser Stadt keinen Pfennig mehr an Ihrem Diebesgut verdienen. Sie sind Abschaum und gehören als solcher gebrandmarkt!« Clara drückte die Löschtaste. Nach einer Pause und kurzem Rauschen erfüllte Skys dunkle, raunende Stimme ihr Wohnzimmer. »Mein Engel, ich hoffe, du träumst schön. Ich habe schon Ewigkeiten nichts mehr von dir gehört – oder war es gestern?« Clara gähnte mehrmals herzhaft, während Sky seiner Hoffnung auf einen baldigen Rückruf Ausdruck verlieh. Falls dies aus widrigen Umständen jedoch nicht innerhalb der nächsten Stunde möglich sei, müsse er leider zu Bett gehen. Am nächsten Morgen sei ein frühes Fotoshooting für ein Herrenmagazin angesetzt. Falls sie sich vorm Schlafgehen also nicht mehr hörten, hoffte er, Clara wenigstens in seinen Träumen zu begegnen. Clara verdrehte die Augen. »Auf einer wunderschönen Wiese mit ...« – Clara hieb ihren Zeigefingernagel in den Anrufbeantworterknopf und schnitt Sky das Wort ab, bis eine junge, sachliche Frauenstimme sie informierte, dass ihre Nachricht gelöscht war und sie auch keine weiteren Nachrichten zu erwarten hatte.

* * *

Seit Joachim sie verlassen hatte, schlief Katrin aus Prinzip in der Mitte des Ehebettes, auch wenn das zur Folge hatte, dass sie im Schlaf ständig in die Ritze zwischen den beiden Matratzen rutschte. Doch diesmal war es nicht der harte Eisenrost in ihrem Rücken, der sie geweckt hatte. Mit zitternden Fingern tastete Katrin nach dem Handy auf ihrem Nachttisch – hatte sie etwa Notdienst und es vergessen? – und hielt den Atem an. »MUTTER!!!« stand in Versalien und mit drei Ausrufezeichen auf dem Display. »Ich bin nicht da«, sagte Katrin. Es klang überzeugend. Eine Weile lang starrte sie auf das tobende, blinkende Handy in ihrer Hand. Sie wusste, wenn sie abnahm, würde sie es bereuen. Und trotzdem spürte sie bereits, wie sie schwach wurde. Es stimmte, neun von zehn Anrufen ihrer Mutter waren im besten Fall belanglos und überflüssig, im schlimmsten ärgerlich und verstörend. Aber was, wenn die Statistik sie diesmal im

Stich ließ? Wenn es wirklich etwas Dringendes gab? Wenn ihre Mutter im Badezimmer hingefallen war und hilflos in einer Blutlache lag?

»Hallo Schätzchen«, tönte es aus dem Hörer. »Na. Was machst du gerade?«

Katrin bedeckte die Sprechmuschel kurz mit ihrer Hand, während sie sich aufrichtete und ihren Hinterkopf langsam und rhythmisch gegen die Wand schlug. »Nun, es ist drei Uhr morgens. Ich liege im Bett und habe bis eben geschlafen. Weil ich in ein paar Stunden aufstehen muss und weil es, wie gesagt, drei Uhr morgens ist.«

»Ja, ja«, erwiderte Clara ungeduldig. »Ich habe nur eine klitzekleine Frage, bei der du mir vielleicht behilflich sein könntest. War ich dir eigentlich eine gute Mutter?«

»Das ist eine ziemlich komplexe Frage ...«

»Papperlapapp. Was soll daran komplex sein?«, schallte es gekränkt aus dem Hörer. »Das ist doch ganz einfach: ja oder nein.«

Für einen kurzen, eskapistischen Moment schloss Katrin die Augen. »Mama, ich bin sehr müde.«

»Bist du deprimiert, weil der Wetterfrosch eine Affäre hat?«

»Sein Name ist Joachim.« Ihr Mann hatte immerhin Philosophie studiert. Auch wenn in den letzten Jahren der Wetterteil der Lokalzeitung und Nachhilfestunden seine Haupteinkommensquellen gewesen waren. »Ich bin wirklich sehr, sehr müde, Mama ...«

»Das hast du schon gesagt. Sag doch nicht immer dasselbe. Warum hast du mir nicht erzählt, dass Joachim dich verlassen hat?«

Langsam reichte es Katrin. »Mir war nicht klar, dass du dich neuerdings für die Probleme anderer Leute interessierst.«

»Du bist keine anderen Leute. Du bist meine Tochter. Und ich hab dich nicht verkorkst, oder?«

Katrin seufzte. »Hör mal zu. Ich weiß nicht, in welcher Krise du gerade steckst, wer dich verlassen hat oder was dein Psychiater zu dir gesagt hat. Aber eins weiß ich ganz genau: dass es nicht um mich geht. Weil es nie um mich geht.« Und dann, einfach so, drückte Katrin auf einen kleinen roten Knopf und stellte ihre Mutter aus.

6. Höllenkreise

Es war ein herrliches Gefühl, einfach so über die Landstraße zu rasen. Die kleinen Weiler, die Clara durchfuhr, schrumpften im Rückspiegel zu bunten Flecken zusammen, und vor ihr erstreckte sich die Landschaft im endlosen Grün des Münsterlands; Maisfelder, Hecken, Weideflächen trieben an ihr vorbei, glitzernde Bäche, dekorative, dumpf grasende Kühe und noch mehr Grün.

Clara war noch in der Dunkelheit aufgebrochen, und als die Sonne aufging und der Himmel in Rosa- und Goldtönen erstrahlte, war sie sicher, die Finsternis der letzten Nacht endgültig hinter sich gelassen zu haben. Endlich wusste sie, was sie tun musste. Sie würde in ihre Heimat zurückkehren, zu ihrer Tochter! Im Nachhinein betrachtet, war es fast erstaunlich, dass sie erst jetzt darauf kam. Aber die Trennung von Joachim änderte alles. Bislang war sie davon ausgegangen, dass ihre Tochter ein glückliches Leben führte, was immer das bedeuten mochte. Und Menschen, die glückliche Leben führten, waren auf eigenartige Weise selbstgenügsam, wie Mönche oder Junkies. Im Grunde brauchten sie den Rest der Welt nicht. Aber nun war das Leben ihrer Tochter offensichtlich aus den Fugen geraten, und wer konnte ihr in Zeiten der Krise besser zur Seite stehen als ihre Mutter?

Eine weniger gefestigte Persönlichkeit als Clara hätte vielleicht ein mulmiges Gefühl dabei gehabt, an den Ort zurückzukehren, den sie vor mehr als zwanzig Jahren fluchtartig verlassen hatte. Sie erinnerte sich noch gut an die letzten Worte, die ihre Mutter ihr am Bahnhof ins Ohr geflüstert hatte: »In einem Monat kommst du zurückgekrochen.« Aber sie hatte sich geirrt, alle hatten sich geirrt. Clara hatte geschafft, was niemand für möglich gehalten hatte, und sich ein neues Leben aufgebaut. Und deswegen konnte sie jetzt auch zurückkehren. Im Triumph.

Clara bremste scharf. Beinahe hätte sie die Kurven vergessen. Sie reihten sich in schneller Abfolge vor der Stadt, eine dicht hinter der anderen, und hatten schon so manchen Autofahrer zu halsbrecherischen Bremsmanövern gezwungen, makabererweise genau an der Stelle, wo bereits unzählige Holzkreuze die Fahrbahn säumten. In ihrer Jugend war diese Strecke als die Todeszone bekannt. Gedankenlose, Betrunkene und Idioten raffte es schnell dahin. Ein Akt natürlicher Selektion, fand Clara, der auch sein Gutes hatte. Sie drehte das Radio bis zum Anschlag auf, die Musik rauschte in ihren Ohren, und duftende, herbstkühle Luft strömte durch die heruntergekurbelten Seitenfenster. Ein vages Glücksgefühl durchflutete sie.

Neuanfänge hatten in ihrem Leben stets eine große Rolle gespielt, und dies war ein Neuanfang, wie er im Buche stand. Sobald der dumme Streit mit Katrin beigelegt war – überhaupt von einem Streit zu sprechen schien übertrieben –, würden sie sich schnell näherkommen. Hatten sie sich nicht immer gut verstanden? Gut, als sie fortzog, hatte es ein bisschen Türenknallen gegeben und strafendes Schweigen, und zum Bahnhof hatte Katrin sie, wenn Clara sich recht erinnerte, auch nicht begleitet. Aber für eine Vierzehnjährige war das völlig im Rahmen. Außerdem war das lange her, inzwischen verstanden sie sich großartig: »Meine Tochter und ich können über alles reden«, sagte Clara, um zu testen, wie das klang. »Wir haben keine typische Mutter-Tochter-Beziehung. Wir sind eher wie beste Freundinnen. Wir ...«

Mit quietschenden Reifen schlidderte sie um eine Kurve. Vielleicht würde Katrin zunächst ein wenig überrascht sein, wenn sie vor der Tür stand, doch die Freude würde überwiegen. Gut möglich, dass sie vor Rührung weinen würde. Hatte sie eigentlich Taschentücher in ihrer Handtasche? Und natürlich würde Katrin sie einladen, bei ihr zu wohnen. Nur der Form halber beschloss Clara, sich ein wenig zu sträuben. »Du brauchst dein eigenes Leben«, würde sie sagen, obwohl es auf der Hand lag, dass es nicht so war. Katrin würde das genauso sehen.

Und wenn sie erst mal ein paar Wochen zusammengewohnt hatten – Marmeladeeinkochen und lange Heidespaziergänge inklusive –, würde Katrin erkennen, wie sehr sie ihre Mutter liebte und brauchte. Das war der Zeitpunkt, wo sie ihr mit bang zitternder Stimme die Frage stellen würde, die ihr mehr als alles andere auf dem Herzen lag: Und gehst du jetzt nie wieder weg, Mami? Aus Gründen, die ihr selbst nicht ganz klar waren, war sich Clara ziemlich sicher, dass Katrin sie »Mami« nennen würde. Katrin hatte sie zwar bislang noch nie so genannt, aber dies schien ein guter Zeitpunkt zu sein, um damit anzufangen.

»Na ja«, würde Clara sagen und sich ein wenig zieren. »Es gibt natürlich noch ein paar Kleinigkeiten, die ich in Hamburg erledigen muss, wie meine Wohnung verkaufen und meine Beziehung beenden, aber ...« An dieser Stelle hatte sie vor, kurz zu zögern, um die Spannung zu erhöhen, während Katrins Gesicht sich ängstlich verzog. »Ja. Wenn du mich schon so fragst. Für immer.«

Clara hatte die Kurven hinter sich gelassen und überquerte die Brücke, unter der sich bräunlich der Fluss entlangschlängelte, der die Stadt in zwei Hälften teilte, die Bahnhofs- und die Innenstadtseite. In der Ferne ragte die zerfallene Fabrikruine des Textilwerks in den Himmel. Hier hatten ihr Vater und ihr Großvater ihr Leben lang geschuftet, beide ohne nennenswerte Aufstiege zu verzeichnen. Die Fabrik lag im wohlkalkulierten Abstand zwischen Bahnhof und Fluss. Der Erbauer des Textilwerks hatte ein Zeichen setzen wollen. Einerseits hatte er sich optisch zur modernen Eisenbahn hin orientiert, andererseits das Gebäude immer noch nah genug am Fluss errichtet, um an die glanzvolle Tradition der Flussschifffahrt anzuknüpfen; deren große Zeit war zwar schon damals vorbei, aber so verhielt es sich eben mit symbolischen Handlungen, dachte Clara, sie mussten nicht unbedingt einen Sinn ergeben. War es nicht überhaupt die größte Herausforderung im Leben, Übergänge sinnvoll zu gestalten?

Langsam fuhr Clara in den äußersten Ring der Stadt ein, durch die graue Mietshaussiedlung, vorbei an den engstehenden Hochhäusern mit ihren Schubladenwohnungen. An den Balkonen hafteten Satellitenschüsseln. Weiße Ohren, die ins Weltall lauschten. In ihrer Kindheit waren hier nichts als Felder und Wiesen gewesen. Dann kam das grobklotzige Einkaufszentrum, dessen oranges Dach noch immer als Beleidigung des guten Geschmacks grell in den Himmel ragte. Auf dem Parkplatz funkelten die Wagenreihen der Samstagseinkäufer. Die Ampel sprang auf Rot, und Clara musste bremsen. Am Mast hing ein vom Regen ausgeblichenes Wahlplakat. Ein Politiker, dessen obere Zahnreihe mit Edding geschwärzt war, lachte sie an. Die Nase kam Clara bekannt vor. Wahrscheinlich ein Kleinert, dachte Clara. Die Kleinerts hatten alle schlechte Ohren, schiefe Nasen und Geltungsdrang. »Für die Familie« stand in großen Lettern über seinem Kopf.

Im Schritttempo rollte Clara durch die verkehrsberuhigte Zone. Sie blickte auf den Zettel in ihrer Hand. Hoffentlich stimmte die Adresse. Das letzte Mal hatte sie Katrin und Joachim im Haus auf dem Hügel besucht. Die Häuser hier, alle im selben Backsteinrot, konnte sie kaum voneinander unterscheiden. Es war, als hätte man einen Haufen Legosteine aus einem Kasten geschüttet und dann sorgfältig wieder zusammengefügt. Die Grundstücke waren identisch geschnitten, mit gepflegten, kahlrasierten Rasenflächen, und überall blitzten die gleichen großen Panoramafenster in der Sonne. Durch das heruntergekurbelte Fenster roch Clara frisch gemähtes Gras und hörte das regelmäßige Brummen der Rasenmäher, eine Geräuschkulisse, die ihr so vertraut war wie das Rauschen ihres eigenen Bluts, und plötzlich wurde ihr flau. Taugte ein Ort, an dem man sechsundvierzig Jahre lang ein langweiliges, farbloses Dasein gefristet hatte, wirklich für einen Neuanfang?

Aber das waren natürlich idiotische Bedenken. Alles hatte sich seitdem verändert. Man musste sich bloß umsehen. Das Viertel selbst war so brandneu, dass noch immer eine pudrige Schicht weißen Baustaubs die Straßen zu überziehen schien. In den Gärten schuftete eine neue Generation verschwitzter, rotgesichtiger Männer und Frauen gegen den Abstieg. Und die Kinder, die kreischend durch die Gärten liefen, als gäbe es keine Türen und keine Gartenzäune, waren Zweitausenderjahrgänge. Auch der optimistische Eifer, mit dem hier geschnitten, gemäht, gesät und sich fortgepflanzt wurde, war Clara fremd. Dieses Viertel hätte ebenso gut in einem anderen

Land liegen können, fand sie. Aus irgendeinem Fenster dröhnte ein Schlager: *So ein Wahnsinn, warum schickst du mich in die Hölle.*

***

Katrin stürzte sich mit der gleichen Erbitterung auf ihren Garten wie auf einen altvertrauten Feind. In der Nachbarschaft wurden samstags immer die Säcke mit Laub und Gartenabfällen abtransportiert. Ein Nachbar, der einen Kleinlaster besaß, lud die Säcke der ganzen Straße ein und fuhr mit ihnen aus der Stadt hinaus, um sie an einem entlegenen, geheimen Ort zu deponieren, den er niemandem verriet. Und heute war es mal wieder so weit. Katrin stützte sich schwer auf den Spaten. Ihr schweißdurchtränktes Abi-98-T-Shirt klebte an ihr. Sie strich sich mit dem Handrücken das feuchte Haar aus der Stirn und stieß den Spaten mit aller Kraft in die Erde. Sie hatte den ganzen Morgen geschuftet, hatte Laub zusammengerecht und in Müllsäcke gestopft, den Rasen gemäht, etliche Beete umgegraben und den Naturteich mit dem Kescher gesäubert. Mit jeder Stunde, die verstrich, war sie wütender geworden. Was für andere wie Gartenarbeit aussah, war in Wahrheit ein kontrollierter Amoklauf, nur dass sie statt mit einer Schrotflinte mit dem Spaten zu Werke ging.

Joachim war für den Garten zuständig. Er liebte Gartenarbeit. Zumindest hatte er das immer behauptet. Er fotografierte seine selbstgezüchteten Rosen und klebte die Bilder in ein Album, was einem so ziemlich alles sagte, was man über Joachim wissen musste. Er war jemand, der mit verschiedenen Arten der Kompostierung experimentierte und über den Gartenzaun mit seinen Nachbarn

Rezepte gegen Giftefeu und Unkraut austauschte. Er hatte behauptet, das alles zu lieben. Die Kleinstadt, die Spielstraßen. Das rhythmische Zischen der Sprenger und das Dröhnen der Rasenmäher. Das ewig summende Leben hinter den Mauern der anderen. Er liebe diesen Ort, weil er sie liebe. Das hatte ihr Joachim immer wieder versichert. Und Katrin hatte es ihm geglaubt.

Aber wer kniete am Ende im Gemüsebeet und wühlte sich durch den Dreck? Katrin zog den Saum ihres T-Shirts bis zum Kopf hoch und wischte sich das nasse Gesicht ab. Dann ließ sie sich auf den Rücken fallen und starrte ins endlose Blau des Himmels. Aus dem Fenster ihres Nachbarn schallte Schlagermusik. Am liebsten wäre sie einfach liegen geblieben, als Kollateralschaden dieses leuchtenden Morgens, doch sie wusste, dass man sie von allen Seiten beobachtete. Mit einem Ruck setzte sie sich auf und nahm den Rechen zur Hand. Grimmig schrammte sie übers Beet, kratzte Erde auf und fuhr unter den Buchsbaum. Als sie den Rechen wieder hervorzog, hatte sich etwas Buntes, Glitzerndes zwischen den Zinken verfangen. Regen und Sonnenschein hatten das bunte Einwickelpapier gelöst und ausgeblichen, ein Stück milchbrauner Schokolade lag frei wie eine offene Wunde. Katrin hob das Osterei mit spitzen Fingern auf und schleuderte es in den Teich. Dann atmete sie tief durch, um die Übelkeit zu vertreiben.

Die Ostereier würde sie ihm nie verzeihen. Niemals. Selbst wenn Joachim wieder auftauchte, mit einer glasklaren, völlig einsichtigen Erklärung für sein Verschwinden. Wenn er sie auf Knien anflehte, ihm zu vergeben, und ihr schwor, sein Leben lang Buße zu tun, es würde nichts nutzen. Nicht nach den Ostereiern.

Der Rest der Stadt war der Ansicht, Joachim habe sie

an Ostern verlassen, doch das stimmte nicht. Tatsächlich war es der Tag *vor* Ostern gewesen. Seit sie zusammen waren, versteckte Joachim für sie an Ostern Schokoladeneier, und in einer Geste psychopathischer Fürsorglichkeit hatte er es auch an dem Tag nicht versäumt, als er sie sitzen ließ. Er hatte seine Sache gründlich gemacht, das musste man ihm lassen. Er hatte die naheliegenden Orte verschmäht und seine Verstecke so einfallsreich gewählt, dass sie auch jetzt, Monate nach seinem Verschwinden, immer noch Ostereier fand. Jedes Mal, wenn sie glaubte, sie hätte das letzte erwischt, tauchte wieder eins auf. Ganz hinten in der Sockenschublade, auf dem Lampenschirm oder im Trockner und jetzt auch noch unterm Buchsbaum. Und wie jedes Mal begann ihr Herz zu rasen, der Schweiß brach ihr aus, und sie wusste nicht, ob sie lachen, weinen oder etwas zerschlagen sollte. Katrin legte den Kopf in den Nacken und starrte ins unerbittliche Blau. Aus dem Fenster ihres Nachbarn tönte Schlagermusik: *So ein Wahnsinn. Warum schickst du mich in die Hölle?* – »Hölle-Hölle«, sagte Katrin.

* * *

»Dreh mal das Radio leiser«, rief Frau Peters ihrem Mann zu, der in seinen kurzen Hosen breitbeinig auf dem Balkon stand. Sie selbst war zwar angezogen, lag aber bequem auf dem Bett zusammengerollt und blätterte in einer Musikzeitschrift. Herr Peters nickte ruckartig, abrupt aus seinen Gedanken gerissen, und schraubte gehorsam am Radio. Er und seine Frau beteiligten sich nicht an der allgemeinen Gartenwut. Die Peters waren mittlerweile in einem Alter, wo sie meinten, sich allmählich ein paar Dinge herausnehmen zu können. Die Entblößung von Herrn Peters' hageren, blau geäderten und ziemlich behaarten Waden, die ihm seine Frau bislang mit einer gewissen Schärfe untersagt hatte, gehörte dazu. Das laute Aufdrehen des Radios anscheinend nicht. Insgesamt fiel es Herrn Peters oft nicht leicht, zu erkennen, wo die Grenze zwischen verbotenem und gesellschaftstauglichem Verhalten verlief, und so war er alles in allem dankbar, dass seine Frau in solchen Fragen einen verlässlichen Kompass besaß. Zufrieden stand er auf seinem Balkon, die Kaffeetasse in der Hand, und betrachtete aus der gottgleichen Distanz des zweiten Stocks das muntere Treiben da unten. Neugierig blieb sein Blick an der jungen Ärztin hängen, die mit nicht nachlassender Energie in ihren Beeten wütete. Wie grimmig sie schaute! Kein Wunder! Junge Männer waren wirklich ein Graus, dachte Herr Peters. Sosehr er Joachims Gartentipps zu schätzen gewusst hatte – insbesondere sein Hinweis mit den Eierschalen war Gold wert –, er konnte ihm nichts Gutes mehr wünschen.

In diesem Moment fuhr ein dunkler Wagen vor dem Haus der Ärztin vor. Herr Peters zog verwirrt die Augenbrauen zusammen. Die junge Frau bekam nie Besuch. Seit ihr Mann abgehauen war, führte sie ein Einsiedlerdasein. Eine weißhaarige Dame im schwarzen Kleid entstieg dem Wagen und ging mit entschlossenem Schritt zur Eingangstür. Doch da die Ärztin sich im Garten aufhielt, konnte sie ihr Klingeln natürlich nicht hören. Kurzfristig war Herr Peters versucht, ordnend einzugreifen, entschied sich aber nach kurzem Zögern dagegen.

»Gibt's was Interessantes?«, fragte seine Frau, die offensichtlich die geringfügige Straffung seiner Körperhaltung bemerkt hatte. »Hmm«, brummte er enigmatisch. »Mal sehen.«

Inzwischen war die Frau in Schwarz glücklicherweise ganz von allein auf die Idee gekommen, hinterm Haus nachzusehen, und öffnete das Gartentürchen. Im nächsten Moment sahen sich die beiden Frauen in die Augen. Die Ärztin stand auf und wischte sich mit dem Arm über die Stirn; in der Position verharrte sie reglos, während die weißhaarige Frau energisch auf sie einredete. Je länger diese redete, desto starrer und abweisender wurde die Haltung der Jüngeren.

Herr Peters kratzte sich am Kopf. »Ich glaub, die haben eine neue Frau für den ›Wachturm‹«, entschied er nach kurzem Abwägen.

»Ach ja?« Mit einem Ruck schwang seine Frau die Beine über den Rand des Bettes und stand auf. Unten im Garten breitete die alte Dame gerade die Arme aus und ging auf die Ärztin zu, die, offenbar einem spontanen Impuls folgend, sich umdrehte und durch die Hintertür ins Haus rannte. Die Verkäuferin lief hinter ihr her, und als die Tür vor ihrer Nase zuschlug, trommelte sie gegen das Holz.

Frau Peters, die mittlerweile neben ihren Mann getreten war und das Schauspiel ebenfalls beobachtete, schüttelte den Kopf: »Die werden auch immer dreister.«

Die Ärztin blieb im Haus verschwunden, doch die alte Frau rührte sich nicht von der Stelle, sondern stemmte die Hände in die Hüften. »Ich kann den ganzen Tag hier bleiben!«, schrie sie. »Das macht mir gar nichts aus.«

»Also wirklich«, sagte die Nachbarin. »Verboten gehört das.«

Ihr Ehemann wiegte nachdenklich den Kopf. »Der Markt ist hart heutzutage. Was willst du machen?«

* * *

Clara starrte missvergnügt auf die geschlossene Holztür. Da stand sie, eingerahmt vom blühenden Garten und blauem Himmel. Ausgesperrt. So hatte sie sich das nicht vorgestellt. »Bitte, mach die Tür auf.« Sie gab sich Mühe, ihrer Stimme einen sanften, behutsamen Klang zu geben. »Ich weiß, dass einiges schiefgelaufen ist in der Vergangenheit. Aber ich bin doch nur aus einem Grund hier. Wegen dir und …«

Ein unfrohes Lachen drang von der anderen Seite der Tür. »Nein, nein. Können wir das bitte abkürzen? Was willst du wirklich? Sag es einfach. Aber tu bitte nicht so, als ginge es um mich.«

»Aber du bist doch die einzige Person in meinem Leben, die zählt. Je älter man wird, desto klarer wird einem, dass alles, was zählt, die Familie ist. Ohne dich hat doch alles keinen Wert.«

Langsam öffnete sich die Tür, und obwohl es nur ein Spalt war, atmete Clara ein wenig auf. Sie sah Katies blasses, erschöpftes Gesicht, die braunen Haare, die ihr strähnig und, wie immer, etwas wirr in die Stirn hingen.

Ihre Tochter schwieg so lange, dass Clara schon Angst bekam, sie würde gar nichts mehr sagen. »Ich glaube dir«, sagte Katrin schließlich, »ich glaube dir, dass du dir das in diesem Moment selbst glaubst. Aber ich weiß, dass es nicht wahr ist. Bitte, fahr wieder zurück nach Hause.« Das hier ist mein Zuhause, dachte Clara, du weißt es nur noch nicht. Doch die Tür begann sich bereits zu schließen, buchstäblich, nicht metaphorisch. »Warte«, rief Clara, »es ist an der Zeit, dass ich meinem Leben einen neuen Sinn gebe!«

»Mag sein«, erwiderte Katrin, »aber für mich nicht. Tatsächlich hättest du dir kaum einen schlechteren Augenblick aussuchen können.«

Clara sah, wie der Spalt kleiner wurde; das braune Holz rückte unaufhaltsam näher, schob sich unerbittlich vor ihr Gesicht – wie ein Sargdeckel, dachte sie und schrie auf: »Ich sterbe!« Katrin starrte sie an. Sie öffnete die Tür zwar nicht weiter, schloss sie aber auch nicht. »Ich bin fast gestorben«, korrigierte sich Clara hastig. »Es ist mein Herz. Ich hatte einen Herzinfarkt. Stundenlang lag ich da und konnte nur an eins denken. An die Zeit, die wir nie miteinander verbringen würden.« Sie verstummte. Katrins Gesicht war vollkommen ausdruckslos. Wahrscheinlich hatte sie zu dick aufgetragen, dachte Clara. Ihre Tochter konnte knallhart werden, wenn sie das Gefühl hatte, belogen zu werden. Außerdem war sie zu clever, um auf so etwas hereinzufallen. Claras Blick prallte an Katrins leerem, steinernem Gesicht ab. Da zuckte es plötzlich um ihre Mundwinkel, höhnisch verzog sie das Gesicht, doch statt in Gelächter auszubrechen, schluchzte sie auf. Schnell machte Clara einen Schritt auf ihre Tochter zu und schloss sie in die Arme.

Ein Geniestreich. Noch Stunden später, als sie längst mit einer Schaffelldecke über dem Schoß in Katrins gemütlichem Wohnzimmer saß, beglückwünschte sich Clara zu ihrem Mut, alles auf eine Karte zu setzen. Natürlich war es nicht ganz risikolos, Herzen und erst recht Herzinfarkte ins Feld zu führen, wenn man eine Ärztin zur Tochter hatte. Aber Clara hatte sich jegliche Ausfragerei strikt verbeten. Auskünfte zu ihrer Organgesundheit, ihrer Krankenakte und Medikation lehnte sie ab. Es ginge ihr jetzt, vorerst zumindest, gut, und das wolle sie genießen. Das Damoklesschwert hinge schließlich über jedem, sagte Clara. Dann sprach sie über Grenzen. Mit fester Stimme bat sie ihre Tochter, ihr Privatleben und ihre Grenzen zu respektieren. Das leuchtete Katrin ein.

Und doch konnte sie nichts an dem geschmeichelten Wohlgefühl ändern, das sie erfüllte, wann immer der ängstliche Blick ihrer Tochter sie streifte. Katrin hatte ihr sogar eigenhändig die Decke über die Knie gelegt, auch wenn sie es absichtlich ruppig tat, um ihr zu zeigen, dass sie nicht vorhatte, sie mit Samthandschuhen anzufassen. Überhaupt hatte sich Katrin ihr gegenüber den ganzen Abend betont nüchtern und sachlich verhalten. Doch die Art, wie sie jetzt im Türrahmen stand und das Spültuch in den Fingern knetete, verriet sie. Katrin sah so herzzerreißend unbeholfen aus, so kindlich bekümmert, dass Clara fast ein schlechtes Gewissen bekam. Aber letztlich tat sie das für sie beide, beruhigte sie sich. Daran musste sie immer denken. Und wenn sich Katrins Grundzorn auf sie durch eine Notlüge ein wenig mildern ließ, umso besser. »Brauchst du noch was?«, fragte Katrin, wieder betont schroff. »Das Gästebett ist frisch bezogen. Ich geh jetzt schlafen, aber wenn du noch was brauchst …«

»Aber nein, Schätzchen. Bitte, mach dir keine Umstände meinetwegen. Ich hab alles, was ich brauche.«

Und das war nicht mal gelogen. Sobald Katrin die Tür hinter sich geschlossen hatte, versank Clara zwischen den Sofakissen und nahm einen tiefen Schluck aus ihrem Rotweinglas. Sogar den Schokolinsen in der Mitte des Tisches warf sie einen nicht abgeneigten Blick zu. Unter normalen Umständen hätte sie sich eine derartige Ballung von Gemütlichkeit nicht durchgehen lassen. Schließlich waren fett werden und alt sein zwei Seiten derselben Medaille. Unvernünftig, dachte Clara, aber vernünftig macht auch alt. Und was war dagegen zu sagen, wenn sie ihr neues Leben etwas weniger hektisch gestaltete als ihr früheres, etwas behaglicher? Heute fühlte sie sich zum ersten Mal seit Wochen rundum wohl. Selbst das Fernsehen gefiel Clara besser, als sie es in Erinnerung gehabt hatte. Gerade lief eine Dokumentation über Prinzessin Diana, deren Todestag sich anscheinend zum tausendsten Mal jährte. Zunächst schaute Clara nur flüchtig auf die hinreichend bekannten malerischen Kulissen, die albernen Hüte und ewigen Rasenflächen. Es war ja auch immer dasselbe – der schüchterne Augenaufschlag – gähn – die weiße, feingliedrige Hand, die unterschiedslos über die Köpfe hungernder Kinder und aidskranker Männer strich – ja, ja – kleidsame Einsamkeit auf dem Taj Mahal – ganz schön theatralisch – Söhne, Pferde, Liebhaber. Doch irgendwann, beinahe gegen ihren Willen, verfing sich ihre Aufmerksamkeit. Gerade hatte eine milde lächelnde mittelalte Dame das Wort, die sich selbst als enge Vertraute Dianas und Society-Expertin auswies: »Eigentlich«, sagte sie, »hat ihr jeder Mann, den sie je geliebt hat, das Herz gebrochen.«

Clara schluckte und schaltete lauter. Traf das nicht ebenso auf sie zu? Hatte nicht auch ihr jeder Mann, den sie je geliebt hatte, das Herz gebrochen? Wenn man mal von ihren Exmännern absah. Überhaupt entdeckte sie, je länger sie zusah, immer mehr Parallelen zwischen sich und der Prinzessin von Wales: das schwierige Verhältnis zur Übermutterfigur. Kampf gegen ein veraltetes Rollenbild. Selbstverwirklichung. Affären. Tolle Kleider. Wenn man mal die herrschaftlichen Kulissen abzog, das Blaublütige, den millionenschweren Liebhaber und die sonstigen Lebensumstände, war die Ähnlichkeit zwischen ihr und Diana frappierend.

Schließlich kam die Beerdigung, und Clara konnte sich nicht sattsehen an den Bildern: Blumenmeere säumten den Buckingham Palace. Briefe, krakelige Kinderbilder, Fotos und erstaunlich viel Klarsichtfolie, die alles mit einem unwirklichen Reif überzog. Der mit Orchideen bekränzte Sarg. Menschen am Rand des Trauerzugs fielen einander weinend in die Arme. Ein Engländer, den ein Reporter wahllos aus der Menge herausgegriffen hatte, schniefte und schluchzte ins Mikrofon. Ob ihm das alles nicht etwas übertrieben vorkäme, fragte der Reporter, den man offensichtlich angewiesen hatte, den harten Hund zu spielen. Clara schüttelte den Kopf, und auch der Engländer zog abfällig die Nase hoch. Er ruckte seinen Kopf so heftig hin und her, dass er beinahe das Mikro beiseiteschlug. »Diana war eine Heilige.« Wieder zog er die Nase hoch, diesmal auf eine zornige, aggressive Art. »Sie hat viel Gutes für andere getan, für die Alten und Kranken. Klar hat sie so eine Beerdigung verdient. Sie hat noch viel mehr verdient. Sie war eine gottverdammte Heilige!«

7. Der Club der Heiligen Herzen

Clara musste sich eingestehen, dass sie die Morgenmesse nicht sonderlich vom Hocker riss. Die Kirche war kalt und zugig und, bis auf ein paar unregelmäßig in den Bankreihen verstreute Weiß- und Grauköpfe, leer. Der junge Pfarrer sprach mit dünner, atemloser Stimme, und seine Predigt besaß ungefähr so viel Schwung wie ein Handtuch, das man aus einem Bottich mit lauwarmem Wasser gezogen hatte. Außerdem schien er nicht so recht zu wissen, was er mit seinen Armen anstellen sollte. Die meiste Zeit ließ er sie schlaff herabhängen, dann wieder riss er sie so plötzlich in die Höhe, dass man beim Zuschauen zusammenzuckte, und erstarrte in dieser Haltung, als drücke ihm jemand eine Pistole in den Rücken. Ein armseliges Schauspiel. Dennoch saß Clara an den äußersten Rand ihrer Holzbank gedrückt und lauschte gespannt, immer in der Hoffnung, etwas für ihre Lage Verwendbares aus der Predigt herausfiltern zu können. Das Zuhören war ein echtes Problem. Ein Großteil von Claras schwarzkatholischer Kindheit und Jugend hatte sich in dieser Kirche abgespielt. Während sie hockte, stand und kniete, mit der Gemeinde mitmurmelte und im Gebetsbuch nach den richtigen Stellen blätterte, waren die besten Jahre ihres Lebens an ihr vorbeigezogen. In dieser Zeit hatte sie die Fähigkeit, auf Knopfdruck wegzuhören, perfektioniert. Doch mittlerweile war es ein Pawlow'scher Reflex, den sie nicht mehr unter Kontrolle hatte. Sie sah die Kreuzigungsszenen auf den Kirchenfenstern, hörte eine tranige Stimme »Lasset uns beten« sagen und war schon weg. Clara zog ihre Klangkugeln aus der Tasche. Sie hatte sie vor zwanzig Jahren gekauft, als sie mit dem Rauchen aufgehört hatte. Auch jetzt halfen sie ihr in schwierigen Situationen, sich zu konzentrieren.

»Und Jesus sprach«, las der Pfarrer stockend vom Blatt: »Ihr seid das Licht der Welt ...« Clara beugte sich erwartungsvoll vor. »Aber.« Der Pfarrer hielt inne, um nach kurzem Zögern ebenso stockend fortzufahren: »Man zündet nicht ein Licht an und stülpt dann ein Gefäß darüber. Nein, man stellt es auf den Leuchter, damit es allen im Hause leuchte.« Clara nickte zustimmend. Da rannte er offene Türen ein. »So soll euer Licht vor den Menschen leuchten, damit sie eure guten Werke sehen und euren Vater im Himmel preisen.«

Clara nickte noch heftiger. Jetzt wusste sie zumindest, dass sie am richtigen Ort war. Die Kugeln klickten rhythmisch in ihrer Hand. »Finden Sie das nicht ein bisschen unpassend?«, zischte ein älterer Herr aus der Reihe hinter ihr. »Ganz im Gegenteil«, erwiderte Clara. »Das ist das Vernünftigste, was ich seit langem gehört habe.«

Orgelmusik brauste auf und scheuchte die wenigen Gläubigen von ihren Plätzen. Nach einem flüchtigen Moment der Konfusion reihten sich jedoch alle schnell in die Kommunionsschlange ein, die zum Altar führte. Auch Clara erhob sich; dabei hatte sie in letzter Zeit einen zunehmenden Widerwillen gegen das Schlangestehen entwickelt. Aber was sollte man machen? Vielleicht konnte ihr der Pfarrer ungeachtet seiner rhetorischen Defizite ja helfen. Während vorne die Gläubigen abgefertigt wurden und die Schlange langsam vorwärtsruckte, stellte sich Clara auf die Zehenspitzen und spähte über die Köpfe. Außer ihr schien sich niemand an der Gemächlichkeit der Prozedur zu stören. Sie räusperte sich: »Entschuldigen Sie.«

Der Pfarrer löste seinen Blick von der Gläubigen, die mit geschlossenen Augen und herabgesacktem Unterkiefer vor ihm stand. »Einen Moment, bitte«, sagte er und warf der schlanken weißhaarigen Frau im schwarzen Kostüm weiter hinten in der Schlange einen mahnenden Blick zu. »Ich komme gleich zu Ihnen.« Er legte der Frau vor ihm die Hostie auf die Zunge. »Der Leib Christi«, sagte er, woraufhin diese brav im Seiteneingang verschwand. Als die Dame im schwarzen Kostüm schließlich vor ihm stand, lächelte sie ihn erwartungsvoll an. Der Pfarrer hob die Hostie in die Höhe. »Der Leib Christi.« Er fand, damit war so ziemlich alles gesagt.

»Ja.« Die Dame vor ihm nickte verständig. »Ich weiß. Aber ich hätte da noch ein paar Fragen.«

»Die Hostie besteht aus Wasser und reinem Weizenmehl«, antwortete der Pfarrer automatisch. »Glutenreduziert. Sie können ganz unbesorgt sein.« Viele Leute waren heutzutage sehr heikel, was die Ernährung betraf.

»Es geht nicht um die Hostie. Ich hätte ein paar Fragen zum Kanonisationsverfahren und zur Beatifikation.«

»Tatsächlich?« Der Pfarrer wurde bleich.

In der Schlange kam bereits Unruhe auf. Einige Kirchgänger traten zur Seite, um nachzusehen, was den Pfarrer so lange aufhielt.

»Sehen Sie, ich habe da letzte Nacht so einiges im Internet gelesen, aber ich hätte dann doch noch die eine oder andere Frage, rein praktischer Natur.«

Die Gläubigen begannen unverhohlen zu murren. Eine

Frau mit grobem bäuerlichem Gesicht, der man ansah, dass sie es gewohnt war, die Dinge selbst in die Hand zu nehmen, schob die Dame im schwarzen Kostüm kurzentschlossen zur Seite. Sie legte den Kopf in den Nacken, kniff die Augen fest zusammen und riss den Mund so weit auf, dass der Pfarrer das Zäpfchen hinten in ihrem Rachen sehen konnte. Ihre rosa Zunge war breit und flächig und zuckte ein wenig. »Das ist im Moment ungünstig«, sagte er.

Am Ende einigten sie sich darauf, das Gespräch später fortzusetzen. »Sobald der Pflichtteil erledigt ist«, sagte die Dame. »Die Messe, meinen Sie«, korrigierte sie der Pfarrer ein wenig gekränkt. Schon fühlte er sich wieder müde. Dabei hatte er sich heute Morgen noch auf die Messe gefreut, aber jetzt sehnte er sich nur noch nach seinem Bett. Das Kräfteraubendste an seinem Beruf waren die Erwartungen der vielen Menschen, dachte er, als er am Ausgang stand, die schwere schmiedeeiserne Tür im Rücken, und den über den Kirchplatz strömenden Gläubigen nachsah. Alles in allem fühlte er sich am ausgeglichensten, wenn er allein war. Vielleicht, dachte er, leide ich ja unter einer sozialen Phobie.

In der Zwischenzeit hatte sich die Dame im schwarzen Kostüm an ihn herangepirscht. Sie stand vor der papiergespickten Pinnwand im Eingangsbereich und redete ununterbrochen auf ihn ein. Über Wohltätigkeit, Seligsprechung und, wenn er sich nicht sehr irrte, die Prinzessin von Wales. Ihm schwirrte schon ein wenig der Kopf.

Offenbar wollte sie sich im Rahmen der Kirche sozial engagieren. Das war nicht weiter ungewöhnlich. Vielleicht hatte sie einen Ehepartner verloren, war umgezogen oder gerade aus dem Beruf ausgeschieden. Er kannte sie nicht. Aber viele Menschen, die einschneidende Umbrüche in ihrem Leben zu bewältigen hatten, suchten bei der katholischen Kirche Halt. Schicksalsschläge produzierten eben nach wie vor am zuverlässigsten neue Gläubige, auch wenn es ein fürchterliches Klischee war. Aber Klischees, dachte der Pfarrer, sind deswegen Klischees, weil sie wahr sind. So abgedroschen es klingen mochte, manche Kriminelle fanden eben tatsächlich im Gefängnis zu Gott. So was kam vor, und auch wenn diese Frau auf ihn einen etwas konfusen Eindruck machte, war sie doch ohne Zweifel hochmotiviert. In jedem Fall war es seine Aufgabe, sie zu unterstützen und ihren Eifer in sinnvolle Bahnen zu lenken.

»Ich verstehe«, sagte er, als er die Tür hinter dem letzten Gläubigen zuzog. »Sie würden sich gerne engagieren.«

Sie nickte eifrig. Kurz erwog er, die Frau in sein Arbeitszimmer zu bitten, fand es dann aber doch beruhigender, den Ausgang in unmittelbarer Nähe zu wissen.

»Würden Sie gerne ein Ehrenamt bekleiden?«

Die alte Dame zögerte kurz. Anscheinend war sie selbst noch nicht auf den Gedanken gekommen. Schließlich nickte sie langsam. »Was stände denn da zur Auswahl?«

»Lassen Sie mich überlegen. Was halten Sie von der Bahnhofsmission?«

»Hm«, machte sie und runzelte die Stirn. »Was gibt es sonst noch?«

»Hospizdienst«, schlug der Pfarrer vor, doch bei diesem Wort zuckte sie so heftig zusammen, dass er schnell weitersprach: »Hausaufgabenhilfe? Telefonseelsorge? Behindertenarbeit? Die Tafel? Familienbegleitung? Lesepaten? Landschaftspflege?«

Der Kopf der Dame schwang hin und her wie ein Pendel, und dem Pfarrer gingen allmählich die Ideen aus, als sein Blick plötzlich auf einen schlichten schwarz-weißen Zettel an der Pinnwand fiel. Er kündigte einen Wohltätigkeitsbasar im kommenden Monat an. Der Basar stand unter der Schirmherrschaft der FRAUEN DES HEILIGEN HERZENS. Ganz oben auf dem Zettel prangte ihr Logo: zwei untergehakte, eindeutig weibliche Schablonenfiguren, die sich gegenseitig die Hand aufs Herz legten. Wenn man genauer hinsah, wirkte es fast ein wenig missverständlich. Der Pfarrer vertrieb den Gedanken mit einem Kopfschütteln: »Warum probieren Sie es nicht bei den Frauen des Heiligen Herzens? Die organisieren Spenden, veranstalten Basare und sind sehr aktiv in der Altenbetreuung. Sie haben einen Besuchsdienst eingerichtet. Sie leisten alten, bettlägrigen oder einfach einsamen Menschen in der Stadt Gesellschaft.«

Die Frau im schwarzen Kostüm nickte langsam.

»Sie haben Glück«, sagte der Pfarrer. »Sonntags treffen sich die Damen immer im Pfarrhaus.«

Schon im Flur schlug Clara der Geruch nach abgestandenem Kaffeedunst, Putzmittel und organisierter Langeweile entgegen; beim Eintreten fiel ihr Blick als Erstes auf eine trübselige, windschiefe Plastikpalme in der Ecke. Es gab einen länglichen Partyholztisch mit einer Ansammlung lehmfarbener Trockenkuchen und militärisch aufgereihter silberner Thermoskannen; überall standen Stühle herum, von denen einige bereits zu einem unentschlossenen Halbkreis zusammengeschoben waren, während andere wie verirrte Satelliten einzeln im Raum herumtrieben. Frauen saßen und standen plaudernd in Grüppchen beisammen, keine von ihnen unter sechzig. Wohin man blickte, graue, weiße und fliederfarbene Haarschöpfe, übergroße Bäuche und Busen und schlechtsitzende Kleider – allein die Ballung von Schulterpolstern in diesem Raum war alarmierend. Einem abergläubischen Impuls folgend blickte Clara an sich selbst hinunter. Aber nein, sie trug noch immer ihr tadellos sitzendes Chanel-Kleid, und ihre Beine waren schlank und wohlgeformt wie eh und je. Sie lachte den Pfarrer an; tatsächlich hätte nicht viel gefehlt, und sie hätte ihm zugezwinkert: Da haben wir uns aber in der Tür geirrt, sollte dieses Lachen heißen.

Doch der Pfarrer lächelte nur höflich und ein bisschen vage zurück, nichts Verschwörerisches lag in seinem Blick. Und auf einmal begriff Clara, dass bei all den Dingen, die sie von diesen Frauen unterschied, dem Pfarrer nur auffiel, was sie verband. Wenn er nach vorne blickte, sah er einen Raum voller alter Frauen, und wenn er zur Seite blickte, sah er ebenfalls eine alte Frau. Clara musste daran denken, wie sie einmal einen japanischen Geschäftsmann hatte sagen hören, für ihn sähen alle Europäer gleich aus. Galt das auch für Frauen über sechzig? Clara versuchte den Gedanken abzuschütteln und ließ ihren Blick ein – da war sie sich sicher – letztes Mal durch den Raum schweifen, als etwas Sonderbares und Verstörendes geschah: Die Seniorinnen verwandelten sich vor ihren Augen und wurden zu Frauen und Mädchen, die sie kannte.

Vor den Fenstern stand fast die gesamte Besetzung ihrer Bewegung-macht-Freude-Gruppe zusammen, mit der sie in den Achtzigern geturnt hatte. Am Büfett luden sich die Große-Suttrup-Schwestern Kuchenstücke auf die Teller. Sie lächelten nicht und redeten wie in der Schulzeit nur miteinander. Dann waren da noch ein paar andere Sprösslinge von den umliegenden Bauernhöfen. Elisabeth Fänger, die von der Schulbank weg geheiratet worden war. Gerda Kleinert – eifrige Lateinschülerin, Mitläuferin und graue Maus – schraubte an ihrem Hörgerät. Und hinter ihr ragte Hilde Kühns wie in Beton gegossene Turmfrisur in die Höhe. Ihre Blicke trafen sich, und Clara hatte den Eindruck, dass in Hildes Bewusstsein Jahrzehnte in einem Wimpernschlag zusammenschnurrten. In ihren grauen Augen blitzte das ewige Eis ihres Missvergnügens, und ihr Hass auf Clara schien über die Jahre nicht mal einen Hauch von Flugrost angesetzt zu haben, sondern funkelte ebenso neu wie eh und je.

Ein heller Aufschrei durchschnitt das Gemurmel, und Bewegung kam in die Gruppe, als sich eine kleine, runde Frau mit rosigem Herzchengesicht nach vorne drängte. »Clara!« Sie japste vor Begeisterung. Lissi: süß und adrett wie ein Sahnebaiser – und die Pest. Clara ermahnte sich selbst, dass derart abfällige Gedanken in ihrem neuen Leben keinen Platz hatten, doch da hatte sich Lissi schon mit ihrem ganzen Gewicht auf sie geworfen. Sie schlang ihr die Arme um den Hals, und bevor Clara zurückzucken konnte, hatte ihr Lissi bereits einen warmen, feucht schmatzenden Kuss auf die Wange gedrückt.

»Clara ist wieder da!«, rief sie in die Runde, als müsste es jede Minute kübelweise Ballons, Konfetti und Rosenblätter von der Zimmerdecke regnen. Doch Hildes Gesichtsausdruck blieb steinern. Die anderen Damen blickten von Hilde zu Clara und wieder zurück. Die Mutigeren unter ihnen nickten Clara kurz zu, die anderen schauten aus dem Fenster oder auf ihre Schuhe. Der Pfarrer, der sich bislang hoffungsvoll in Türnähe aufgehalten hatte, im Glauben, seinen Schützling einfach bei dessen sich tummelnden Artgenossen aussetzen zu können, seufzte und machte einen Schritt in den Raum hinein.

Nur Lissi war unempfänglich für die gedrückte Stimmung um sie herum. »Und wie schick du aussiehst! Bleibst du jetzt für immer hier?«

Nein, wollte Clara sagen, ich habe mich bloß in der Tür geirrt. Ich war auf dem Weg in mein schickes Apartment in Blankenese und bin aus Versehen im Albtraum meiner Jugend gelandet. Könntest du mir sagen, wie ich in mein richtiges Leben zurückkomme? Aber Lissi ließ ihr keine Gelegenheit zu antworten, sondern wandte sich an den Pfarrer. »Clara und ich waren früher die besten Freundinnen.« Der Pfarrer lächelte diplomatisch. »Ich bin ihr ständig hinterhergelaufen als Kind. Das hat sie wahnsinnig gemacht.« Sie lachte glockenhell auf bei der Erinnerung daran, wie ganz und gar unerwünscht sie gewesen war. »Weißt du noch, Marie und du, ihr hattet immer so einen lustigen Spitznamen für mich! Wie war der noch?«

Zu Claras Glück sprang Lissis Konzentration wie ein schlecht eingestellter Sender ständig hin und her. »Wie geht's Marie eigentlich? Ich glaube, sie konnte mich sogar noch weniger ausstehen als du!« Lissi sagte das nicht ohne einen gewissen Stolz.

Im Gesicht des Pfarrers wechselte sich Verwirrung mit Betroffenheit ab, als Lissi ihm eine komplizierte Geschichte zu erzählen begann, die davon handelte, wie Marie und Clara einst ihre Turnschläppchen geklaut und verbrannt hatten. Irgendwie geriet dieser Tag immer mehr in Schieflage, fand Clara. Wie konnte ihr Ansehen bereits am ersten Tag ihrer Heiligenkarriere solchen Schaden nehmen? Sie hatte bei der Planung eben nicht bedacht, dass an diesem Ort lauter Leute herumliefen, die sie seit frühster Kindheit kannten: wandernde Gedächtnisspeicher. Konnte sie dieser Geschichte nicht irgendwie die Schärfe nehmen, sie vielleicht sogar in eine harmlose, halbwegs amüsante Anekdote verwandeln, über die man im Nachhinein gemeinsam lächelte? Möglicherweise half ja der Hinweis, dass es sich um besonders schäbige, unmodische Turnschläppchen gehandelt hatte, die Lissi viel Spott eingetragen hatten. Im Grunde hatten sie ihr also einen Gefallen getan. Lissi nickte seufzend. »Ja, das ist wahr. Aber verhauen hat mich meine Mutter trotzdem. Wir hatten doch so wenig Geld damals.«

»Kinder«, befand Clara, als wäre damit alles zum Thema gesagt, und wandte sich dann brüsk dem Büfett zu. Obwohl keine der Frauen sie direkt ansah, spürte sie ihre Blicke im Nacken. Clara drückte den Hebel an einer silbernen Thermoskanne herunter, und eine durchsichtige, dampfende Flüssigkeit tröpfelte in den Becher. »Was ist denn das?«, fragte Clara, aufrichtig entsetzt. Lissi kicherte. »Die meisten von uns vertragen keinen Kaffee. Und na ja, auch keinen Tee. Heißes Wasser bekommt den meisten besser. Aber ich kann für dich bestimmt irgendwo einen Teebeutel auftreiben.« Sie legte Clara einen Arm um die Schulter. »Ich bin so froh, dass du hier bist. Du wirst dich bei uns sicher wohlfühlen.«

Ja, sicher, dachte Clara. Frauen, die in einem Stuhlkreis zusammensaßen und heißes Wasser schlürften – was sollte die Hölle da noch Furchteinflößendes zu bieten haben? Wie aufs Stichwort durchquerte Hilde Kühn den Gemeinschaftsraum. Sie ging gemessenen Schrittes auf Clara zu, als hätte sie einen lange überfälligen Entschluss getroffen.

»Frau Kühn ist die Vorsitzende des Clubs«, sagte der Pfarrer. Clara nickte langsam. Keine große Überraschung. Hilde war schon in der Schulzeit herrschsüchtig gewesen. Überhaupt hatte sie sich kaum verändert, seit Clara sie zuletzt gesehen hatte: eine innerlich wie äußerlich straffe Frau, die jeden Morgen ihre Runden im Hallenbad schwamm, alle Wegstrecken mit dem Rad bewältigte und ihr eigenes Brot buk. In den vergangenen Jahren hatte sie ihre Schwiegermutter, ihre ältere Schwester und deren Ehemann ins Grab gepflegt, und ihr Blick verriet, dass sie nicht vorhatte, sich von Clara in die Knie zwingen zu lassen.

»Clara«, sagte sie und verzog die Lippen ein wenig. »Was führt dich zu uns? Ein Opernbesuch?« Sie musterte ihr Kleid. Clara sah keine Veranlassung, auf eine derartig platte Provokation zu antworten, und so ergriff der Pfarrer das Wort. »Frau Dorn würde gerne beitreten.«

Hilde Kühn schwieg eine volle Minute lang. »Wie nett von ihr«, sagte sie schließlich gedehnt. »Mich würde aber schon interessieren, ob sie sich die Aufnahmekriterien durchgelesen hat. Da steht nämlich, dass wir Mitglieder suchen, die sich in ihrem Denken und Tun mit den Richtlinien der katholischen Kirche identifizieren.«

»Aber ich identifiziere mich mit den Richtlinien der katholischen Kirche.« Es war schon seltsam, dachte Clara, sich selbst im Brustton der Überzeugung Dinge sagen zu hören, von denen man vor einer Woche nicht im Traum gedacht hatte, dass sie einem je über die Lippen kommen würden. Oder höchstens in sehr extremen Szenarien, wie auf dem Sterbebett liegend oder mit einer geladenen Waffe am Kopf.

»Und das hast du mit deinen zwei Scheidungen demonstrieren wollen?«

Dem Pfarrer trat der Schweiß auf die Stirn. »Menschen wandeln sich. Und die Kirche bietet ja gerade Menschen in außergewöhnlichen Lebenssituationen Halt.« Man sah ihm an, wie sehr er sich wünschte, unterbrochen zu werden.

»Und deswegen treten so viele Leute aus der Kirche aus.« Hilde sah Clara an, als habe sie persönlich die Gläubigen in Scharen aus der Kirche vertrieben.

»Jetzt mach mal einen Punkt.« Bis eben hatte Clara nicht die geringste Absicht gehabt, Mitglied bei den Frauen des Heiligen Herzens zu werden. Aber nicht für würdig befunden zu werden, und das auch noch von Hilde Kühn, war zu viel. Jegliche Zweifel, die sie über die Frauen des Heiligen Herzens gehabt haben mochte, waren verflogen. Für Clara galt die Umkehrung des alten Woody-Allen-Spruchs: In einem Verein, der sie nicht aufnehmen wollte, musste sie unbedingt Mitglied werden. »Hör mal zu, Hilde. Ich bin getauft und gefirmt. Ich bin geschlagene zehn Jahre meines Lebens in die Sonntagsschule gegangen. Ich habe jedes Recht der Welt, hier zu sein.«

»Ja«, höhnte Hilde, »wenn das Schwänzen der Sonntagsschule einen zur guten Katholikin machte, gehörten du und Marie schon längst heiliggesprochen. Ein Wunder, dass du sie nicht mitgebracht hast. Lebt sie immer noch in dieser Kommune?«

»Das ist über vierzig Jahre her!«

»Die Menschen ändern sich nicht.«

»Marie arbeitet für das Rote Kreuz in Uganda!«

Clara hatte irgendetwas Drastisches sagen wollen, um Hilde zum Schweigen zu bringen. Das war ihr immerhin gelungen. Hilde brauchte einige Sekunden, um ihre Gesichtszüge wieder zu ordnen. Danach beschloss sie anscheinend, eine neue Taktik auszuprobieren: »Ich persönlich habe ja gar nichts dagegen, dass du Mitglied wirst, Clara. Wir sind doch alte Freundinnen.« Hilde zögerte kurz, ein prüfendes Abwarten, und als kein Blitz vom Himmel herabfuhr und ihr den Schädel spaltete, fuhr sie fort: »Und als Freundin sage ich dir, du passt nicht hierher. Das hast du noch nie. Deswegen bist du ja weggegangen.«

»Ich will Mitglied werden.« Clara blieb stur. »Und du hältst mich nicht davon ab.«

»Das werden wir ja sehen.«

Der Pfarrer räusperte sich. »Es gibt keine objektiven Kriterien, die Frau Dorn die Mitgliedschaft verbieten würden.« Es war ein mutiger Vorstoß, fand Clara. Auch wenn der Pfarrer seine Furcht nicht ganz verbergen konnte, was angesichts seiner blassen, magenkranken Verfassung nur allzu verständlich war. »Jeder kann eintreten, heißt es in der Satzung, solange er katholischen Glaubens ist und ...«

»Ich verlange einen Mehrheitsentscheid«, schnitt ihm Hilde das Wort ab. Sie wandte sich an die übrigen Damen, die während ihrer Auseinandersetzung eine unbehagliche Halbexistenz geführt hatten. Um nicht allzu offensichtlich zu lauschen, hatten sie ihre Gespräche weitertröpfeln lassen, doch jetzt kamen sie abrupt zum Stillstand. Ein nervöses Sirren lag in der Luft. Es kam nicht alle Tage vor, dass jemand Hilde die Stirn bot, und es schien fraglich, ob es klug war, ausgerechnet in diesem Moment in ihrer Nähe zu sein.

»Wir nehmen eigentlich keine neuen Mitglieder mehr auf.« Hilde lächelte drohend. »Wir sind autonom und organisieren uns selbst. Und wenn wir eine Ausnahme machen, stimmen wir das vorher ab. Das ist schließlich keine Diktatur.« Sie lächelte in die Runde, als erhoffte sie sich spontanen Zwischenapplaus. Doch die Damen drehten die Köpfe weg, wühlten in ihren Handtaschen oder taten schlicht so, als seien sie nicht da. »Warum stimmen wir nicht einfach per Handzeichen ab, ob wir Clara in unserer Gruppe haben wollen?«

»Sollte so eine Abstimmung nicht anonym stattfinden?«, wagte der Pfarrer einzuwenden, der jedoch unter Hildes eisigem Blick schnell in sich zusammenschrumpfte.

»Wieso?«, fragte Hilde. »Kandidiert sie für den Bundestag? Aber bitte. Stimmen wir eben anonym ab. Das Ergebnis teilen wir dir gerne im Lauf der Woche mit, liebe Clara.«

8. Der Brief

Katrins Verhältnis zur Liebe war schon immer kompliziert gewesen. Mit neun hatte sie zu ihrer Großmutter gesagt, sie werde niemals heiraten und sich niemals verlieben, dieses Kapitel sei für sie abgeschlossen. Ihre Großmutter hatte sie zu ihrer reifen Entscheidung beglückwünscht, war aber skeptisch geblieben. Die Erfahrung habe ihr gezeigt, dass selbst die Vernünftigsten irgendwann einknickten.

Katrin hielt die Hände unter den warmen Luftstrom des Gebläsetrockners und überlegte, was sie damals dazu gebracht hatte, der Liebe für immer abzuschwören, aber ihr fiel nichts ein. Ihre erste Liebe war glücklich gewesen und hatte Bastian Weinberger gegolten. Bastian war sieben Jahre alt, hatte rotes verstrubbeltes Haar, große blaue Augen und besaß das besondere Talent, die unglaublichsten Dinge aus seiner Hosentasche hervorzuzaubern. Als Comicheld wäre dies seine geheime Superkraft gewesen. Wenn man etwas brauchte, ganz egal, was es war – Radiergummi, Kinderriegel, Mückenspray oder Dschungelmesser –, musste man ihn bloß fragen. Stets nickte er ernst, als hätte man eine absolut vernünftige Bitte geäußert, zog die Augenbrauen zusammen und grub mit seiner Hand schon tief in seiner Hosentasche. Erstaunlich oft förderte er genau den Gegenstand zutage, den man brauchte. Im Nachhinein kam es ihr so vor, als habe sie in späteren Jahren immer nach einer erwachsenen Version von Bastian Weinberger gesucht, ohne sie je zu finden.

Das Problem war, dass sie die falschen Männer anzog. Katrin musterte sich im Spiegel über dem Waschbecken, ihr zerzaustes Haar, das kräftige Kinn, die eng zusammenstehenden Augen mit der argwöhnischen Falte dazwischen. Was Äußerlichkeiten anging, waren die meisten Menschen Vollidioten, Männer besonders. Und eine Frau, die auf stämmigen Fußballbeinen durch die Gegend stapfte, ihre Sätze mit einem Punkt beendete und auch noch Ärztin werden wollte, musste ja robust und verlässlich sein.

Draußen fiel die Eingangstür krachend ins Schloss. Ihre Sprechstundenhilfen übertrieben ihr morgendliches Rumoren und machten absichtlich Lärm. Wahrscheinlich fanden sie, dass ihre Chefin sich lange genug in der Patiententoilette verbarrikadiert hatte. Das sah Katrin anders. Sie schob die Hände wieder unter den Gebläsetrockner. Ein asthmatisches Röcheln erklang, das sich langsam zu einem heulenden Dröhnen steigerte und die Praxisgeräusche nebenan übertönte.

Die Jungs, die sich in sie verliebten, lebten meistens noch bei ihren Eltern, hatten nervöse Mägen und Herzen, und ihre Hände fühlten sich immer feuchtkalt an. Ab und zu brachte Katrin einen von ihnen mit nach Hause, aus purer Ratlosigkeit. Vielleicht nur, weil sie hoffte, dass ihr jemand sagen würde, was sie mit ihnen anfangen sollte. Ihre Großmutter brühte missmutig Tee auf, schnitt Kuchenstücke ab und setzte sich dann stumm und vorwurfsvoll in die Ecke. Vielleicht dachte sie an das Versprechen, das ihr Katrin als Neunjährige gegeben hatte. Ihr Vater war auch keine Hilfe. Er fand jeden nett. Bohrte sie weiter, hob er nur hilflos die Schultern, die

Arme abgespreizt, als wollte er im nächsten Moment davonfliegen: Solange du glücklich bist. Mehr als alles andere bewies ihr das, wie hoffnungslos er die Lage verkannte, denn an Glück hatte sie wirklich als Letztes gedacht.

Und dann lernte sie Joachim kennen, drei Jahre jünger, attraktiver als sie, Philosophiestudent. Die Sache war so aussichtslos, dass es schon lächerlich war. Als sie ihn nach langem Zögern ins Haus auf dem Hügel mitnahm, kletterte er als Erstes auf die Backsteinmauer im Garten. Das hatte noch keiner gemacht. Es war als Kind ihr Lieblingsplatz gewesen, doch das hatte sie ihm nie erzählt. Zu ihrer Großmutter war er charmant, aber auch ein bisschen spöttisch, was ihr gefiel. Ab und zu brachte er sie zum Lächeln. Es gelang ihm sogar, ihren Vater, der sich vor Fremden fürchtete, ins Gespräch zu ziehen, indem er mit ihm die Thesen jener Philosophen diskutierte, die sich mit den Rechten von Tieren beschäftigten. Es war so ziemlich das einzige Thema, das ihren Vater wirklich interessierte. Aber auch das konnte Joachim eigentlich nicht wissen, und Katrin sah zu und staunte. Wer war dieser Typ, der sich mit so traumwandlerischer Sicherheit durch das Minenfeld ihrer Familie bewegte, als sei gar nichts dabei?

Natürlich machte ihre Großmutter ihn schlecht, sobald er gegangen war. Vielleicht dachte sie, dass Katrin das von ihr erwartete: Joachim sei genau wie alle anderen, fand sie, viel zu jung für sie, auch noch Philosophiestudent. Mit dem hätte sie nichts als Ärger. Normalerweise hätte Katrin sie jetzt angeschrien, Türen geknallt und mindestens eine Woche kein Wort mehr mit ihr gewechselt. Stattdessen lächelte sie nur das überlegene, milde Lächeln, das Menschen haben, die es besser wissen: Katrin wusste sofort, dass Joachim anders war. Sie merkte es an der Art, wie er sie ansah, mit festem Blick und sicherem Lächeln. Seine Hände fühlten sich immer warm an, und wenn er lachte, klang das so zuversichtlich wie nichts, was sie in ihrem Leben bisher gehört hatte. In Wahrheit hatte Joachim viel mehr Ähnlichkeit mit Bastian, dem Jungen mit dem Ass im Ärmel, ihrer ersten großen Liebe, als mit dessen enttäuschenden Nachfolgern. Und zum ersten Mal kam Katrin der Gedanke, dass Verliebtheit keine Krankheit war, die man sich einfing wie eine schwere Magen-Darm-Grippe, ein leidvoller, erniedrigender Zustand, den es möglichst schnell zu überwinden galt, sondern der Anfang von etwas Gutem.

Es hämmerte gegen die Tür. »Es ist Zeit«, tönte Ritas Stimme durch die Tür. Sie klang wie die Abgesandte eines Hinrichtungskommandos.

»Ich komme gleich.« Katrin massierte sich die Schläfen, um die Kopfschmerzen zu vertreiben, die sie seit einigen Tagen hartnäckig plagten.

»Wann?«

Vielleicht verlor sie auch langsam den Verstand. Und was machte man, wenn man den Verstand verlor? Man tat normal und benahm sich wie alle anderen. Katrin war sich zwar nicht hundertprozentig sicher, wie sie das anstellen sollte, aber wahrscheinlich war es ein Schritt in die richtige Richtung, wenn sie aufhörte, sich in der Toilette zu verstecken. Sie riss die Tür so ruckartig auf, dass Rita mit einem Satz beiseitespringen musste. Yvonne stand vor der Rezeption und spielte, wie es aussah, ebenfalls Normalität. Sie ordnete Papiere und gähnte herzhaft, als Katrin auf sie zutrat. Auf der Ablage neben dem leeren Bonbonglas lag noch immer der Brief der Kassenärztlichen Vereinigung. Genau dort hatte Katrin ihn hingeworfen, bevor sie in die Toilette geflohen war. Da sie keinen Brieföffner gefunden hatte, hatte sie ihn mit den Händen aufgerissen. Das Papier des Umschlags war zerfetzt, das Anschreiben lag zerknittert daneben. Natürlich hatten ihre Sprechstundenhilfen den Brief gelesen. Wenn sie es nicht an Yvonnes fest zusammengepressten Lippen sah, dann am Katastrophenlächeln in Ritas rundem Gesicht. Aus der Teeküche war das Tröpfeln der Kaffeemaschine zu hören.

»Was steht in dem Brief?«, fragte Yvonne.

Scheinheiliges Biest, dachte Katrin. »Die KV schickt jemanden vom Qualitätsmanagement. Er wird die Praxis begutachten, die Geräte prüfen und schauen, ob wir den technischen Standards entsprechen.« Und dann zu dem Schluss kommen, dass wir sie nicht erfüllen, dachte sie. »Sicher nur eine Formsache.« Katrin setzte ein bühnenreifes Lächeln auf, nahm Umschlag und Anschreiben von der Rezeption, knüllte beides zusammen und stopfte es in ihre Jackentasche, als wäre damit alles erledigt. Doch ihre beiden Sprechstundenhilfen blickten skeptisch.

»Bislang haben sie nur Briefe geschickt und jetzt schon Männer?«, sagte Yvonne. »Das klingt nicht gut.«

Ritas Doppelkinn bebte vor Zufriedenheit. »Wir sind nicht gerade eine Hightechpraxis.«

»Das letzte Mal, als ich nachgelesen habe«, erwiderte Katrin, »kriegte man ein Gerstenkorn auch noch ohne Hightechmedizin in den Griff. Aber falls irgendeine von euch ein Vermögen zu verschenken hat, nur her damit.« Sie verzog das Gesicht und hob die Achseln auf eine Art, die ein optimistischer Mensch als »alles halb so schlimm« deuten konnte.

»Ich könnte meinen Mann umbringen und mir seine Lebensversicherung ausbezahlen lassen.« Rita blickte so zupackend in die Runde, als sei sie bereit, ihren Plan notfalls sofort in die Tat umzusetzen.

»Ich habe auch ein bisschen was gespart«, sagte Yvonne.

Katrin wusste, dass die Solidarität ihrer Mitarbeiterinnen sie eigentlich rühren sollte, doch abgesehen von einer kribbelnden Gereiztheit, die wahrscheinlich auf ihre Kopfschmerzen zurückzuführen war, empfand sie nicht das Geringste. »Das wird nicht nötig sein.« Sie schnappte sich ihre Handtasche. »Ich lauf schnell zur Apotheke.« Und bevor sich ihr eine von beiden in den Weg werfen konnte, war sie schon aus der Eingangstür geschlüpft. Den Aufzug, dessen silberne Doppeltür gerade drohend auseinanderglitt, ignorierte sie und nahm stattdessen die Treppe, immer zwei Stufen auf einmal. So war sie als Kind immer zur Praxis ihres Vaters hochgelaufen; meistens weil sie ihn um Eisgeld bitten wollte. Und wenn auf dem Rückweg die Münzen in ihrer Hosentasche klirrten, hüpfte sie beschwingt die Stufen hinab in dem Gefühl, ein gutes Geschäft gemacht zu haben. Kaum zu glauben, dass ihr Verhältnis zu Geld einmal so unkompliziert gewesen war. Heutzutage hatte Katrin keine Ahnung mehr, wie man jemanden um Geld bat. Im Grunde hatte sie verlernt, wie man einen anderen Menschen überhaupt um etwas bat.

Draußen auf dem Marktplatz schlug ihr die feuchtkühle Morgenluft entgegen. Sie spürte den hauchfeinen Regen auf der Haut. Eine Saugglocke hielt den Schmerz im Inneren ihres Kopfes fest. Seit ihre Mutter bei ihr wohnte, hatte Katrin ständig Kopfschmerzen und sie wusste nicht mal, warum, denn eigentlich war das Zusammenleben mit ihr leicht, sogar harmonisch. Morgens saßen sie gemeinsam am Küchentisch, tranken ihren

Kaffee, plauderten oder lasen sich gegenseitig aus der Lokalzeitung vor. Sie kauften frisches Obst und Gemüse auf dem Markt ein, und wenn Katrin aus der Praxis kam, machten sie oft einen langen Spaziergang durch die Heide. Katrin kochte, und ihre Mutter lobte ihr Essen überschwänglich, auch wenn sie stets nur die Hälfte davon aß. Ab und zu sahen sie sich einen Film im Fernsehen an, einen lustigen Familienfilm vor malerischer Kulisse oder einen Krimi. Oft saßen sie auch einfach nur im Wohnzimmer und lasen. Es war ein bisschen wie eine Montagesequenz in einem der fröhlichen Familienfilme, die sie sich ansahen: Mutter und Tochter verleben schöne Stunden und kommen sich dabei näher, während die Wunden der Vergangenheit langsam heilen.

Ihre Mutter schien das genauso zu sehen. Manchmal, wenn sie am Küchentisch saßen und Kirschkerne pulten oder abends im Garten bei flackerndem Kerzenlicht ein Glas Rotwein tranken, sagte sie Dinge wie: »Man möchte diesen Moment festhalten« oder »Es ist schön, dass wir nun endlich verlorene Zeit nachholen«. Meistens begleitete sie diesen Satz mit einem vernehmlichen Ein- und Ausatmen. Oft sah sie ihre Tochter erwartungsvoll an, und da Katrin nicht wusste, was sie sagen sollte, nickte sie und atmete ebenfalls tief ein und aus. Und dann saßen sie eine Weile schweigend und schwer atmend da wie Teilnehmer bei einem Geburtsvorbereitungskurs.

Natürlich ließen sich die sentimentalen Anflüge ihrer Mutter mit ihrem Herzinfarkt erklären, und eine bessere Tochter hätte ihre Mutter vielleicht darin unterstützt, ihrem oberflächlichen Leben auf den letzten Metern noch ein Minimum an Sinn einzuhauchen. Doch Katrin konnte nichts dagegen machen: Statt Rührung, Mitgefühl oder welch warme Emotion in so einem Fall auch immer angebracht war, empfand sie nichts als siedende Verlegenheit und das Verlangen, im Boden zu versinken, wenn ihre Mutter gefühlvoll wurde. Sie fragte sich, ob es ihr für den Rest ihres Lebens so gehen würde. Würde sie, wenn ihre Mutter auf dem Sterbebett lag und ein »Ich liebe dich« hauchte, errötend murmeln: »Bitte, Mama, lass das jetzt«, und aus dem Zimmer laufen?

Sonst war es leicht, mit ihrer Mutter zu plaudern, und sie plauderten viel – über alte Bekannte, Politik und Bücher. Währenddessen verkniff Katrin sich die einzige Frage, deren Antwort sie wirklich interessierte: Nämlich wann ihre Mutter wieder verschwinden würde und was dieses ganze Theater überhaupt sollte, Herzinfarkt hin oder her.

Im Grunde kannten sie sich doch gar nicht. Dieser Gedanke kam ihr oft, wenn sie ihre Mutter morgens am Küchentisch sitzen sah, die Haare perfekt frisiert, im schwarzen Designerkostüm. Ich habe keine Ahnung, dachte sie, wenn Clara dann lächelnd zu ihr aufblickte, wer du bist. Was nicht bedeutete, dass ihre Mutter aus ihrem Leben ein Geheimnis gemacht hätte. Die wesentlichen biografischen Eckdaten waren ihr bekannt: schwarzkatholische Kindheit und Jugend – Flucht in die nächstgrößere Stadt zum Lehramtsstudium – Studienabbruch und Rückkehr in den Schoß der nicht allzu erfreuten Familie – dann Nothochzeit mit phlegmatischem Arztsohn, der schon immer in sie verknallt gewesen war – ein Kind – mit sechsundvierzig dann die Flucht in die Großstadt – danach verlor sich für Katrin die Spur ihrer Mutter, wenn man von gelegentlichen Erfolgsmeldungen absah. Doch das Wesentliche, was sich zwischen diesen Eckpunkten abspielte, und warum ihre Mutter tat, was sie tat, blieb ihr ein Rätsel. Und so war es im

Grunde immer noch. Ihrer Mutter war prinzipiell alles zuzutrauen, und deswegen war umso schwerer abzuschätzen, wozu sie imstande war. Niemand hatte damals damit gerechnet, dass sie fortgehen würde. Nicht mal die Großmutter, die ihrer Tochter stets das Schlimmste zugetraut hatte. Doch wer unter einer ständigen Erwartungsspannung stand, dem kam wahrscheinlich der Sinn für Nuancen abhanden, vermutete Katrin. Und wer den Ernstfall immer für möglich hielt, war dann doch erstaunt, wenn er eintrat. Auch übertriebener Pessimismus machte blind.

Katrin lief durch die backsteinrote Innenstadt, vorbei am Billigschuhladen, dem Stadtbrunnen mit den dicken pinkelnden Engeln und der Metzgerei, wo Stine gerade die Klapptafel mit den Tagesgerichten vor die Tür stellte. Katrin nickte ihr im Vorbeigehen kurz zu und schaute dann in die andere Richtung. Es regnete nur ganz leicht, dennoch liefen die zur Arbeit eilenden Fußgänger mit grimmigen Mienen und hochgeschlagenen Mantelkrägen herum, als spielten sie alle in einem Agentenfilm mit.

Katrin hatte keine Ahnung, was ihre Mutter im Schilde führte. Und was der ganze Zirkus mit der Kirche sollte, begriff sie erst recht nicht. Das erste Mal, als ihre Mutter ihr verkündete, sie müsse jetzt zur Frühmesse, dachte sie noch, sie hätte sich verhört. »Was ist los«, hatte sie sie im Scherz gefragt, »hast du dich in den Pfarrer verknallt?« Sie hatten beide gelacht, doch im Grunde erschien es Katrin immer noch wie die plausibelste Erklärung.

Solange sie sich erinnern konnte, hatte ihre Mutter mit der Kirche nichts am Hut gehabt. Mit ihrer Großmutter, zeit ihres Lebens eine grimmige Kirchgängerin, war Clara deswegen ab und zu in Streit geraten. »Du enthältst deiner Tochter das Erbe des christlichen Abendlandes vor«, hatte die Großmutter einmal beim Frühstück zu ihr gesagt. Clara hatte nichts erwidert, aber Stunden später, als sie in der Küche stand und die Teller in das mit Schaumwasser gefüllte Waschbecken fallen ließ, hörte Katrin sie laut und deutlich, wenn auch ohne sichtbaren Zusammenhang, sagen: »Da kauf ich ihr doch lieber ein Lotterielos.« Ihr Tonfall hatte hämisch geklungen, auftrumpfend, als hätte sie endlich das entscheidende Gegenargument gefunden, das ihre Mutter ein für alle Mal in die Schranken wies, nur dass die schon lange nicht mehr im Zimmer war. Ohnehin hatte Katrin den Eindruck, dass Mutter und Tochter für ihre wortkargen, erbitterten Auseinandersetzungen nicht auf die Einheit von Zeit und Raum angewiesen waren, weil ihre Streitereien ohne klaren Anfangs- und Endpunkt schon ihr ganzes Leben lang andauerten.

In der Apotheke standen die Leidenden Schlange; rote Nasen, verquollene Augen und das verschleimte Rasseln der Bronchien. Tante Tine, die rotwangig und apfelgesund an der Theke stand, verscheuchte den nächsten Kranken, der aufrücken wollte, mit einer Handbewegung und winkte stattdessen Katrin nach vorn: »Komm mal schnell dazwischen, Katie, schließlich hast du nicht so viel Zeit.« Niemand protestierte. Katrin hatte für diesen Vormittag zwar nur drei Patienten einbestellt, aber das war wahrscheinlich nicht die Art Information, die man an die große Glocke hängte.

Tante Tine warf sich über den Tresen und gab ihr einen feuchten Kuss auf die Wange. Eine Woge süßen Parfums hüllte Katrin ein. Eigentlich war Tante Tine gar nicht ihre Tante, aber sie beanspruchte den Titel bereits seit Jahrzehnten so hartnäckig für sich, dass niemand auf die Idee gekommen wäre, ihr zu widersprechen, am wenigsten Katrin. Die Apothekerin strahlte sie an, doch im nächsten Moment verfinsterte sich ihr Gesicht.

»Ist er immer noch nicht wieder da?«

»Noch nicht.« Katrin wusste gar nicht, warum sie sich überhaupt die Mühe machte, zu flüstern. Die Akustik in dieser Apotheke war so gut wie in einem Opernhaus. Tante Tine ballte die Faust so fest, dass die Fingerknöchel an ihrer Hand weiß hervortraten. »Ich könnte ihn! Ich sage dir, wenn ich ihn je wieder zu Gesicht bekomme …«

»Ich habe Kopfschmerzen«, sagte Katrin im schwachen Versuch, das Gespräch wieder in neutralere Bahnen zu lenken.

»Natürlich hast du die.« Die Apothekerin tätschelte ihr die Hand und drehte sich nach hinten um. »Philipp, würdest du Katie ihr Aspirin holen!«

Im Hintergrund hörte sie Tante Tines Neffen im Medikamentenraum rumoren. »Philipp ist zu Besuch.« Tine lächelte stolz. »Er hat jetzt sein Sportstudium geschafft.« Katrin gratulierte. Philipp war möglicherweise der schönste Mann, den sie kannte, aber ganz sicher nicht der hellste. Somit war auch ein Studienabschluss mit Mitte dreißig durchaus ein Triumph. Wenn nicht für Philipps leidgeprüfte Eltern, so doch für seine Tante, die in ihrem Neffen schon immer Potenziale gesehen hatte, die kein Mensch dort vermutet hätte. »Er will auf jeden Fall wieder nach Hause ziehen«, fuhr sie fort. »Die Großstadt ist nichts für ihn.« Sie stieß einen tiefen Seufzer aus, um dann ohne erkennbaren Zusammenhang fortzufahren: »Philipp und du, ihr wart so gut befreundet als Kinder.«

Katrin sagte nichts dazu. Diese besondere Freundschaft war eine fixe Idee von Tante Tine, für die sie im unerschöpflichen Archiv ihres Gedächtnisses stets neue

Belege fand: lange Sommertage, Grillfeste und Kindergeburtstage. Katrin hatte es aufgegeben, ihr zu widersprechen, auch wenn ihre eigene Erinnerung bei weitem nicht so ergiebig war. Sie erinnerte sich an einen einzigen furchtbaren Nachmittag, den sie mit Philipp zusammen verbracht hatte. Sie waren die einzigen Kinder auf einer Goldenen Hochzeit gewesen. Als die Ältere war Katrin dazu verdonnert worden, auf den kleinen Jungen aufzupassen. Aus Wut darüber hatte sie angefangen, Philipp im Garten des Restaurants mit unreifen Äpfeln zu bewerfen. Philipp hatte sich, so gut es ging, gewehrt. Doch Katrin konnte nicht leugnen, dass die Hauptaggression von ihr ausgegangen war. Philipp warf nur halbherzig und zielte schlecht. Katrin traf. Sie erwischte ihn mit voller Wucht am Auge, mit einem Apfel, so klein und hart wie ein Kieselstein. Philipp schrie auf, und Katrin rannte zu ihm, schlang die Arme um ihn und drückte ihm die Hand auf den Mund. Philipp zitterte am ganzen Körper, während Katrin fieberhaft darüber nachdachte, wen sie für den Verlust von Philipps Augenlicht verantwortlich machen konnte und in welches Land sie fliehen sollte, falls man ihr die Geschichte nicht abnahm. Schließlich, als es Philipp langsam zu dämmern begann, dass sie gar nicht vorhatte, ihn zu trösten, riss er sich von ihr los. Aufheulend stürzte er in den Festsaal, wo die Gäste kuchenessend um den langen Tisch herumsaßen, und warf sich seiner Mutter in die Arme. Rotz troff ihm aus der Nase. Und obwohl Katrin, die wortlos in der Tür stehen geblieben war, wirklich andere Sorgen hatte, schoss ihr durch den Kopf, dass sie noch nie etwas so Peinliches gesehen hatte.

Natürlich leugnete sie, irgendetwas mit der Sache zu tun zu haben. Sie war ja nicht schwachsinnig. Inzwischen hatte sie sich auch eine plausible Geschichte zurechtgelegt: Ein Unbekannter hatte sich an sie herangeschlichen und sie aus dem Gebüsch mit Äpfeln beworfen. Da Philipp zu diesem Zeitpunkt immer noch zu sehr heulte, um eine Gegendarstellung liefern zu können, und sich außerdem vor ihr fürchtete, schätzte sie ihre Chancen, damit durchzukommen, gar nicht so schlecht ein. Die Gäste warfen einander besorgte Blicke zu. Ein fremder Mann, der durch Büsche kroch, um sich an spielende Kinder heranzupirschen? Sollte man nicht besser die Polizei verständigen? Inmitten des Aufruhrs legte ihre Großmutter die Kuchengabel nieder, erhob sich in aller Ruhe und ging langsam auf ihre Enkelin zu. Als sie vor ihr stand, schüttelte sie den Kopf, eher belustigt als verärgert, und gab ihr, ohne jede Vorwarnung, eine schallende Ohrfeige.

Aber in den sepiagetönten Erinnerungen von Tante Tine kamen solche Szenen natürlich nicht vor. In ihrem Gedächtnis spielte eine Mischung aus Heimatfilm, Liebesschnulze und strammem Propagandastreifen. Darin liefen sie und Philipp Hand in Hand im Licht ihrer untergehenden Kindheitssonne durch ein wogendes Weizenfeld einer strahlenden gemeinsamen Zukunft entgegen. »Ich hatte immer gehofft …« Tante Tine sprach den Satz nicht zu Ende. Stattdessen seufzte sie. »Philipp tut sich ja ein bisschen schwer mit den Frauen.«

Das, dachte Katrin, ist die Untertreibung des Jahrhunderts.

»Ich weiß auch nicht, woran es liegt. Dabei hat er so viel zu geben. Ich meine, du mochtest Philipp doch auch immer?«

In der Apotheke war es totenstill geworden. Hinter ihr in der Schlange stand ein Mann, dessen Gesicht mit

Eiterbläschen übersät war. Sein Blick wanderte gespannt von Tante Tine zu Katrin.

»Ja«, sagte Katrin gedehnt, »ich fand Philipp auch immer sehr …« Ja, wie? Wie fand sie Philipp? Selbstverliebt, gähnend langweilig, dämlich? Dann sah sie in Tante Tines erwartungsvolles Gesicht und kam sich schäbig vor. Es musste doch etwas Nettes, Nichtssagendes geben, das sie über ihren Neffen sagen konnte.

»Schön«, sagte sie schließlich. »Ich fand Philipp schon immer sehr schön.« Es gelang ihr nicht ganz, den triumphierenden Tonfall aus ihrer Stimme herauszuhalten. Gegen diese Antwort war nun wirklich nichts einzuwenden. Ihr Publikum schien das genauso zu sehen. Die Kranken lächelten, und auch Tante Tine machte einen zufriedenen Eindruck. »Vielleicht kommt Philipp demnächst ja mal zum Augeninnendruckmessen vorbei«, erwiderte sie augenzwinkernd, als sei dies die einzig logische Konsequenz aus Katrins Worten.

In diesem Augenblick trat Philipp mit dem Aspirin nach vorn, weizenblond, leicht gebräunt und schön wie ein Sommertag. Im Vorbeigehen warf er einen kurzen Blick in die Glasvitrine und lächelte seinem Spiegelbild zu; den Abglanz dieses Lächelns schenkte er einen Wimpernschlag später Katrin.

»Ja«, sagte Katrin, »das sollte man regelmäßig machen.« Sie riss Philipp die Tabletten aus der Hand und zückte ihre Brieftasche. Während sie in ihrem Münzenfach kramte, drehte sie den Kopf zur Seite, um die vielsagenden Blicke nicht sehen zu müssen, die Tine ihm zuwarf. Stattdessen schaute Katrin aus dem Fenster. Draußen joggte eine Frau im schwarzen Kleid über den Marktplatz, sie hatte den Kopf gesenkt, eine Mischung aus gereiztem Stier und rächender Witwe. Moment, war das nicht ihre Mutter? Schon war die Frau aus ihrem Blickfeld verschwunden. Katrin warf das Geld auf den Tresen. Als sie auf die Straße trat, war ihre Mutter nur noch ein schwarzer Punkt am Ende der Innenstadt. »Mama«, rief sie ihr hinterher, »warte.« Sie musste rennen, um ihre Mutter einzuholen.

»Was ist denn los?« Katrin rang nach Luft. Eine beunruhigende Mordlust blitzte in Claras Augen. »Die behaupten, ich würde nicht zu ihnen passen. Halten mir Scheidungen vor, die Jahre her sind. Ha!«

»Wovon redest du eigentlich?« Katrin fühlte sich mit einem Mal sehr müde, doch irgendein dunkler Drang zwang sie, so lange weiterzufragen, bis sie ihrer Mutter die ganze Geschichte zumindest in Bruchstücken entlockt hatte: die Frauen des Heiligen Herzens – Mitgliedschaft – unwürdig – nicht im Sinne der katholischen Kirche – Kannst du dir das vorstellen? – Kannst du dir das vorstellen? An dieser Stelle hatte die Platte ihrer Pein einen Sprung. Katrin hingegen zuckte bei dem Wort »Mitgliedschaft« zusammen. »Warum willst du überhaupt Mitglied werden? Ich meine, du lebst doch gar nicht hier. Du hast doch nicht vor, länger zu bleiben. Ich meine, ich meine …« Sie stockte, dann wurde sie wütend. Natürlich, die Welt mochte an ihren Problemen zugrunde gehen, aber ihre Mutter kreiste verlässlich um sich selbst. Sie hatte sich kein bisschen verändert und würde es auch nie. Ebenso wenig, wie sie selbst je imstande sein würde, sich zu ändern. Hier hockte sie, in der Kleinstadt, eingeschlossen von den Mauern ihrer sogenannten Tugenden: Wer außer ihr hätte eine Praxis übernommen, die tief in den roten Zahlen steckte? »Mama«, sagte sie, »ich muss mit dir reden.«

Clara nickte, doch ihre Augen hatten einen nebelfernen Ausdruck angenommen. »Hab ich dich etwa nicht katholisch erzogen?«

»Ich meine es ernst.«

»Sag doch mal schnell die zehn Gebote auf ...«

»Mama.«

»Sag doch mal schnell.« Clara schnipste mit den Fingern.

»Keine Ahnung.« Katrin stöhnte. »Du sollst nicht lügen. Du sollst nicht töten. Du sollst nicht die Ehe brechen. Nicht begehren deines Nachbarn Frau. Vater und Mutter ehren. Dir ... kein Abbild machen? Keinen Wucher treiben?« Katrin wusste nicht weiter, doch Clara knuffte sie vor Begeisterung gegen die Schulter. »Na, siehst du! Sieben von zehn. Das ist doch nicht schlecht!«

Katrin blieb stehen. Ihre Mutter, getragen vom Schwung ihrer rechtschaffenen Empörung, lief noch ein paar Schritte weiter, doch dann stutzte sie und drehte sich um. »Entschuldige, Schätzchen. Worüber wolltest du mit mir reden?«

Katrin dachte an Rita. Manchmal, wenn sie schnell aufstehen wollte, musste sie beide Hände zur Hilfe nehmen, um den Stuhl abzustreifen, der sich an ihren Hüften festgeklemmt hatte. Dann wurde sie rot im Gesicht und ruckte mehrere Minuten an dem Stuhl herum, bis es ihr gelang. Sie dachte an Yvonne. An die kleinen comicartigen Zeichnungen, die sie anfertigte, wenn sie nicht wusste, wie man ein Wort buchstabierte. Die Bilder gaben ihr Kraft.

Sie wusste zwar nicht, was ihre Mutter vorhatte, doch was auch immer es war, es ging dabei todsicher um sie. Und wenn das Ziel nur darin bestand, sich als bessere Mutter und somit besserer Mensch zu fühlen. Ihre Mutter und die Wohlfühlindustrie pflegten eine lange, glückliche Geschäftsbeziehung. Seit Jahren bezahlte ihre Mutter Kosmetiker, Modeverkäufer, Immobilienmakler und Therapeuten, damit sie ihr halfen, sich besser zu fühlen. Und wenn sie unbedingt eine gute Mutter sein wollte, warum sollte dann nicht auch Katrin davon profitieren?

»Es geht um Geld«, sagte Katrin.

»Ja, darum geht's immer.«

Katrin senkte den Blick, sah hinab auf die roten, nassglänzenden Pflastersteine. Sie dachte an ihren Vater. Sie wusste, er hätte nie gewollt, dass sie ihrer Mutter von seinen letzten Jahren erzählte. Wie er, der schon immer schüchtern gewesen war, Jahr für Jahr menschenscheuer wurde, bis er schließlich gar keine Termine mehr an Patienten vergab. Wie allein das Schrillen des Telefons in seiner leeren Praxis ihn zusammenzucken ließ. Wie er sich tagelang im Sprechzimmer einschloss, ohne irgendetwas zu tun, bis ihn an manchen Tagen die Wut auf sich selbst packte. Dann suchte er Rechnungen zusammen, Verträge, Mahnschreiben, breitete alles auf dem Boden aus, versah die Blätter mit akribischen Bleistiftanmerkungen und versuchte, die alte Ordnung wiederzufinden. Doch es ging immer gleich aus: Am Ende raffte er die Papiere mutlos zusammen und stopfte sie in die Schublade zurück. Morgen, sagte er dann, und es verstrichen Monate.

Im letzten Jahr vor seinem Tod waren seine Versuche, Ordnung zu schaffen, immer verzweifelter geworden. »Ich will dir nicht so ein Chaos hinterlassen«, hatte er einmal gesagt. Wenn Katrin an ihren Vater dachte, sah sie ihn immer so vor sich: mit hilflosem Blick und ratlos hochgezogenen Schultern, die Arme abgespreizt. Als wollte er am liebsten die Flügel ausbreiten und davonfliegen. Katrin hob den Kopf und sah ihre Mutter an. Sie wirkte ernst, eine konzentrierte Falte hatte sich zwischen ihren Augen gebildet. Dann schnipste sie mit den Fingern. »Das ist die Lösung.« Clara lachte hell auf. »Gott sei Dank hab ich so eine kluge Tochter!«

»Wovon sprichst du?«

Clara strahlte. »Geld. Zu Geld sagt niemand Nein. Ich meine, wozu habe ich die ganze Knete?«

* * *

Auf dem Nachbargrundstück flogen Kinder durch die Luft. Katrin hörte das regelmäßige Quietschen des Trampolins, das Schrammen der Kettcars auf dem Asphalt und das übliche Zischen der Rasensprenger. Brandneue rote Klinker säumten die Straße, und die Bürgersteige waren von einer frischen Schicht Baustaub überzogen. Obwohl Marleen nur drei Straßen von ihr entfernt wohnte, war ihr Teil des Viertels neuer; keins der Häuser hier war älter als zehn Jahre, und an allen Ecken wurde unermüdlich weitergebaut.

Katrin hielt die Klingel gedrückt und schloss kurz die Augen. In der Luft mischte sich die Herbstkühle mit einem Rest Sommerduft; es roch ganz schwach nach Benzin. Sie erinnerte sich noch gut an den Sommer vor vielen Jahren, als sie zu viert über Bauplänen gesessen hatten. Damals, als das Viertel nur ein paar Striche auf einem Skizzenpapier gewesen war, hatten sie sich die Köpfe heißgeredet über die Gründe, die dafür sprachen, hierherzuziehen. Was dagegen sprach, lag auf der Hand. Sie riefen es sich immer wieder ins Gedächtnis: Ihnen müsse klar sein, worauf sie sich einließen. Hunde, Kinder, Spielstraßen. Privatsphäre – Fehlanzeige. Und beim ersten Sonnenstrahl setzte man am besten gleich die

Gasmaske auf, denn dann ging das große Grillen los und hörte bis Oktober nicht mehr auf.

Es waren ausgelassene Freitagabende, die sie miteinander verbrachten, Katrin, Marleen, Joachim und Karl. Sie ereiferten sich, lachten und tranken und arbeiteten sich durch sämtliche Kleinstadtklischees, ohne zu merken, dass sie in Wahrheit ins Schwärmen gerieten. Praktisch sei es ja schon, gab einer von ihnen spätestens nach dem dritten Glas Weißwein zu bedenken. Wenn einem beim Kochen mal die Milch ausginge oder man ein paar Eier für den Kuchen brauche …

Ja, dann konnte man einfach rüberlaufen. Und dieses Argument ließ sich auf sämtliche Bereiche des täglichen Lebens übertragen: wenn ein Weihnachtsbaum aufgestellt werden musste oder ein Computerproblem zu lösen war. Wenn sie sich mal gegenseitig ein Buch ausleihen wollten oder dringend einen Babysitter brauchten. Wie praktisch würde es in all diesen Wechselfällen des Lebens sein, die Freunde in unmittelbarer Nähe zu wissen. Der größte Reiz ihrer neuen Heime schien darin zu liegen, dass sie sich im Grunde nicht in ihnen aufhalten mussten. In ihrer Vorstellung saßen sie nie in ihren praktischen, perfekt isolierten Häusern oder in ihren von Panoramafenstern abgeschirmten Wohnzimmern; ihr wahres Leben spielte sich draußen ab, in den Gärten, bei den Freunden, auf der Straße. Ein endloser Reigen aus Sommerfesten, Kindergeburtstagen und Filmabenden. »So ähnlich wie eine Kommune«, sagte Marleen. »Nur ohne den ganzen lästigen Sexkram und Partnertausch natürlich.«

Und eine Weile lang war es schön gewesen, all die Menschen, die sie gernhatte, auf einem Fleck zu wissen. Die Gewissheit, ein sicher nicht außergewöhnliches, dafür aber durch und durch respektables Leben zu führen. Aber hatte das Glück, an das sie sich zu erinnern glaubte, wirklich existiert?

Katrins Patentochter riss die Tür auf. Ihr Mund war schokoladenverschmiert, und ihr spärliches blondes Haar stand zu allen Seiten ab. Sie warf einen gehetzten Blick über die Schulter. Und wirklich, direkt hinter ihr schlidderte ihre Schwester auf Socken über die glatten Fliesen und knallte mit voller Wucht gegen ihren Rücken. Beide Mädchen brachen in koboldhaftes Gekicher aus. »Mama ist im Badezimmer und rasiert sich die Beine«, rief Lisa, bevor sie sich mit ganzem Gewicht auf ihren bösen Zwilling stürzte. Mona quietschte und schlang ihr von hinten die Arme um die Brust. Keuchend rangen sie sich gegenseitig zu Boden.

Katrin stieg über die sich auf den Fliesen wälzenden Zwillinge. Langsam ging sie die Treppe hoch, wobei sie versuchte, nicht auf die Spielzeugautos, Kuschelbären und Plastikschwerter zu treten, die wie eine verschlüsselte Botschaft auf den Stufen verstreut lagen. Vor der Badezimmertür zögerte sie kurz. In letzter Zeit war Katrin ihrer Freundin zunehmend aus dem Weg gegangen; sosehr sie Marleen auch liebte, ihr fehlte einfach die Energie für weitere Wo-könnte-er-nur-stecken-Gespräche. Am Telefon hatte Marleen zwar ganz normal geklungen, trotzdem fühlte sich Katrin befangen.

Als sie eintrat, saß ihre Freundin auf dem Badewannenrand und schäumte sich mit ihren kleinen, kräftigen Händen die Beine ein. Auf dem Boden der Badewanne lagen ein leckes Plastikschiff und ein ganzer Zoo an Gummigetier. »Schließ ab.« Sie wies mit dem Kopf in Richtung Klodeckel, und Katrin setzte sich erleichtert. Der Schaum bedeckte Marleens Bein nur bis zur Wade.

Unter den Kniescheiben standen noch ein paar feine, blonde Härchen. Auf den Nägeln ihrer langen, geraden Zehen schimmerten rosa Lacksplitter.

»Also ist deine Mutter jetzt endgültig durchgeknallt«, fasste Marleen die Situation zusammen. Katrin atmete auf. Anscheinend hatte sie nicht vor, ihre Distanziertheit auch nur zu erwähnen. Wortlos zog sie den zerknitterten Zeitungsartikel aus der Hosentasche. Das Bild zeigte ihre Mutter vor der malerischen, sonnenbeschienenen Kulisse der Stadtkirche, um sie herum scharten sich im lächelnden Trupp die Frauen des Heiligen Herzens. Direkt neben ihr stand Hilde Kühn mit festgefrorenem Lächeln und auf der anderen Seite der Bischof von Münster. Er strahlte übers ganze runde, rote Gesicht und schüttelte Clara die Hand. Die Bildunterschrift lautete, wenig originell: Der Bischof schüttelt dem neuen Ehrenmitglied die Hand.

»Meine Mutter ist jetzt Ehrenmitglied in einem katholischen Wohltätigkeitsverein«, sagte Katrin. Auch wenn sie es laut aussprach, klang es kein bisschen normaler.

Marleen griff zum pinken Ladyshave, der neben ihr auf dem Badewannenrand lag. »Heilige Scheiße.«

»Sie hat ihnen einen Riesenhaufen Kohle gespendet. Ihr ganzes Erspartes.« Katrin starrte auf das Bild. Vielleicht, wenn sie nur lange genug hinschaute, würde sie ja irgendetwas darauf entdecken, das ihr half, das seltsame Verhalten ihrer Mutter zu enträtseln. Bei genauerer Betrachtung fiel ihr auf, dass das Lächeln der Frauen des Heiligen Herzens gar nicht so strahlend war, wie es zunächst den Anschein hatte. Eigentlich wirkten sie eher ratlos. Und obwohl auf dem Bild die Sonne schien, musste gleichzeitig ein heftiger Wind geweht haben, denn die Haare der Damen standen in alle Richtungen ab, was den Eindruck der Ratlosigkeit noch verstärkte.

»Da hast du's schwarz auf weiß«, sagte Katrin. »Meine Mutter ist eine verdammte Heilige.«

Von ihrer Freundin hörte Katrin eine Weile nichts als regelmäßiges, konzentriertes Schaben. »Hast du sie mittlerweile gefragt, wie lange sie bleibt?«, erkundigte sich Marleen schließlich.

Katrin schüttelte den Kopf. »Das kann ich nicht fragen.«

»Das kann und sollte man immer fragen.« Draußen hämmerte es an die Tür. »Mama, ich muss!« Tom, ihr Ältester.

»Mach ins Gebüsch!«, schrie Marleen. »Wie sonst auch!«

Katrin ließ ihren Kopf in die Hände sinken, fuhr sich mit den Fingern durchs Haar und zerraufte es, bis es völlig zerzaust war. »Vielleicht will sie ja einfach nur ein neues Leben anfangen.« Sie sah ihre Freundin beinahe flehend an. »Glaubst du, so etwas ist möglich? Dass man einfach irgendwo anders ein neues Leben anfängt?«

»Nein. Das haben sich nur irgendwelche Werbefuzzis ausgedacht, um die weibliche Zielgruppe ab Mitte dreißig bei der Stange zu halten.«

Katrin stöhnte auf.

Marleen spülte sich den Schaum von den Waden. »Hey, ich habe über mich gesprochen, nicht über dich. Schau mich an: drei Kinder, eine Hypothek, ein Teilzeitjob. Bis ich wieder einen Schritt in Freiheit mache, bin ich so alt wie deine Mutter.« Sie schüttelte den Kopf, als könne sie sich beim besten Willen nicht erklären, wie einem vernünftigen Menschen ein derartiger Wahnsinn zustoßen konnte. Für den Bruchteil einer Sekunde stand

Katrin plötzlich ganz deutlich das Bild ihrer Teenagerfreundin vor Augen: ein fünfzehnjähriges zu lautes Mädchen mit grünem Zottelhaar und schwarz verklebten Wimpern. Sie erinnerte sich an den Geruch ihrer Jeansjacke. Diese betäubende Mischung aus Zigarettenrauch, Bierdunst, Schweiß und frischem Gras.

Sie erinnerte sich, wie sie beide an langen Sommerabenden am Fluss gesessen hatten. Ihre schwarzen Samtschläppchen hatten sie abgestreift und ins Gras geworfen. Stundenlang saßen sie Steine schnippend am Ufer und sprachen über die Zukunft, was bedeutete, dass sie vor allem von den Kulissen sprachen, vor denen sie sich abspielen würde: Internationale Großstädte boten sich an, Paris oder New York zum Beispiel. Vielleicht aber auch ein abgeschiedenes Dorf in Irland, wo sie in einer Hütte leben, die Schafe hüten und sich ihre eigenen Kleider aus Schurwolle stricken würden; was im Nachhinein mehr über ihr Irlandbild aussagte als über ihre tatsächlichen Neigungen. Auf ihren Collegeblöcken entwarfen sie Skizzen von ihren Apartments und Cottages und teilten schon mal die Räume auf. Katrin überließ ihrer Freundin immer selbstlos das größere Zimmer. Zum einen brauchte Marleen mehr Platz für ihre Fotografien, zum anderen hatte sie ein schlechtes Gewissen. Denn sie wusste, dass sie sich und ihrer Freundin etwas vormachte. Weil sie sich nicht vorstellen konnte, noch nicht mal in ihren wildesten Träumen, an irgendeinem anderen Ort glücklich zu sein.

9. Alte und Kranke

Wenn Lissi noch ein einziges Mal mit ihren Enkelkindern anfing, würde Clara ihr den Hals umdrehen – nicht gerade der beste Start für ihren ersten Arbeitstag bei den Frauen des Heiligen Herzens. Clara ging schneller. Alles wäre halb so schlimm, wenn Lissi nur ein Enkelkind gehabt hätte, irgendwann hätte sich der Vorrat der Windel-, Schul- und Erfolgsgeschichten natürlicherweise erschöpft, doch Lissi hatte gleich sieben! Davon abgesehen, dass diese Kinder schier endlosen Stoff für öde Erzählungen lieferten, zwangen sie Clara, sich einen wuselnden, kichernden Haufen von Miniatur-Lissis vorzustellen – mit Herzchengesicht, weißem fluffigem Haar und einem eher distanzierten Verhältnis zur Wirklichkeit. Ein verstörender Gedanke.

»Bist du sicher, dass du die Fotos nicht sehen willst?«, fragte Lissi.

»Ganz sicher.« Clara wandte sich an Therese, die bislang stumm neben ihr hergelaufen war. »Hast du auch Enkelkinder?«

Therese schüttelte den Kopf. »Nein, nur eine Tochter. Aber sie lebt in Australien«, fügte sie beinahe entschuldigend hinzu. »Ich seh sie nicht oft.«

Clara wusste sofort, dass sie gut miteinander auskommen würden. Therese war ebenfalls Mitglied der Frauen des Heiligen Herzens. Sie war groß und dünn und ging, wahrscheinlich um ihre Größe zu kaschieren, stets leicht vornübergebeugt. In Hamburg hätte Clara sie keines zweiten Blickes gewürdigt, doch wie sich herausstellte, lebten die alten Leute, die Therese und Lissi betreuten, in direkter Nachbarschaft zu Claras Schützling.

»Wenn wir unsere Besuchszeiten aufeinander abstimmen, können wir jeden Tag gemeinsam zur Arbeit gehen. Wäre das nicht schön?« Lissi gab einen Laut von sich, den man nur als Jauchzen bezeichnen konnte.

Clara seufzte. »Ein Traum wird wahr«, sagte sie. Doch sie sagte es leise.

Die Häuser im alten Arbeiterviertel standen noch immer so dicht gedrängt wie in ihrer Erinnerung: rote, eng zusammengerückte Ziegelbauten, deren Grundstücke wie Puzzleteile ineinandergriffen und in denen sich fünf-, sechs- oder siebenköpfige Familien gegenseitig die Luft wegatmeten. Clara erinnerte sich noch gut an den stinkenden Braunkohlequalm, der morgens aus den Schornsteinen quoll, den Eintopfgeruch mittags auf der Straße und an den Ruf des Lumpensammlers am frühen Abend. Sie erinnerte sich an Kohlebriketts, eingewickelt in feuchtes Zeitungspapier, an die weißen Dampfschwaden, die am Wäschetag aus den Kellern aufstiegen, an unglaublich kratzige Strümpfe aus Schafswolle. Auf diese Diashow der fünfziger Jahre hätte Clara gut verzichten können, besonders an ihrem ersten Einsatztag für die Frauen des Heiligen Herzens. Doch einmal angeworfen, schob der Projektor ihres Gedächtnisses unermüdlich Bilder nach. Die ersten Jahre ihrer Kindheit hatte sie mit ihren Eltern in diesem Viertel gewohnt. In einer engen, miefigen Wohnung, in der noch zwei andere Familien lebten. Inzwischen war das Haus glücklicherweise abgerissen.

»Hier wohnen also jetzt die Alten und Kranken«, stellte Clara fest.

»Alte, Kranke, Demente, wir haben alles im Angebot.« Ein feines Lächeln huschte über Thereses Züge, das gleich darauf wieder verschwand. Der Besuchsdienst, erklärte sie Clara, sei Teil eines ausgedehnten Hilfsangebotes, das es alten Menschen ermöglichen solle, weiterhin in ihren eigenen Häusern und Wohnungen zu bleiben. Ein Teil des Projekts werde mit Kirchengeldern und freiwilligen Spenden finanziert, doch ein Großteil der Mitarbeiter arbeite ehrenamtlich. Clara nickte, hörte aber schon nicht mehr zu.

»Meine Aufnahme hat wohl für einigen Aufruhr gesorgt, was?«, fragte sie und lächelte erwartungsvoll. Natürlich wusste sie, dass Hilde getobt hatte. Aber wie hatte sie getobt? Was hatte sie zerschlagen? Clara wollte Einzelheiten hören. Therese sah sie einen Moment scharf an. Wieder irrlichterte das feine, ironische Lächeln über ihr Gesicht. »Oh, Hilde hat sich furchtbar aufgeregt. Sie wollte sogar austreten. Wir konnten sie nur mit Mühe davon abhalten, indem wir sie an ihre Verpflichtung der Gemeinde gegenüber erinnert haben. Ein echter Königsmord.«

»Wenn Hilde Kühn Königin ist …« Clara rümpfte die Nase, sprach aber den Satz nicht zu Ende. Therese und Lissi schwiegen diplomatisch.

»Sie brauchte eben ein bisschen Zeit, um sich an den Gedanken zu gewöhnen«, sagte Lissi schließlich, nachdem sie offensichtlich eine Weile benötigt hatte, um Hildes rasenden Zornesausbruch in den Aufruhr einer empfindsamen Seele umzudeuten. Das äußerste Zugeständnis an die Realität, zu dem sie bereit war.

Plötzlich zuckte Clara zusammen. Am Ende der Straße stand Maries Elternhaus. Das hatte sie völlig vergessen. Der Garten war zugewuchert, den morschen Kirschbaum in der Mitte des Rasens hatte man inzwischen abgeholzt, und vom Geräteschuppen stand nur noch ein ausgehöhltes Gehäuse. Trotzdem erkannte Clara es sofort.

Marie hatte nie gewusst, was sie mit dem Grundstück anfangen sollte. Wie oft hatte Clara sie gedrängt, es zu verkaufen. Doch jedes Mal, wenn das Thema aufkam, hatte Marie angefangen zu weinen. Was würden ihre Eltern sagen, wenn sie wüssten, dass sie ihr Heim einfach so verkaufte?

Claras Antwort hatte immer gleich gelautet: Die hätten endlich ihren verdienten Platz in der Hölle eingenommen und nichts mehr zu sagen. Aber am Ende brachte es Marie doch nie übers Herz. Jannek zuliebe wollte sie das Grundstück behalten. Damit er einen Ort hatte, an den er jederzeit zurückkehren könne. Die Heimat, die sie ihm nie habe bieten können. Bla, bla, bla. Marie war hoffnungslos sentimental, was die Vergangenheit anging, das war ihr Problem. Wenn man sich einen solchen Mühlstein von Erinnerung um den Hals hängte, durfte man nicht überrascht sein, dass man unterging.

»Schläft Marie in einer Hängematte?«

»Was?« Sie sah Lissi verständnislos ans.

»In Uganda? Ich könnte mir vorstellen, wenn sie in Uganda fürs Rote Kreuz arbeitet, lebt sie wahrscheinlich auch beim Stamm. Schläft sie da in einer Hängematte?«

Um das Thema rasch zu beenden, beschloss Clara, dass Marie in einer Hängematte schlief.

»Sie fehlt dir sehr, oder?«, fragte Lissi.

Clara antwortete nicht, sondern beschleunigte ihren Schritt.

»Ich meine, es ist toll, dass sie anderen Menschen hilft«,

sagte Lissi. »Aber sie ist so weit weg. Und ihr seid doch immer noch beste Freundinnen, nicht wahr?«

Clara ging noch schneller. Schon nach wenigen Schritten hatte sie Lissi hinter sich gelassen, das war das Ziel gewesen. Therese hingegen passte sich mühelos ihrem Tempo an, sie geriet nicht mal sonderlich außer Atem, während sie neben ihr herlief.

»Müssen wir so rennen?«, rief Lissi den beiden hinterher.

»Wir leben im Zeitalter der Stagnation«, erwiderte Clara. »Da kann man wenigstens schnell gehen. Die Welt ist voller Menschen, die schleichen.« Sie warf Therese einen kurzen Blick von der Seite zu. Therese lächelte und strich sich das Haar aus der Stirn; der Schnitt war ebenso unauffällig und schmucklos wie ihre Kleidung. Irgendwie kam sie Clara jetzt doch bekannt vor, aber sosehr sie sich auch bemühte, sie konnte sie nicht zuordnen. Gut, in ihren späteren Jahren hatte Clara ein Einsiedlerdasein geführt. Vielleicht musste sie noch weiter in die Vergangenheit zurückgehen.

»Warst du auch auf dem Gymnasium?«, fragte sie.

Therese schüttelte den Kopf. »Mein Vater hielt nichts von höherer Bildung für Mädchen. Aber ich habe hier gleich um die Ecke gewohnt. Ich war die Tochter des Küsters.«

Clara versuchte sich zu erinnern. Sie kannte den Küster, aber von einer Tochter wusste sie nichts. Therese zuckte die Achseln. »Schon gut. Ich würde mich auch nicht unbedingt an mich erinnern.«

Sie blieb stehen. Die drei roten Ziegelbauten standen dicht nebeneinander. Ihre schnurgerade gezogenen Einfahrten verliefen parallel. Therese wies mit dem Kopf auf das Haus mit der eingetrockneten Topfpflanze davor.

»Hier wohnt Herr Fitz. Links davon hütet Lissi ihre alte Dame, und rechts friste ich meine Tage. Am besten trägst du dich gleich in den Wochenplan ein. Damit der Pflegedienst informiert ist und dich nicht für einen Einbrecher hält. Wenn es ein Problem gibt, ruf einfach aus dem Fenster.«

Lissi kam zu ihnen gestolpert, ihr Gesicht war tiefrosa angelaufen, und sie keuchte. »Ich habe eben kürzere Beine als ihr.« Sie schnaufte. »In meiner Nordic-Walking-Gruppe bin ich die Schnellste.«

»Ich nehme an, das ist etwas Gutes«, sagte Clara.

Schon beim Eintreten schlug Clara der schale Geruch entgegen, eine Mischung aus frischem Putzmittel, Zigarettenrauch und altem Mann. Da man überall die Jalousien heruntergelassen hatte, war es im ganzen Haus dunkel. Ziemlich trist, fand Clara und begann im Geist bereits, die Fenster aufzureißen und blümchenbetupfte Laura-Ashley-Accessoires in den Zimmern zu verteilen.

»Es war ein Haus ohne Seele«, sagte Clara probeweise, als sie durch den finsteren, engen Flur lief. Ihr letztes Interview mit der imaginären Journalistin lag eine Weile zurück. Seit jenem Abend, der in der Notaufnahme geendet hatte, war sie vorsichtig geworden. Dennoch beschloss sie, ihr eine zweite Chance zu geben: »Ein Ort, an dem man nicht gesund werden konnte. Ich habe ihm seine Seele zurückgegeben.« Schwungvoll zog sie die Tür zum Wohnzimmer auf und stolperte beinahe über einen mit Dreckwasser gefüllten Plastikeimer.

»Was ist mit der Seele?« Auf dem Sofa saß eine kleine dunkelhaarige Frau im kurzen geblümten Kittel. Ihre nackten Beine waren angewinkelt, die Füße hatte sie gegen die Kante des Couchtisches gestemmt. »Mein Name ist Ceylan. Das ist türkisch und bedeutet ›kleines Reh‹. Sind Sie eine von diesen heiligen Dingsbums?«

Clara nickte, konnte den Blick aber nicht von ihren Beinen abwenden. Am linken Fuß trug die Frau einen fleischfarbenen, schon etwas angegrauten Kompressionsstrumpf.

»Krampfadern.« Ceylan starrte kummervoll auf ihren Strumpf. »Ich habe eine genetische Veranlagung zur Thrombose. Die Frauen in meiner Familie sterben wie die Fliegen.«

»Das tut mir leid«, erwiderte Clara automatisch.

Ceylan nickte.

»Wer sind Sie eigentlich?«

»Die Putzfrau.« Ceylan stellte die Füße auf den Boden und hob ihren Po ein paar Zentimeter vom Sofa. Das sollte wohl ihre grundsätzliche Bereitschaft signalisieren, aufzustehen und der Besucherin die Hand zu schütteln, vermutete Clara. Doch anscheinend fand sie, dass die symbolische Geste genügte, und sank sofort wieder auf ihren Platz zurück. Auch im Wohnzimmer waren die Jalousien halb heruntergelassen, geschreddertes Sonnenlicht fiel auf den Teppichboden.

»Wo ist Herr Fitz?«, fragte Clara und blickte sich suchend um.

»Im Schlafzimmer, wie immer. Er ist seit einem Jahr nicht mehr aufgestanden. Seine Frau ist im letzten Winter gestorben. Seitdem hat er aufgegeben. Körperlich ist er in Ordnung. Das Problem liegt hier oben.« Sie tippte sich gegen die Stirn, wo sie den Ursprung allen Übels vermutete. »Wenn Sie wollen, stelle ich Sie vor.«

»Das wäre nett«, sagte Clara. Sie hatte Mühe, ihre Ungeduld zu verbergen, während die Putzfrau langsam aufstand, ihre Sachen zusammenpackte und ihren Rucksack vom Boden nahm. Vor der Schlafzimmertür stand ein silbern glänzender Rollator. Ceylan schob ihn zur Seite. »Den könnte auch mal jemand abholen.«

Im Schlafzimmer war es klamm und kühl. An der weißen, bilderlosen Wand hing ein braunes Holzkreuz. Darunter stand ein altmodischer Kastenfernseher. Im Bett lag ein bis zum Kinn zugedeckter Mann mit grauem Gesicht und grauem Haar. Er hatte die Augen geschlossen.

»Guten Tag.« Da Herr Fitz nicht reagierte, sprach Clara vorsichtshalber ein wenig lauter. »Mein Name ist Clara Dorn.«

»Schon gut«, sagte Ceylan. »Er weiß, dass wir da sind. Hat bloß keine Lust zu quatschen. Was, Herr Fitz?« Sie gab ihm einen freundlichen Klaps auf den Oberschenkel.

Clara registrierte es missbilligend. »Ich mach Ihnen jetzt erst mal eine schöne heiße Brühe«, sagte sie, indem sie sich demonstrativ an Herrn Fitz wandte. »Die gibt Kraft.«

»Er hat schon gegessen. Essen auf Rädern. Heute gab's Königsberger Klopse mit Kapernsoße.«

»Aha.« Clara hatte Mühe, höflich zu bleiben. Sobald dieses derbe Geschöpf mit der Thromboseveranlagung endlich aus der Tür war, würde alles besser werden. Da war sie sich sicher. Sie würde Herrn Fitz löffelweise heiße Brühe einflößen. Mit engelsgleicher Geduld. Sie würde seine Hand halten. Sie würden gemeinsam schweigen. Und dann würde sie ihm lange, erbauliche Passagen aus der Bibel vorlesen. Irgendwann würde er die Augen aufschlagen, die ohne Zweifel schön und traurig waren, und zu ihr sagen: Sind Sie ein Engel? Sie müssen ein Engel sein!

»Im Grunde haben Sie nichts zu tun.« Ceylan hüpfte auf einem Bein, während sie sich den Stützstrumpf vom anderen streifte. »Es gibt einen regulären Pflegedienst, es gibt Essen auf Rädern und es gibt mich.« Unzufrieden betrachtete sie ihren schmuddeligen Stützstrumpf. Sie roch daran und verzog das Gesicht. Dann machte sie einen Schritt auf Clara zu, die vorsichtshalber zurückwich. »Lesen Sie eine Zeitschrift. Hören Sie Musik. Telefonieren Sie mit einer Freundin. Machen Sie sich einen schönen Tag.« Ihr Gesicht verdüsterte sich. »Das Leben ist kurz.«

Clara lächelte säuerlich. »Das entspricht nicht ganz der Auffassung, die ich von meiner Aufgabe habe.«

»Wie Sie meinen.« Ceylan zuckte die Achseln. »Auf jeden Fall müssen Sie an seine Lieblingssendung denken. Um fünfzehn Uhr im Dritten. Diese Quizshow mit dem tanzenden Holländer.«

Clara sah sie fragend an.

»Sie wissen schon, der immer dieses Toupet trägt und aussieht, als käme er direkt aus der Bratenröhre.«

Clara wusste nichts von einem tanzenden Holländer.

Ceylan seufzte. »Er liebt diese Sendung. Manchmal glaube ich, sie ist das Einzige, was ihn noch am Leben hält.« Sie steckte den Strumpf ein und schwang sich den Rucksack über die Schulter. Dann klopfte sie noch einmal kräftig gegen den Türrahmen. »Bis morgen, Herr Fitz.«

Die Tür flog mit einem Krachen zu, und Clara zuckte zusammen. Doch Herr Fitz rührte sich nicht. »Das sind Manieren, was?«, sagte sie. Herr Fitz schwieg. Und so schwieg Clara ebenfalls. Sie hörte das Ticken der Uhr. Woher kam das? Aha, auf dem Nachttisch neben der leeren Bettseite stand ein goldener Wecker. Die rechte Bettseite war abgezogen. Leer und reglos wie das Gesicht von Herrn Fitz. Mein Gott, er hatte wirklich unfassbar buschige Augenbrauen. Ein einzelnes überlanges Haar ragte aus dem Augenbrauengestrüpp in die Luft wie ein tastender Insektenfühler. Clara schauderte. Atmete er überhaupt noch? Die Decke auf seinem Brustkorb bewegte sich nicht. Clara beugte sich über Herrn Fitz, doch sie konnte nichts hören. Was, wenn er tot war? Welch fürchterlicher Anfang für ihre Heiligenkarriere! Clara leckte ihren Zeigefinger an und hielt ihn prüfend unter Herrn Fitz' Nasenloch. Auch hier ließ sich bei näherer Betrachtung eine ganze Menge Haar finden. Bei diesem Mann wucherte es wirklich überall. Noch bevor sie den Hauch von Herrn Fitz' flachem Atem auf ihrem Finger spürte, riss er plötzlich die Augen auf. Sie waren von einem krötenhaften, trüben Braungrün und funkelten bitterböse. Clara stieß unwillkürlich einen Schrei aus.

Herr Fitz sah schwarz-weiß: weißes Haar, schwarzes Kostüm. Aufgerissener Mund. Jetzt hatte er zu der lauten, penetranten Stimme ein Bild. Wieder so ein Quälgeist von den Heiligen Herzen, dachte er.

»Sie sind ja wach! Hatten Sie heute einen schönen Tag?«

Dumme Ziege, dachte Herr Fitz.

»Wollen wir ein bisschen plaudern?« Die alte Ziege strahlte ihn erwartungsvoll an. Herr Fitz drehte demonstrativ den Kopf zur Wand, bei ihren Vorgängerinnen hatte das meistens funktioniert. Doch diese hier war anscheinend besonders schwer von Begriff: »Wollen Sie mir vielleicht erzählen, woran Ihre Frau gestorben ist?«

Herr Fitz kniff die Augen fest zusammen und schwieg.

»Nein? Gut, dann mache ich Ihnen jetzt erst mal eine schöne heiße Brühe.« Endlich verschwand sie.

Der Blick von Herrn Fitz wanderte in immer kürzeren Abständen zum Wecker, dessen Zeiger sich unbarmherzig auf die Drei zubewegte. Aus der Küche tönte das disharmonische Trällern der Frau. Sie würde doch an seine Sendung denken? Herr Fitz wartete. Ihre Vorgängerinnen, so nichtsnutzig sie auch gewesen sein mochten, hatten immer an seine Sendung gedacht. Er lauschte angespannt. Die Frau trällerte noch immer. Was sang sie da? ›Dancing Queen‹? Womöglich war er doch auf sich allein gestellt. Herr Fitz blickte sich im Zimmer um. Gut, da auf dem Nachttisch, ganz am Rand, lag wenigstens die Fernbedienung. Ob er es bis dahin schaffte? Zögernd richtete er sich auf; bei der ungewohnten Anstrengung brach ihm der Schweiß aus. Die Forderndsten unter seinen Helferinnen drückten ihm manchmal die Fernbedienung in die Hand, um ihn zu mehr Aktivität zu ermuntern. Aber das war auch alles, was man von ihm verlangte.

Herr Fitz wälzte sich auf die Seite und streckte den Arm aus, so weit er konnte, doch er streifte die Fernbedienung nur mit den Fingerspitzen. Er stieß sich mit den Füßen ab und schob sich ein Stück nach vorn. Im nächsten Moment schloss er seine Hand um die Fernbedienung und riss sie an seine Brust. Ein paar Sekunden lag er schwer atmend da. Dann drückte er den Knopf. Der Fernseher flackerte auf, erst war ein Rauschen zu hören, dann erklang die Eingangsmelodie. Herr Fitz warf die Fernbedienung auf den Nachttisch zurück. Wenigstens hatte es noch nicht angefangen. Benno van Turn tanzte über die Bühne, beklatscht und bejubelt von seinen Fans. Man hörte das Klackern seiner Steppschuhe auf dem Holzboden, während er seinen vollen Haarschopf schüttelte. Dann, ganz plötzlich, schlug er aus dem Stand einen Salto. Das Publikum tobte.

Im nächsten Moment zoomte die Kamera ganz nah an

sein Gesicht heran. Blauweiße Zähne strahlten aus dem dunkelbraunen Gesicht. Als ein Blumenstrauß auf die Bühne geflogen kam, duckte er sich mit schelmischem Lächeln. Benno van Turn machte eine beschwichtigende, dämpfende Geste mit den Händen. Doch das Publikum johlte, klatschte, trampelte mit den Füßen und wollte sich gar nicht mehr beruhigen. Aus irgendeinem Grund sah sich Herr Fitz dieses Bescheidenheitsritual zwischen Moderator und Publikum, das sich zum Auftakt jeder Sendung wiederholte, am liebsten an. Er ließ sich in die Kissen zurücksinken. Das konnte noch gut einige Minuten so weitergehen, bevor die ersten prominenten Quizkandidaten auf die Bühne kamen.

In dem Moment betrat die Ziege mit einem Tablett das Zimmer, auf dem ein bis zum Rand gefüllter Suppenteller stand. Sie wollte das Tablett auf dem Nachttisch abstellen, doch die Fernbedienung war im Weg. Die Ziege nahm sie, schaltete aus und warf sie dann achtlos aufs Bett. Herr Fitz starrte ungläubig auf die tote Mattscheibe. Die Fernbedienung lag jetzt in unerreichbarer Ferne am Fußende.

»Fernsehen können wir ja später noch. Jetzt wird erst mal gegessen.« Sie tunkte den Löffel in die Schale und hielt ihn Herrn Fitz unter die Nase. Er presste die Lippen fest zusammen und schüttelte so heftig den Kopf, dass seine Haare zu allen Seiten flogen. Es sah ein bisschen aus wie bei Benno van Turn, auch wenn der Gedanke Herrn Fitz im Augenblick nur wenig getröstet hätte.

Clara war ratlos. Was würde Prinzessin Diana oder Mutter Teresa an ihrer Stelle tun? Sie hatte beschlossen, dass sie eine Mischung aus diesen beiden Frauen sein würde. Ohne die Bulimie und Geldveruntreuungsgeschichten natürlich. In den Dokumentationen, die sie gesehen hatte, wirkte alles so einfach. Die Wohltäterinnen mussten im Grunde nur auftauchen, und schon kamen die Armen und Notleidenden herbeigelaufen. Zerlumpte Kinder, Männer mit Krücken, zahnlose Alte, Mütter mit Babys auf dem Arm. Alle strahlten vor Glück und stellten sich geduldig in die Schlange. Natürlich, bei den Profis sah es immer ganz einfach aus.

Trotzdem musste man sagen, dass Wohltätigkeit keine Einbahnstraße war. Auch die Hilfsbedürftigen hatten ihren Part zu spielen, und man konnte nicht behaupten, dass Herr Fitz besonders gut kooperierte. Auf dem Flyer zum Thema Ehrenamt hatte sie gelesen, dass einem das Glück, das man spende, doppelt zurückgeschenkt würde. Bislang fühlte sich Clara von Herrn Fitz nicht doppelt zurückbeschenkt. Aber vielleicht war es dafür auch noch zu früh. Sie beschloss, sich von ihrer geduldigsten Seite zu zeigen. Gütig lächelte sie ihn an: »Na, was sollen wir beide an diesem schönen, langen Nachmittag tun? Ich könnte Ihnen aus der Bibel vorlesen. Was meinen Sie?«

10. Königin der Herzen

Runde, rosige Kinderbeine baumelten über den Rand des Behandlungsstuhls, auf dem linken Knie war ein wenig Schorf. Obwohl es draußen kühl war und schon den ganzen Tag geregnet hatte, trug der Junge kurze Hosen. Er war etwa fünf Jahre alt und starrte mit gerunzelter Stirn auf die Visustafel: 5, 8, 3, 6. Die Zahlen waren mittlerweile so groß eingestellt, dass man sie selbst von einem draußen auf der Straße vorbeifahrenden Auto aus mühelos hätte entziffern können.

»6, 3, 8, 5«, las Kai vor, und seine Mutter sog scharf die Luft ein. Sie hatte die Augen weit aufgerissen, sagte aber nichts, sondern atmete nur hörbar ein und aus; Katrin hätte es nicht gewundert, wenn sie im nächsten Moment die Hände gerungen hätte wie eine bedrängte viktorianische Romanfigur. Doch Frau Weiß war Managerin in einem großen Textilunternehmen und offensichtlich krisenerprobt. Wenn überhaupt wurde ihre Körperhaltung noch aufrechter. Ihr marineblaues Kostüm und die weiße Bluse sahen frisch und makellos aus, und man musste schon sehr genau hinsehen, um die Schweißflecken zu bemerken, die sich unter ihren Armen zu bilden begannen.

»Bitte, Liebling, konzentrier dich. Schau noch mal genau hin, ja?«

Doch auch beim nächsten Versuch blieb die Trefferquote gering. Zwar variierte Kai die Zahlenfolge und erwischte sogar die Drei an der korrekten Stelle, aber schon in der nächsten Zeile verließ ihn das Glück.

»Oh, mein Gott.« Jetzt rang Frau Weiß wirklich die Hände. »Wie kann es sein, dass das vorher niemand bemerkt hat?«

Yvonne drehte den Stift zwischen Daumen und Zeigefinger und starrte auf die Tischplatte. Sie saß schon seit zwanzig Minuten am Schreibtisch und wartete darauf, dass Katrin ihr etwas zum Mitschreiben diktierte. Doch es gab nichts mitzuschreiben.

Zum wiederholten Mal an diesem Tag glitt Katrins Blick zu den Bildern an den Wänden des Sprechzimmers. Es waren wirklich furchtbare Bilder. Sie zeigten Augen, die aus blutroten Höhlen quollen, trübe Pupillen. Geschwollene Adern, die sich durch gelbe Skleren schlängelten. Eiter. Und so viel Rot und Schwarz wie bei mittelalterlichen Höllenvisionen. Die Bilder hatten schon in Sprechzimmer 2 gehangen, als sie ein Kind war. Es musste lange her sein, dass sie sie das letzte Mal bewusst wahrgenommen hatte. Vielleicht an dem Tag, als sie die Praxis ihres Vaters übernommen hatte; sechs Wochen nach seinem Tod und zwei Wochen nachdem sie seine persönlichen Gegenstände aus den Schubladen und Schränken geräumt und in Kisten auf dem Dachboden verstaut hatte. Mit klopfendem Herzen war sie durch die Praxisräume geschlichen, und alles – von den ausgetretenen grünen Teppichen über die braunen Häkelsitzflächen der Stühle bis zu den knallroten Plastikzahlen an den Türen der Behandlungszimmer – war ihr fremd vorgekommen.

»Er ist blind.« Mit zitternder Hand strich Frau Weiß ihrem Sohn über den Kopf.

»Das glaube ich eigentlich nicht.« Yvonne räusperte

sich. »Wissen Sie, Kindern im Vorschulalter fällt es in Stresssituationen oft schwer, Zahlen zu erkennen, die sie unter anderen Umständen problemlos beherrschen.« Unwillkürlich schauten alle drei zu Kai, der ruhig auf dem schwarzen Behandlungsstuhl saß und sich Schorf vom Knie knibbelte. Frau Weiß fand anscheinend nicht, dass ihr Sohn sonderlich gestresst aussah, doch Yvonne zuckte bloß trotzig die Achseln, und Katrin empfand einen neuen Respekt für ihre Sprechstundenhilfe. Ihre Hypothese mochte zwar weder besonders nachvollziehbar noch im medizinischen Sinne korrekt sein, doch immerhin bewies sie Mut.

»Wollen wir es nicht einfach mal mit den Bildern versuchen?«, fragte Yvonne.

Frau Weiß' Gesicht verschloss sich. Sie schüttelte den Kopf und strich sich mit einer schnellen Bewegung eine Strähne ihres schwarzen glatten Haares hinters Ohr. »Kai kann lesen. Er ist firm in den großen Zahlen bis hundert.« Sie sagte das, wie man eine unumstößliche Tatsache äußert – die Erde ist eine Kugel, zum Beispiel –, bei der sich jeder, der sie anzweifelt, als hirnverbrannter Idiot ausweist. Katrin kannte diesen Tonfall von ihrer Mutter.

Sie wandte ihre Aufmerksamkeit wieder den Bildern zu. Wieso hatte sich ihr Vater ausgerechnet für diese Dekoration entschieden? Wer hängte sich ophthalmologische Katastrophenszenarien an die Wand, wenn es Kunstdrucke und Palmstrände auch getan hätten? Sollten die Bilder vielleicht der Abschreckung dienen? Indem sie einem farbenfroh all die Heimsuchungen vor Augen führten, die einem widerfahren konnten, wenn man nicht regelmäßig zur Kontrolluntersuchung ging? Im Grunde bezweifelte sie, dass ihr Vater die Bilder selbst ausgewählt hatte. Wahrscheinlich hatte er die Praxis in den späten Siebzigern bereits komplett eingerichtet übernommen.

Nach seinem Tod hatte sie sich geschworen, die Bilder so schnell wie möglich abzuhängen und durch etwas Schönes zu ersetzen. Doch inzwischen waren fünf Jahre vergangen, und das Schöne war auf ihrer Prioritätenliste immer weiter nach unten gerutscht. Was sollte es auch bringen, ihre Praxiswände mit Regenbögen und Sonnenaufgängen zu tapezieren statt mit vereiterten Augenhöhlen, wenn die Erfahrung doch eins überdeutlich zeigte: Alle Dinge, die einen täglich umgaben, egal, ob schön oder hässlich, wurden innerhalb kürzester Zeit unsichtbar.

»Mein Sohn kann lesen, seit er drei ist. Er kann nicht sehen, das ist sein Problem.« Frau Weiß hatte die Stimme nicht erhoben. Sie beschuldigte niemanden, schrie nicht herum. Sie war ein Profi. Dennoch war ihrem Tonfall deutlich anzuhören, dass sie Yvonne für beschränkt hielt. Wahrscheinlich eine normale Grundannahme für Menschen, die im Management arbeiteten. Die Hand, in der Yvonne den Stift hielt, zitterte. Frau Weiß ging vor ihrem Sohn in die Hocke. »Liebling, hast du dir auch wirklich Mühe gegeben?« Kai nickte.

»Frau Doktor?« Yvonnes Tonfall hatte einen Grad an Dringlichkeit erreicht, der Frau Weiß, die ihre Anwesenheit zwischenzeitlich vergessen zu haben schien, unglücklicherweise wieder an ihre Existenz erinnerte. »Genau, Frau Doktor, was denken Sie?«

»Vielleicht ist Ihr Sohn ja zurückgeblieben.«

Frau Weiß' zarter sommersprossiger Teint überzog sich mit Röte. »Wie bitte?«

»Er kann keine Zahlen lesen. Dabei ist er schon fünf.

Haben Sie eine geistige Behinderung schon ausgeschlossen?«

Ein Klackern war zu hören, als der Stift, der Yvonne aus der Hand gerutscht war, auf die Tischplatte knallte. »Was Frau Doktor sagen will ...« Sie stockte, und bald war für alle schmerzlich offensichtlich, dass sie keine Ahnung hatte, was Frau Doktor mit ihrer giftigen Bemerkung eigentlich hatte sagen wollen.

Frau Weiß erhob sich in einer einzigen fließenden Bewegung, und selbst jetzt konnte Katrin nicht anders, als die Eleganz dieser Frau zu bewundern. Wie makellos und frisch ihr Kostüm aussah! Kein angegrauter Kragenrand, keine Knitterfalten. So anstrengend und unerfreulich ihr Tag auch gewesen sein mochte, Frau Weiß gehörte nicht zu der Sorte Frau, die sich von ihrem Alltag aufreiben ließ. Einen unangenehmen Augenblick lang sah Katrin sich durch ihre Augen, mit zerknittertem Kittel, Teeflecken auf dem Kragen und zerrauftem Haar.

Yvonne räusperte sich. »Wollen wir es nicht doch mit den Bildern probieren?« Das war natürlich kein ernstgemeinter Vorschlag. Selbst im optimistischsten Szenario war schwer vorstellbar, dass sie sich jetzt noch fröhlich durch Bilder von Teddybären und Lokomotiven klicken würden. Es war eine Verzweiflungstat. Wie im Kriegsfilm, wenn sich der Soldat im feindlichen Kugelhagel selbstlos vor die Brust des Waffenbruders wirft. Heldenhaft, aber letztlich sinnlos.

»Mein Sohn kann lesen«, sagte Frau Weiß langsam. Sie betonte jedes Wort. »Zahlen und Buchstaben.« Sie streckte die Hand nach dem Jungen aus, der wortlos vom Stuhl glitt. Falls der Termin irgendeine verstörende Wirkung auf ihn gehabt hatte, merkte man es ihm zumindest nicht an.

»Ich hab's nicht glauben wollen«, sagte Frau Weiß. Sie hatte bereits die Hand auf die Türklinke gelegt. »Man erzählt sich ja alles Mögliche über Sie, aber …« Sie sprach den Satz nicht zu Ende.

Kurz hörte man das Gemurmel der Patienten, bevor Frau Weiß die Tür leise hinter sich zuzog. Yvonne lachte auf, doch es klang nervös und hilflos, und sie verstummte sofort wieder. Obwohl sie sich offensichtlich danach sehnte, das Zimmer zu verlassen, blieb sie am Schreibtisch sitzen. Katrin schaltete den Projektor aus. Einen Moment lang war das Zimmer in gnädige Dunkelheit gehüllt. Warum kann es nicht immer so sein, dachte sie.

Der Rest der Sprechstunde verlief mit beinahe lächerlicher Reibungslosigkeit. Katrin hatte für jeden schlechte Nachrichten: Einem jungen, hübschen Mädchen sagte sie, ihre Kurzsichtigkeit werde sich in den kommenden Jahren nur verschlimmern. Bei einer verängstigten Bibliothekarin diagnostizierte sie einen Tumor in der Netzhaut. Und einem fünfzehnjährigen Schüler mit knallroten Augen nahm sie aus purer Bosheit den Joint weg. Draußen nieselte es zuerst, dann regnete es und schließlich prasselte der Regen gegen die Scheiben. Bald roch es in der ganzen Praxis nach dem Mief feuchter Mäntel, und die schlechten Nachrichten rissen nicht ab. Als Katrin einem alten Mann sagte, mit seiner schwachen Sehkraft weiter Auto zu fahren sei verantwortungslos, fing er an zu weinen. Er schluchzte und schniefte und fuhr sich immer wieder mit der Hand über die Augen. Katrin stand daneben und sagte nichts. Sie hatte nicht mal ein schlechtes Gewissen. Schließlich sagte sie nur die Wahrheit. Ohne zu übertreiben, ohne abzumildern. Hätte sie nur früher gewusst, wie einfach es sein konnte, Ärztin zu sein. Auf diese Weise entwickelte sie eine beinahe perverse Effizienz. Als würden ihr plötzlich keine Bremsklötze mehr in den Ablauf geworfen, sauste die Sprechstunde dahin. Katrin schaffte doppelt so viele Patienten wie sonst und schon in der Mitte des Tages befand sie sich auf der Zielgeraden. Ihre Sprechstundenhilfen arbeiteten schnell, rannten vom Sprechzimmer zur Rezeption und wieder zurück und behandelten ihre Chefin ansonsten mit der Vorsicht, die geboten schien, wenn man es mit einer Geistesgestörten zu tun hatte. Rita grinste viel, wie immer an Katastrophentagen, doch sie wirkte verunsichert, und Yvonne mied konsequent ihren Blick.

»Vielleicht konnte der Junge wirklich lesen«, sagte sie plötzlich, nachdem gerade eine alte Patientin das Sprechzimmer verlassen hatte und sie allein waren. Katrin blickte von der Karteikarte auf, die sie in der Hand hielt. »Du offensichtlich nicht. Oder was heißt ›HLP‹? Ist das eine neue Partei?«

»Hinterkammernlinsenimplantation«, antwortete Yvonne, und Katrin lachte auf, es klang schrill, ein Laut reiner Verachtung. Sie wartete darauf, dass Yvonne sich wehrte, doch die nahm ihr nur die Karteikarte aus der Hand und verschwand aus dem Zimmer. Eine rücksichtslose Egoistin zu sein machte einem das Leben wesentlicher leichter, dachte Katrin. Natürlich hatte sie noch nicht viel Übung. Vielleicht sollte sie ihre Mutter um ein paar Tipps bitten.

Mit einem »Ping« öffneten sich die Aufzugtüren, und Katrin blickte in den Regen hinaus. Sie hatte den Aufbruch so lange wie möglich hinausgezögert. Stunden nachdem Rita und Yvonne nach Hause gegangen waren, hatte sie am Schreibtisch gesessen, Papiere geordnet und Rechnungen abgeheftet. Alles Tätigkeiten, die sie normalerweise hasste; sie hatte sogar begonnen, die neuen Karteikarten ins Computersystem einzuspeisen. Und als das immer noch nicht genug war, hatte sie sich schließlich gelbe Gummihandschuhe übergezogen und mit einem Putzschwamm an dem Kotzefleck vor der Rezeption herumgeschrubbt, bis ihre Knie wund waren und ihr Rücken schmerzte. Der Kotzefleck sah danach zwar kein bisschen blasser aus als vorher, trotzdem ging es ihr jetzt ein wenig besser. Sie trat auf die Straße, und der Regen fiel so dicht wie ein Vorhang, der sie vom Rest der Welt abtrennte. Katrin spannte den Schirm auf, den sie von einer Pharmafirma geschenkt bekommen hatte. Er war mit einem traurigen Smiley bedruckt, aus seinen Augen und nicht vorhandenen Nasenlöchern schossen in hohem Bogen Tröpfchen.

Und dann sah sie ihn. Er stand unter dem Vordach des geschlossenen Sportgeschäfts gegenüber, vollkommen reglos, während Menschen mit hochgeschlagenen Mantelkrägen und eingezogenen Köpfen an ihm vorbeihasteten. In der Hand hielt er einen Strauß tropfender filmblutroter Rosen. Philipp, weizenblond, gebräunt und schön wie ein Sommertag. Er sah sie an, und in seinen Augen leuchtete so viel Hoffnung, dass Katrin unwillkürlich rot wurde und den Blick abwandte. War das ein genetischer Defekt? Warum musste alles, was Philipp tat, nur so unsäglich, unerträglich peinlich sein?

Mit federnden Schritten lief er auf sie zu. Er lief wie ein Mann in einem Liebesfilm beim großen Finale. Als müsste es jeden Moment kübelweise Rosenblätter vom Himmel regnen und Céline Dion aus unsichtbaren Lautsprechern auf die Straße schallen. Philipp war das Musterbeispiel der Männer, die sie anzog, dachte Katrin. Männer mit trockenen Augen und Wahnvorstellungen.

Dicht vor ihr blieb er stehen, und sein Brustkorb hob und senkte sich heftig. Katrin blickte stur an ihm vorbei. Auf keinen Fall würde sie so tief sinken, die Existenz der langstieligen Rosen zur Kenntnis zu nehmen, die er ihr unter die Nase hielt. Stattdessen fixierte sie das leuchtende S der Billigschuhladenkette auf der anderen Straßenseite.

»Wir müssen reden, Katrin.«

»Mit deinem Augeninnendruck ist alles in Ordnung, Philipp. Das schwör ich dir.«

Philipp war in der letzten Woche bereits zweimal zum Druckmessen gekommen und hatte sich jedes Mal einen Nachfolgetermin geben lassen.

»Darum geht es nicht. Lass uns zusammen essen gehen, ja?« Er sah sie flehend an.

»Philipp. Ich komme gerade von der Arbeit. Ich habe noch nicht mal geduscht.«

»Das ist mir egal. Aufs Aussehen kommt es mir bei einer Frau nicht an.«

Katrin stöhnte auf. »Würdest du bitte, bitte, aufhören, mir Komplimente zu machen? Sonst erhänge ich mich noch heute Abend.«

»Hast du Depressionen?«

»Auf Wiedersehen, Philipp.«

Katrin wandte sich zum Gehen, doch mit einer Geistesgegenwart, die sie Philipp nicht zugetraut hatte, hakte er sich blitzschnell bei ihr unter. »Ich begleite dich.« Er nahm ihr den Regenschirm aus der Hand. Da Philipp zwei Köpfe größer war als sie, geriet der Schirm sofort in Schräglage. Katrin war wütend, allerdings auf Joachim. Wenn die Ehe irgendeinen praktischen Nutzen besaß, der über Steuererleichterungen und bloße sentimentale Werte hinausging, dann doch den, dass sie einen vor Begegnungen dieser Art schützte. Als verheiratete Frau musste man nicht unter einem windschiefen Schirm durch graue Innenstädte laufen, während einem ein Mann, der einen nicht interessierte, am Arm klebte und einem der westfälische Dauerregen in den Nacken troff. Man musste keine Haken schlagen, um mitleidigen Bekannten auszuweichen. Man wurde nicht zu Tode analysiert, mit Mitgefühl gefoltert oder aktiv in den Wahnsinn getrieben. Wenn man als verheiratete Frau einer unangenehmen Kommunikationssituation entfliehen wollte, hatte man immer ein Ass im Ärmel. Und zwar in Gestalt eines Menschen, der zu Hause oder wo auch immer auf einen wartete. Der – nach Bedarf – schnell ungeduldig wurde, weil er einen brauchte. Und weil er im Gegensatz zu allen anderen Menschen ein Anrecht auf einen hatte. Kinder wären in dieser Hinsicht natürlich noch besser gewesen. Aber ein Mann reichte auch. Natürlich hätte Katrin immer noch ihre Mutter anführen können, sozusagen als Notlösung, doch niemand würde ihr allen Ernstes glauben, dass ihre Mutter in irgendeiner Weise auf sie angewiesen war. Ihre Mutter klagte sich in einen katholischen Wohltätigkeitsverein ein, wenn ihr danach war.

»Weißt du, ich hab dich beobachtet.« Philipp lächelte sie an, ohne eine Spur von Unbehagen oder Verlegenheit.

»Was meinst du damit?«

Sein Blick war beinahe mitleidig. »Ich habe mein Auto in deiner Straße geparkt und dein Haus im Auge behalten. Manchmal bin ich dir auch zu Fuß gefolgt.«

»Dir ist schon klar, dass das Stalking ist?«

»Nicht, wenn ich dich liebe.« Philipp sagte das in triumphierendem Tonfall, als hätte er in einem Gerichtsprozess das entscheidende Argument gefunden, das die Niederlage der Gegenseite besiegelt.

»Nun, ich bin keine Juristin, aber ich bin mir ziemlich

sicher, dass das so ziemlich exakt die Definition von Stalking ist.«

Der Regen rann nun immer schneller über die Streben des Schirms und tropfte von den Kunststoffspitzen in ihren Nacken.

»Ich mache mir Sorgen um dich.«

»Mir geht es gut.«

»Dir geht es nicht gut!« Philipps Stimme kippte beinahe über vor gerechter Empörung. »Du wohnst wieder mit deiner Mutter zusammen! Anfangs habe ich gedacht, das sei etwas Gutes, aber ihr unternehmt nie etwas miteinander. Deine Mutter rennt immer nur zur Kirche und in ihren Club. Und du gehst nie aus. Außer Marleen hast du niemanden. Keinen Menschen auf der Welt. Du bist die einsamste Frau, die ich kenne.«

»Wow.« Wider Willen musste Katrin lachen. »Du hättest Psychiater werden sollen.«

»Meinst du wirklich?«

Sie wusste gar nicht, warum sie es überhaupt versuchte. Sarkasmus war für Philipp eine Fremdsprache. Sie riss ihm den Schirm aus der Hand und klappte ihn wieder zu. Worin bestand der Sinn, unter einem Regenschirm zu gehen, wenn man nasser wurde als ohne?

»Du bist wie diese verzweifelte Frau in ›Les Misérables‹.«

»Die Prostituierte, die nach zehn Minuten stirbt?« Philipp schwieg, aber Katrin wollte es jetzt genau wissen. »Die ohne Zähne?«

Philipp sah sie ernst an. »Du gibst dem Leben keine Chance mehr, aber das ist ein Fehler.« Dann sprach er weiter über die Zukunft und die vielen goldenen Möglichkeiten, die sie an sich vorbeiziehen ließ. Während er sprach, betrachtete Katrin seine volle, weiche Unterlippe, lauschte auf das Auf und Ab seiner wohlklingenden Stimme, und doch schaffte sie es kaum, sich auf das zu konzentrieren, was er sagte, denn bei jedem Wort, das aus seinem Mund kam, sah sie Tante Tine vor sich. Die Tatsache, dass er ihr nach der Praxis aufgelauert hatte. Die langstieligen Rosen. Diese Mischung aus mütterlicher Gardinenpredigt und Peptalk. Das war die Art melodramatischer Intervention, die Tante Tine liebte. Kein Zweifel, sie war Herz und Hirn dieser Operation. Sie musste ihrem Neffen eingeredet haben, dass er sie liebte und dass jetzt seine große Stunde geschlagen hatte. Katrin empfand so etwas wie widerwillige Bewunderung für Tine. Man fragte sich, warum sie bloß in einer Apotheke arbeitete. Sicher musste es einen Weg geben, die außergewöhnlichen Fähigkeiten dieser Frau besser einzusetzen. Für den Geheimdienst etwa oder die Diktatur irgendeines Inselstaates.

»Seit Joachim weg ist, liegt dein Leben auf Eis.«

Katrin wollte reflexhaft widersprechen, doch stattdessen begann sie über seine Worte – oder besser gesagt: die seiner Tante – nachzudenken. Paradoxerweise hatte sie sich selten so sehr im Leben angekommen gefühlt wie in den Tagen nach Joachims Verschwinden. In der ersten Woche, als alles um sie herum förmlich vibrierte vor hysterischer Energie, als das Telefon ständig klingelte und jeder eine Erklärung von ihr erwartete: Arbeitskollegen, Freunde, Vereinsgenossen. Tatsächlich fiel ihr erst da auf, in wie vielen Vereinen Joachim inzwischen Mitglied geworden war. Im Kegelverein, im Fußballclub, in der Skatrunde. Dabei war er ein lausiger Kegler, Fußballer, Kartenspieler. Mit einer Mischung aus Stolz und Verwunderung wurde ihr in jenen Tagen bewusst, wie viele Menschen sich über die Jahre um Joachim geschart hatten. Leider erwarteten sie jetzt alle von ihr, dass sie ihnen etwas erklärte, das sie selbst nicht verstand.

Anfangs hatte Katrin erwogen, einfach eine Ausrede zu erfinden. Ein geheimes körperliches Leiden. Einen seelischen Ausnahmezustand. War es für die Midlife-Crisis noch zu früh? Schließlich war Joachim erst vierunddreißig. Wie hoch war noch mal die statistische Lebenserwartung von Männern? Ausgehend von dem Szenario der Lebenskrise ließen sich natürlich verschiedene Erklärungen finden. Die spirituelle Pilgerreise nach Indien. Der ausgedehnte Segeltörn. Doch am Ende kam ihr das alles zu melodramatisch vor, und so beließ sie es bei der melodramatischsten Variante von allen: dem Mann, der mitten in der Nacht verschwand und alles, was er liebte, hinter sich ließ.

Lügen und Hypothesen waren ohnehin eher das Fachgebiet ihrer Mutter, Katrin hielt sich an die Fakten. Warum sollte sie sich für Joachim Geschichten ausdenken? Sollte er doch selbst das Chaos in Ordnung bringen, das er angerichtet hatte, wenn er zurückkam. Es dauerte eine Weile, bis ihr klar wurde, dass dieser Gedanke allein – unabhängig von allen Motiven, die ihn fortgetrieben hatten – ausreichte, um einem die Aussicht einer Rückkehr dauerhaft zu verderben.

Von einem Tag auf den anderen hatte sie keine Lust mehr, Erklärungen abzugeben. Wenn es klingelte, ging sie nicht mehr ans Telefon. Schließlich stöpselte sie das Festnetz ganz aus. Als die Anrufer auf ihr Handy auswichen, schaltete sie auch das ab. In der zweiten Woche nach Joachims Verschwinden – alle Zeitangaben ordneten sich in ihrem Kopf jetzt diesem Datum unter – kaufte sie sich ein quietschrosa Prinzessin-Lillifee-Prepaidhandy im Supermarkt, dessen Nummer sie für Notdienste angab. Als sie dann am Ende der vierten Woche das Festnetz wieder einstöpselte, hielt sie den Atem an; die Stille in ihrem Haus kam ihr vor wie ein weißes, bis zum Zerreißen gespanntes Leinentuch. Ängstlich schlich sie durch die Zimmer, in der festen Erwartung, dass der Wahnsinn jede Minute wieder losbrechen würde, doch alles blieb ruhig. Der erste Mensch, der anrief, wollte ihr ein Opernabo verkaufen. Der nächste behauptete, sie hätte bei einer landesweiten Lottoziehung den Hauptgewinn gezogen. Ansonsten blieb es still. Katrin machte niemandem einen Vorwurf. Sie fand es ganz natürlich, sich von Unglück, das einen nichts anging, fernzuhalten.

Philipp redete immer noch. Immerhin sprach er nicht mehr ausschließlich über Katrins furchtbares Leben, sondern vor allem über sich selbst. Dass Katrin nur einsilbige Antworten gab und meist überhaupt nicht reagierte, schien ihn nicht zu stören. Es war dunkel geworden. Sie hatten die Innenstadt hinter sich gelassen, liefen über die leere Kreuzung, an erleuchteten Mehrfamilienhäusern vorbei. Der Regen tropfte ihnen aus den Haaren und in die Augen, und Philipp erzählte von einem Ausschlag, den er an seinem Hals entdeckt hatte. Das Thema bewegte ihn so sehr, dass er schließlich unter einer Straßenlaterne stehen blieb, seinen Kragen zurückzog und ihn Katrin zeigte. Katrin sah sich die kleinen roten Pickel an und äußerte die Vermutung, dass seine Mutter wahrscheinlich ein Mittel zum Kragenstärken benutzte, das er nicht vertrug. Daraufhin erklärte Philipp sie zum Genie und zur wunderbarsten Frau auf der Welt. Katrin fühlte sich ein wenig geschmeichelt, auch wenn ihr klar war, dass bei Philipp die Messlatte nicht sonderlich hoch lag.

Schließlich bogen sie in ihre Straße ein, und sie sah ihr

dunkles Haus, eingekesselt von anderen hellen. Katrin schlang die Arme um die Brust, um das Zittern zu mildern, das sie mit einem Mal befiel. Sie standen vor der Haustür, und Katrin hoffte, dass Philipp freiwillig gehen würde. Doch er stand nur da und sah ausdruckslos zu, wie sie in ihrer Handtasche nach dem Schlüssel kramte.

»Ich würde dich hereinbitten, aber …« Sie sprach den Satz nicht zu Ende. Was sollte sie auch sagen? Aber eher schieße ich mir ins Bein? Philipp nickte nur. »Setzt du dich jetzt wieder in dein Auto und beobachtest mich?«, erkundigte sie sich stattdessen. Es war eine ernstgemeinte Frage.

Philipp hob die Schultern. »Ich mache mir eben Sorgen um dich.«

»Bitte, Philipp, das hatten wir doch schon.« Katrin wühlte verzweifelt in ihrer Handtasche. Schließlich drehte sie sie um und kippte den Inhalt auf dem Boden aus. Ein Apfel fiel heraus, ein zusammengeknülltes Taschentuch, ein Tampon, eine Plastikdose mit Pfefferminzbonbons und dazwischen, unübersehbar in seiner jungfräulichen Harmlosigkeit, der Joint ihres fünfzehnjährigen Patienten. Philipps Augen weiteten sich.

»Ist das das, wofür ich es halte?«

»Kommt drauf an, wofür du es hältst.« Tatsächlich hatte Katrin die Hoffnung an diesem Punkt noch nicht ganz aufgegeben. War es so abwegig, zu hoffen, dass ein Mann, der bis zu seinem zwölften Lebensjahr an die Existenz des Sandmännchens geglaubt hatte, einen Joint vielleicht nicht als solchen erkennen würde?

»Du nimmst jetzt Drogen, Katrin!«

»Das ist nicht meiner.« Was für eine lahme Schulhofausrede, dachte Katrin. Doch Philipp wirkte aufgeschlossen. Wenn sie ihm einen Ersatzschuldigen lieferte, würde er ihr vielleicht glauben. Sie dachte an Dirk Dinkskötters pickeliges, nicht übermäßig intelligentes Gesicht, und die Versuchung war groß. Dann fiel ihr ein, dass Tante Tine und Frau Dinkskötter sich einmal die Woche zum Bridgespielen trafen, und sie brachte es nicht übers Herz. Sie schüttelte nur stumm den Kopf. Philipp rieb sich die Augen, als müsste dies alles ein böser Traum sein.

»Katrin, ich weiß, du machst eine schwere Zeit durch. Aber das ist doch keine Lösung. Was kommt als Nächstes? Koks, Heroin, Crystal Mett?«

»Crystal Meth«, korrigierte sie ihn automatisch. »Nein, ich nehme natürlich kein ... Ach, weißt du was, Gute Nacht, Philipp.« Sie raffte ihre Sachen vom Boden und stopfte sie in ihre Tasche zurück. Mit einem Mal packte sie der Trotz. »Außerdem kann ich so viele Drogen nehmen, wie ich will. Ich bin schließlich Ärztin.« Sie beförderte den Apfel mit einem Fußtritt in die Hecke. »Ich komme ganz legal an alle möglichen abgefahrenen Drogen ran.« Erst als sie die Tür hinter sich geschlossen hatte, atmete sie auf. Sie zog ihre nasse Jacke aus und ließ sie im Flur auf dem Boden liegen. Dann ging sie ins Wohnzimmer durch.

Sofort schlug ihr ein intensiver Wachsgeruch entgegen. Unzählige bunt zusammengewürfelte Kerzen flackerten im Zimmer. Ihre Mutter musste ihre gesamten Vorräte aus den Schränken geräumt haben, denn es waren Teelichter dabei, Duftkerzen, lange, filigrane Dinnerkerzen, ein siebenarmiger Messingleuchter. Sogar ein paar rote Friedhofskerzen – wo auch immer sie die herhatte.

Ihre Mutter stand mitten im Zimmer vor einem Spiegel, den sie offenbar aus der Garderobe geholt hatte. Sie trug ein knöchellanges weißes Seidennachthemd. Aus den Lautsprechern der Stereoanlage klang Orgelmusik.

»Ich bin keine Heilige.« Ihre Mutter hatte den Kopf demütig vor ihrem Spiegelbild gesenkt. »Ich bin nur eine ganz normale Frau, die ihr kleines Leben dazu nutzt, anderen Menschen Gutes zu tun.«

Katrin hätte die Tür problemlos wieder schließen und auf Zehenspitzen die Treppe hoch und in ihr Zimmer schleichen können, ohne dass ihre Mutter sie bemerkt hätte. Aber die Versuchung war einfach zu groß, ihre Mutter wenigstens einmal in ihrem Leben zu beschämen. Zu sehen, wie sie herumfuhr, rot wurde, Erklärungen stammelte – diese Aussicht reizte sie weit mehr als die Erklärungen selbst. Auch wenn es sicher nicht uninteressant war zu erfahren, warum ihre Mutter eine schwarze Messe in ihrem Wohnzimmer abhielt.

»Mama?«

»Oh, hallo Schätzchen!«

Ihre Mutter fuhr tatsächlich herum. Sie lächelte erfreut. Sie wirkte nicht im Geringsten erschrocken oder verlegen. Natürlich, Katrin hätte es wissen müssen. Es war unmöglich, ihre Mutter in Verlegenheit zu bringen. Ihre Mutter könnte nackt über die Champs-Élysées spazieren, und es wäre ihr nicht peinlich. Sie hatte immer für alles, was sie tat, eine bombensichere Erklärung. Nicht nur war das, was sie tat, vernünftig. Es war das einzig Vernünftige. Schamgefühl oder gar Reue waren Emotionen, die sie mit derselben achselzuckenden Nonchalance hinter sich gelassen hatte wie Stoffbinden und Telegramme. Errungenschaften, die in der Vergangenheit ihre Berechtigung gehabt haben mochten, jetzt aber hoffnungslos aus der Mode und nutzlos waren.

»Hattest du einen schönen Tag?«

»Philipp hält mich für drogensüchtig«, sagte sie. »Er hat mich nach Hause gebracht«, setzte sie hinzu, als würde das irgendetwas erklären.

»Der kleine Philipp. Wie nett. Geht es ihm gut?«

Erst jetzt fiel Katrin auf, dass ihre Mutter den Teppich zusammengerollt und Tische und Stühle beiseitegeschoben hatte. Deswegen wirkte das Wohnzimmer plötzlich so groß. Wasser rann aus Katrins Haaren und tropfte auf den Fußboden. Sie schnupperte, ob Essensduft in der Luft lag, doch sie roch nur geschmolzenes Wachs und – war das Weihrauch?

»Ich muss mich umziehen.«

Clara nickte. »Das ist eine gute Idee. Zieh dir etwas Nettes an.«

Katrin biss sich auf die Lippe. »Ich meinte eher etwas Trockenes.«

Ihre Mutter lächelte versöhnlich. »Stimmt. Du hast ja sowieso den ganzen Tag den Kittel an. Da spielt es keine Rolle, was du drunter trägst. Aber du solltest wirklich andere Schuhe anziehen, Schätzchen. Deine Patienten müssen ja denken, du machst eine Wattwanderung.« Ihre Mutter lachte kurz auf, ein feines, perlendes Kichern, und Katrin, die schon die Hand auf die Klinke gelegt hatte, spürte, wie die Härchen in ihrem Nacken sich aufrichteten. Es war eine schockierende Erkenntnis, dass ihre Mutter nach all den Jahren noch immer in der Lage war, sie auf Knopfdruck in eine Vierzehnjährige zu verwandeln. Katrin atmete tief durch, doch es half nichts. Sie blieb vierzehn. Katrin nahm die Hand wieder von der Klinke und drehte sich zu ihrer Mutter um: »Warum fragst du mich eigentlich nie nach Joachim?« Das war ganz und gar nicht, was sie hatte sagen wollen, und hatte streng genommen nichts mit dem Thema zu tun. Doch wenn man darüber nachdachte, war es eigentlich eine gute Frage. Die ganze Stadt interessierte sich für nichts anderes, nur ihre Mutter nahm den Verlust ihres Schwiegersohns hin wie das Normalste der Welt.

»Mir war nicht klar, dass du darüber reden möchtest«, antwortete Clara.

»Das möchte ich gar nicht. Ich möchte nur wissen, warum du mich nie nach ihm fragst. So was tun Mütter doch normalerweise.«

»Ich dachte, das Kapitel sei für dich abgeschlossen.« Ihre Mutter betrachtete sich mit sichtlichem Wohlgefallen im Spiegel. Im weichen Kerzenlicht wirkte ihr Gesicht faltenfrei und mädchenhaft. »Wie ich immer sage: Die einzige Konstante im Leben ist die Veränderung.« Sie lächelte ihrem Spiegelbild zu. »Außerdem hast du doch schon einen neuen Freund, oder etwa nicht?«

»Du meinst Philipp?« Katrin gelang es nicht mal annähernd, so viel Abscheu in ihren Tonfall zu legen, wie angemessen gewesen wäre.

»Gut, ein Genie ist er nicht gerade. Aber ich hoffe, dass ich dir nicht zu nahe trete, wenn ich das Offensichtliche ausspreche: Er ist wenigstens hier.«

Katrin wusste, dass jetzt der Moment gekommen war, wo die Vierzehnjährige in ihr ihre Mutter anschreien sollte, doch die Faszination überwog. Wie einfach musste es sein, in der Welt ihrer Mutter zu leben. Man trennte sich nicht, sondern schloss ein Kapitel ab. Scheiterte man beruflich, war das nur der Auftakt zu einem Neuanfang. Und haute einem der Mann ab, ersetzte man ihn durch einen neuen. Sie hätte gerne Urlaub gemacht in der Welt ihrer Mutter, wenigstens für ein paar Tage.

»Ich war zehn Jahre mit Joachim verheiratet.«

Clara dehnte und streckte sich und fuhr sich mit der

Hand über den Mund. Wahrscheinlich um ein Gähnen zu unterdrücken. »Ich habe immer gedacht, dieser Junge sei eher so etwas wie eine Übergangslösung für dich.«

Katrin wusste im Nachhinein nicht mehr, wie sie das Gespräch beendet hatte. Aber noch eine Stunde später, nachdem sie geduscht und in einen Bademantel gehüllt auf ihrem Bett saß, zitterte sie am ganzen Körper.

»Ich könnte sie umbringen«, sagte sie später zu Marleen am Telefon. Falls ihre Worte sie irgendwie beunruhigten, ließ ihre Freundin es sich nicht anmerken. Sie fand ihre Reaktion »gesund« und »völlig normal«.

»Nein, im Ernst«, beharrte Katrin. »Ich wünsche mir wirklich, dass sie tot ist. Ich möchte nicht dafür verantwortlich sein oder deswegen in den Knast kommen, aber ich wäre ehrlich froh. Macht mich das zu einem furchtbaren Menschen?«

Marleen fand das ganz und gar nicht. Dann sprach sie lang und breit über Gefühle und Gefühlsmetaphern. Zufällig las sie gerade ein Buch zu diesem Thema. Anscheinend hatten Gefühle – wie manche Menschen – einen Widerwillen dagegen, sich klar auszudrücken. Sie teilten sich indirekt und über Umwege mit. Im Wesentlichen lief die These des Buches darauf hinaus, dass gerade die destruktiven Impulse wie Wut, Neid und Eifersucht sich auf Liebe zurückführen ließen. Katrin fragte sich, ob es nicht ebenso gut umgekehrt sein konnte: dass Liebe, Mitgefühl und Selbstlosigkeit in Wahrheit nur Hass verbargen. Aber sie sprach es nicht aus.

In jedem Fall waren Marleen und sie sich einig, dass Clara ausziehen musste. Katrin sagte es selbst. Doch tief in ihrem Inneren glaubte sie nicht daran, dass das die Lösung war. Dafür war es nach heute Abend zu spät. Das Schlimmste war, dass ihre Mutter sie nicht hatte beleidigen wollen. Sie hatte ihr nur beiläufig, quasi aus Versehen, gesagt, was sie über sie dachte. Und wo auch immer sie sich aufhielt, ob in Hamburg oder Timbuktu, sie würde immer noch denken, dass das Leben ihrer Tochter nur eine Übergangslösung war.

11. Der tanzende Holländer

Das Leben einer Heiligen führte einen regelmäßig an die deprimierendsten Orte, dachte Clara. Sie starrte auf den stumpfen Linoleumboden zu ihren Füßen. In der Ecke stand eine windschiefe Palme neben einem ewig rumorenden Kaffeeautomaten, und auf dem Tisch lag ein Haufen grauer, verstaubter Zeitschriften vom letzten Jahr.

Dabei hatte der Morgen ganz normal angefangen, mit harmlosem Sonnenschein und harmlosen Gesprächen. Therese, Lissi und Clara hatten es sich zur Gewohnheit gemacht, morgens gemeinsam zur Altenwohnanlage zu spazieren. Ein wolkenloser Himmel hatte sich über ihren Köpfen gespannt und absolut nichts hatte darauf hingewiesen, dass dieser Tag im Wartebereich des St.-Marien-Krankenhauses enden würde. Nichts, bis auf das sinkende Gefühl in Claras Magengegend, als sie die still daliegende, von roten Ziegelbauten eingezwängte Straße vor sich sah. Unwillkürlich hatte sie geseufzt, und Therese, die diesen Seufzer missverstand, hatte ihr zugelächelt und gesagt, der Morgen sei auch ihre liebste Tageszeit. Claras liebste Tageszeit war die Cocktailstunde, und das hatte sie ihr auch gesagt, woraufhin Lissi den Rest des Weges nicht mehr aufgehört hatte zu kichern.

Clara konnte nicht behaupten, dass sie die Gesellschaft der beiden sonderlich genoss. Therese hätte wahrscheinlich interessante Dinge zu sagen gehabt, redete aber nicht. Lissi hingegen redete pausenlos, leider ausschließlich über ihre Enkelkinder. In Hamburg hätte sie die beiden keine fünf Minuten ertragen. Aber das hier war die Kleinstadt, und in der Kleinstadt herrschten nun mal Kleinstadtstandards, auch was das Sozialleben betraf. Immerhin saßen sie jetzt tapfer wenn nicht im selben Boot, so doch zumindest auf derselben Bank, und ließen Hilde Kühns Hass auf sich niederregnen.

Für sie war diese Sache natürlich ein Fest. Dabei war das Ganze absolut lächerlich. Die Grabesmiene, die Hilde aufgesetzt hatte, als sie aus Herrn Fitz' Krankenzimmer gekommen war, ebenso wie die Anschuldigungen, die sie ihr entgegenschleuderte. Das Dumme war, dass Hilde auch den Pfarrer auf ihre Seite gezogen hatte, der nicht bereit zu sein schien, die ganze Sache als das abzutun, was sie war: eine Lappalie. Ein siebenundachtzigjähriger Mann landet im Krankenhaus! Was für eine Tragödie.

Clara machte es wie früher in der Schule, wenn sie Ärger hatte, starrte auf die Spitzen ihrer Schuhe und versuchte, an nichts zu denken, bis Hilde zu Ende geschimpft hatte. Leider besaß keiner der Anwesenden den Mumm, dieser tobenden Irren Einhalt zu gebieten. Der Pfarrer verzog nur das Gesicht und presste sich die Hand auf den Magen, als sei ihm übel. Ab und zu sagte er »hm« und »ach«, was wohl beschwichtigend gemeint war, aber bei Hilde ungefähr so viel ausrichtete wie ein einzelner Sandsack gegen einen Tsunami. Lissi und Therese saßen ein Stück abgerückt von ihr auf der Bank, auch sie hatten die Köpfe schuldbewusst gesenkt, dabei hatten sie mit der ganzen Sache wirklich nichts zu tun. Aber das war typisch für Hilde: Wer auch immer Clara zur Seite stand, kam in Sippenhaft.

»Würden Sie uns noch mal erklären, was Sie genau

vorhatten?«, fragte der Pfarrer behutsam, als Hilde eine Atempause einlegte.

»Ich kann Ihnen sagen, was sie vorhatte«, schoss Hilde dazwischen. »Sie wollte den armen Mann umbringen. Gott weiß, was ihre Gründe waren. Irre brauchen keine Motive. Oder glauben Sie, diese verrückten Serienmörder, Jack the Ripper zum Beispiel, glauben Sie, dass der irgendwelche Motive hatte?«

Jack the Ripper? Das war selbst einem wie ihm gegenüber nicht ganz fair, fand Clara.

»Ich wollte ihm nur helfen.«

Das war etwas vereinfacht ausgedrückt, denn genau genommen hatte sie Herrn Fitz schon geholfen. Bei ihrer Aktion war es eher darum gegangen, diese Fortschritte auch sichtbar zu machen. Denn dass es ihm, seit sie ihn betreute, jeden Tag besser ging, daran konnte kein Zweifel bestehen. Ihre tröstliche Anwesenheit, die langen, wenn auch einseitigen Gespräche, das Vorlesen der Bibelpassagen verfehlten ihre Wirkung nicht. Leider blieben diese Fortschritte für den unsensiblen Beobachter – namentlich ihre krampfaderngeplagte Putzfrau – zu subtil. Clara konnte noch so geduldig darauf hinweisen, dass Herr Fitz schon wieder selbstständig nach der Fernbedienung gegriffen, Blickkontakt aufgenommen und auch sonst alle Anzeichen der Genesung gezeigt hatte, Ceylan zerrte bloß ungeduldig an ihrem Stützstrumpf und knurrte Dinge wie: »Damit und mit achtzig Cents kann er sich ein Eis kaufen«. Oder: »Wenn er jetzt noch übers Wasser gehen könnte, wär's fast ein Wunder.« Clara ärgerte sich, doch dann begann sie darüber nachzudenken. Nicht über die achtzig Cents, sondern über das Wunder. Ein interessantes Thema; wenn man sich mit Heiligengeschichten beschäftigte, kam man praktisch nicht daran vorbei. Wunder waren in der Kirche eine harte Währung und stellten den Unterschied dar zwischen einer Heiligen und einer alten Frau in einem Ehrenamt. Die Eintrittskarte in die Sphäre der Heiligen. Bald wurde ihr klar, dass sie genau das brauchte: ein Wunder.

»Alle reden nur über den Zusammenbruch«, sagte Clara. »Davon, dass er zum ersten Mal seit einem Jahr aufgestanden ist, redet niemand.«

»Ja.« Der Pfarrer räusperte sich. Er wirkte wie ein unglückliches Kind, das sich am liebsten die Decke über den Kopf gezogen hätte, während seine Eltern stritten. »Das wundert mich ja so. War das«, er räusperte sich noch mal, »seine Idee?«

Clara nickte, und sie tat es mit gutem Gewissen. Sie hatte lediglich Herrn Fitz' Wohl im Sinn gehabt, und wenn bei ihrer Aktion überhaupt ein eigensüchtiges Motiv mitgeschwungen hatte, dann das, seine Fortschritte einem größeren Publikum zugänglich zu machen. Und war ihr das etwa nicht gelungen? Da war der große Menschenauflauf, der sich gebildet hatte, als der Krankenwagen mit heulenden Sirenen vorgefahren war, die zwei jungen, kaugummikauenden Sanitäter, der Notfallarzt. Und natürlich Lissi, Therese, der Pfarrer und Hilde. Jetzt musste es ihr nur noch gelingen, die Ereignisse ins richtige Licht zu rücken.

»Ich habe ihm aus der Bibel vorgelesen. Ich glaube, das war der Auslöser.«

Hilde Kühn verzog verächtlich das Gesicht, was ein ziemlich starkes Stück war, wenn man bedachte, dass sie immerhin Vorsitzende eines katholischen Wohltätigkeitsvereins war; die Tatsache, dass die Bibel einen Kranken inspirierte, hätte sie somit nicht mit Abscheu erfüllen sollen.

»Welche Stelle?«, erkundigte sich der Pfarrer, wahrscheinlich nur, um höflich zu sein.

Aber genau auf diese Frage hatte Clara gewartet. »›Und Jesus sagte zu dem Gelähmten: Steh auf, nimm deine Tragbahre und geh nach Hause!‹«, zitierte sie. »›Und der Mann stand auf und ging heim. Da gerieten alle außer sich; sie priesen Gott und sagten: So etwas haben wir noch nie gesehen.‹«

Einen Moment lang war es still. Lissi und Therese wechselten einen schnellen Blick, der Pfarrer zuckte ein wenig zusammen, nur Hilde blieb starr wie eine Marmorskulptur.

»Und dann hat er gesagt, er will in den Garten«, sagte sie langsam.

»So ungefähr.«

Hilde schnaubte. Sie war nie das hübscheste Mädchen der Welt gewesen, aber wenn sie wütend war, wurde sie wirklich unattraktiv, die Lippen strichdünn zusammengepresst, Hassfalten auf der Stirn. »Herr Fitz ist seit einem Jahr nicht mehr aufgestanden. Und du willst uns erzählen, er hat plötzlich Lust auf einen Marathonlauf, nur weil du ihm aus der Bibel vorgelesen hast?«

»Niemand hat von einem Marathonlauf gesprochen.« Clara war ehrlich empört, doch Hilde ging über ihren Einwand einfach hinweg. »Außerdem spricht er nicht. Wie genau hat er dir also mitgeteilt, dass er jetzt – in der glühenden Mittagssonne – Lust auf einen Spaziergang hat? Telepathie?«

»Empathie«, sagte Clara, nicht ohne eine gewisse Feierlichkeit. Hilde schnappte nach Luft und hustete, als hätte sie sich an dem Wort verschluckt. »Empathie«, wiederholte sie, ihre Stimme hohntriefend.

»Sie hat ihm nur helfen wollen.« Alle Blicke richteten

sich auf Therese, die sofort errötete. »Ich meine, sie hatte gute Absichten.«

Es war die perfekte Vorlage für Hilde: »Und wegen Claras guter Absichten liegt Herr Fitz jetzt im Krankenhaus, nicht wahr?« Das war zwar nicht ganz von der Hand zu weisen, dennoch fand Clara ihre Bemerkung herzlos.

Wenn sie sich überhaupt etwas vorzuwerfen hatte, dann, dass sie von ihrer eigenen Idee ein wenig zu angetan gewesen war und deswegen wohl ein paar Schwachstellen übersehen hatte. Wie etwa die Tatsache, dass es ein für die Jahreszeit außergewöhnlich heißer Tag war. Und dass Herr Fitz, von Toilettengängen und seltenen Balkonbesuchen abgesehen, schon lange nicht mehr aufgestanden war. Doch sie hatte den Rollator im Flur stehen sehen und daran gedacht, wie Ceylan immer wieder davon sprach, ihn endgültig wegzuräumen. Clara hatte das Gefühl gehabt, dass das Zeitfenster, doch noch ein Wunder zu vollbringen, sich allmählich schloss.

Dennoch hatte sie Herrn Fitz keineswegs zum Aufstehen gedrängt. Sie hatte nur einen Vorschlag gemacht: »Was halten Sie davon, wenn wir ein bisschen in den Garten gehen?«, hatte sie gefragt. Herr Fitz hatte wie üblich nichts erwidert und sein Gesicht zur Wand gedreht, doch hinter diesem Schweigen hatte sich etwas anderes verborgen, das hatte sie deutlich gespürt. Es war wie in den Fernsehkrimis, wo der Kommissar den sich sträubenden Zeugen unter Druck setzt: »Kommen Sie, Sie wissen, wer Maja Finn getötet hat.« Und der Zeuge macht zwar ein verschlossenes Gesicht, aber im Grunde spürt man, dass er etwas weiß und es auch sagen will. Genauso ging es ihr mit Herrn Fitz.

Er brauchte nur ein bisschen Motivation, und da fiel

ihr die Quizsendung ein. Eine ziemlich dumme Sendung, wie Clara fand. Am Anfang war da immer ein Holländer mit einem Toupet, der sich die Seele aus dem Leib tanzte. Danach kamen ein paar prominente Quizkandidaten dazu, die irgendwelche einfachen Worträtsel lösten und den Gewinn wohltätigen Zwecken spendeten. Aus irgendeinem Grund liebte Herr Fitz diese Sendung.

Es hatte ein Anreiz sein sollen, keine Bestechung. Dennoch hatte Clara der Gedanke ein wenig gewurmt, dass Jesus sicher nicht auf solche Tricks hatte zurückgreifen müssen, als er den Lahmen zum Gehen brachte. Schließlich sollte das Wunder selbst ja der Anreiz sein. Jesus hatte nicht zu dem Mann gesagt: »Lass deine Krücken liegen, geh ein paar Schritte und dann kriegst du eine Schüssel Manna oder darfst dir den tanzenden Holländer im Fernsehen ansehen.« Das stand jedenfalls nirgendwo in der Bibel. Doch andererseits, wer konnte schon wissen, was sich damals wirklich zugetragen hatte? Nicht umsonst gab es vier Evangelien. Und jede Geschichte wich ein wenig von der anderen ab. Manche Evangelisten waren erst nach Jesu Tod geboren, und somit musste automatisch sehr viel Hörensagen im Spiel sein. Man kannte das ja, wenn eine Geschichte die Runde machte; der eine erfand ein Detail dazu, ein anderes wurde weggelassen. Vielleicht gab es ja ursprünglich eine Stelle, in der stand: Und Jesus bot dem Mann drei Silberlinge. Und irgendein Freund des Evangelisten, der das Manuskript Korrektur las, sagte: »Diesen Teil lässt du aber schön weg.« Vielleicht sollte man Wunder überhaupt als eine Art Rohmaterial betrachten, das erst durch Kürzung, Raffung und Betonung der wichtigen Passagen seine Wirkung entfaltete. Clara beschloss, die Fernsehsendung nicht zu erwähnen.

»Ich hab ihm gesagt, er kann gehen, und er hat mir geglaubt.« Sie wandte sich an den Pfarrer. Es schien ein günstiger Moment, das Gespräch wieder auf das eigentliche Thema zurückzulenken. »Ist das nicht ein Wunder?«, half sie sanft nach. Es war schon deprimierend, dass man einen Pfarrer auf solche Dinge aufmerksam machen musste. Wenn ein katholischer Pfarrer nicht in der Lage war, ein Wunder als solches zu erkennen, wer dann? Der Hausmeister?

»Wie in der Bibel.« Er nickte schnell, als wollte er das Thema möglichst schnell abhaken. »Wissen Sie, Frau Dorn, sosehr ich Ihr Engagement zu schätzen weiß: Es besteht wirklich keine Notwendigkeit, die Lahmen zum Gehen zu bringen. Niemand erwartet von Ihnen, dass Sie Wunder vollbringen.«

»Amen«, sagte Hilde und lachte bitter.

»Ich habe eine andere Auffassung von meiner Aufgabe.«

»Ja, genau, deine Auffassung besteht darin, deine Schützlinge so schnell wie möglich ins Grab zu bringen.«

Und schon waren sie wieder beim Negativen. Dehydrierung, Hitzschlag, Lebensgefahr. Wenn man unbedingt ein Haar in der Suppe finden wollte, fand man auch eins, dachte Clara. Aber sie würde den erhabenen Augenblick nie vergessen, als Herr Fitz seinen in der Sonne blitzenden Rollator durch den abgezirkelten Vorgarten geschoben hatte, unter dem blauen Himmel, vorbei an Buchsbäumen und Rosenbeeten; er keuchte zwar, aber seine Augen leuchteten, während er sich ruckelnd über den betonierten Gartenweg auf den Goldfischteich zubewegte. Clara stand am anderen Ende des Gartens und spornte ihn mit Zurufen an. Diese Rufe lockten Lissi und Therese aus ihren Häusern, und auch ein paar Nachbarn, die ebenfalls ihre Köpfe über den Gartenzaun reckten.

Lissi stand mit offenem Mund da, und Therese, die ewige Pessimistin, mahnte: »Clara, ich weiß nicht, ob das eine gute Idee ist. Es ist wirklich sehr heiß heute.«

Aber man konnte sehen, dass auch sie beeindruckt war. Clara selbst wären fast die Tränen gekommen, als sie Herrn Fitz ansah, mit seinen zerzausten, zu allen Seiten abstehenden Haaren, den aufgerissenen Augen, in den vormals grauen Wangen ein Schuss Röte. In den umliegenden Häusern traten die Nachbarn an die Fenster und sahen zu, wie der Mann, den alle aufgegeben hatten, durch seinen Garten spazierte. Leider gab er bereits nach wenigen Schritten beim Atmen so ein komisches Fiepen von sich, gefolgt von einem Rasselgeräusch. Dann blieb er stehen und fasste sich an die Brust. Aber das war nicht der Teil der Geschichte, an den sich die Leute erinnern würden und sie selbst auch nicht.

Eine kleine, rotgesichtige Krankenschwester trat in den Wartebereich und lächelte sie freundlich an. »Wenn Sie mögen, können Sie jetzt zu ihm.«

Lissi und Therese erhoben sich. Doch Hilde vertrat Clara den Weg. »Sie nicht. Sie hat ihn fast umgebracht.«

»Hilde«, sagte Therese. »Sie wollte ihm helfen. Sie möchte sich nur vergewissern, dass es ihm gutgeht.«

Hilde versuchte Therese von oben herab anzusehen, was ziemlich schwer war, da die dünne, große Therese sie beinahe um zwei Köpfe überragte. Dafür legte sie alle Herablassung, die sie nur aufbringen konnte, in ihren Blick. »Ich hätte nicht gedacht, dass du dich auf ihre Seite ziehen lässt. Ich habe dich für klüger gehalten.«

Therese errötete. »Hier geht es nicht um Seiten.«

Hilde musterte sie mitleidig. »Siehst du nicht, dass dieser arme, alte Mann ihr völlig egal ist?« Ihr geht es nur darum, sich in den Vordergrund zu spielen. Glaub mir, ich kenne diese Frau schon mein ganzes Leben.« Sie schüttelte den Kopf, und in diesem Kopfschütteln schwangen Jahrzehnte bitterer Menschenkenntnis mit.

Wenig später standen sie alle um Herrn Fitz' Bett herum. Er lag mit offenen Augen da und starrte an die Decke. Nichts Neues also, dachte Clara. Gut, er hatte eine kleine Schramme an der Schläfe. Er musste auf einen Kiesel am Teichrand gefallen sein. Und ja, die Schläuche wirkten auf den ersten Blick ein wenig einschüchternd, auch wenn Clara sich selbst in Erinnerung rief, dass es sich im Grunde nur um Wasser handelte, das man ihm zuführte. Wenn eine Wasserflasche auf dem Nachttisch gestanden hätte, wäre die Wirkung nur halb so dramatisch gewesen. Hilde machte natürlich eine große Show, rang die Hände, tupfte ihm die Stirn ab und schaffte es tatsächlich, aus ihrem vertrockneten Herzen eine Träne zu pressen.

»Mein Gott, was hat sie diesem armen Mann angetan?« Sie wandte sich an den Pfarrer. »Ich verlange, dass sie aus dem Verein ausgeschlossen wird.«

»Wie kommst du darauf?«, schnappte Clara. Auch der Pfarrer fand diese Strafe unverhältnismäßig. Er sei sicher, sie habe ihre Lektion gelernt. Man würde ihr aber natürlich einen anderen Schützling zuweisen. Das empörte Clara noch mehr. »Dieser arme, depressive Mensch! Niemand kümmert sich um ihn. Alle haben ihn aufgegeben, nur ich nicht.« Sie ergriff Herrn Fitz' Hand. »Er braucht mich. Sie wollen nicht, dass ich Sie aufgebe, nicht wahr?«

Herr Fitz rührte sich nicht.

»Wenn er doch reden könnte. Dann würde er uns sagen, wie sehr er mich braucht!«

Unwillkürlich richteten sich alle Blicke auf Herrn Fitz, der erwartungsgemäß reglos blieb, doch dann zuckte es plötzlich unter seinem Auge, und ein Stöhnen kam aus seiner Kehle, gefolgt von einem Grollen. Claras Herz schlug schneller. Zwei Wunder an einem Tag: den Lahmen zum Gehen und den Stummen zum Sprechen gebracht. Das machte ihr so schnell keiner nach. Tatsächlich lauschten alle gespannt. Lissi lehnte sich vor, um das erste Wort aufzufangen, das nach über einem Jahr aus Herrn Fitz' Mund kommen würde. Es hätte ein bewegender Moment sein können, leider ruinierte Herr Fitz ihn, denn das erste Wort, das aus seinem Mund kam, war gar kein richtiges Wort, sondern ein Fluch. Gefolgt von einer ganzen Serie weiterer Flüche, die die Frauen und den Pfarrer zusammenzucken ließen. Herr Fitz schimpfte und fluchte immer weiter, er hörte nicht mal auf, als der Pfarrer das Zimmer verließ, um eine Schwester zu holen, damit sie ihn beruhigte. Herr Fitz lehnte jede weitere Unterstützung durch die Damen des Heiligen Herzens ab. Wenn man die Fäkalausdrücke und gotteslästerlichen Äußerungen abzog und seine Sätze auf den reinen Informationsgehalt reduzierte, kam ungefähr das dabei heraus. Der Pfarrer riet Clara, sich das Ganze nicht zu sehr zu Herzen zu nehmen. Der arme Mann sei offenbar verrückt geworden. Er schüttelte bedauernd den Kopf und versprach, einen neuen Schützling für sie zu finden. »Eins muss man dir lassen«, sagte Therese, als die drei Frauen durch die automatisch auseinandergleitenden Eingangstüren des Krankenhauses schritten und auf den sonnenbeschienenen Parkplatz hinaustraten. »Teilnahmslos ist er jedenfalls nicht mehr.« Lissi und Clara gaben ihr recht.

12. Feuerteufel

Der Pfarrer hielt Wort und wies Clara bereits in der darauffolgenden Woche einen neuen Pflegling zu: Frau Lange wohnte nur eine Straße von Herrn Fitz entfernt. Ihr Weg am Morgen blieb also derselbe. Sie hätte sich mehr freuen sollen, fand sie selbst.

Im Grunde war es wie mit Babys, dachte sie, als sie missmutig die Türklingel drückte. Am Anfang sah man ständig welche, auf der Straße oder bei Bekannten, frisch gebadet und hübsch angezogen, und automatisch stellte man sich vor, was für ein großer Spaß das werden würde, selbst eins zu haben. Man malte sich aus, wie man das Baby im Kinderwagen durch einen blühenden, lichtdurchfluteten Park schieben würde und was man ihm alles kaufen und anziehen würde. Man ging die Sache mit jeder Menge überzogenem Enthusiasmus an, und schließlich hatte man dann eins, und es brüllte unentwegt, hatte Ohrenentzündungen, Verstopfungen, Fieber, Magen-Darm-Infekte, und während man dabei war, zum x-ten Mal die Kotze von einem brandneuen Frotteestrampler zu reiben, wurde einem langsam klar, dass man betrogen worden war. Statt dass das Kind, wie einem jeder hatte weismachen wollen, den Horizont erweiterte, saß man neben einem Haufen Wegwerfwindeln in einem dunklen Zimmer und starrte auf eine graue, leere Straße hinaus. Ein bisschen so ging es ihr inzwischen mit der Altenbetreuung.

»Na, strafversetzt worden?«, fragte Ceylan, die ihr kaugummikauend die Tür öffnete.

»Mein letzter Patient ist geheilt«, erwiderte Clara würdevoll und schob sich an der Putzfrau vorbei. Frau Langes Wohnung war klein und eng, und im Flur hingen gerahmte Fotografien von Südseestränden; jede freie Fläche war mit Spitzendeckchen überzogen. Ceylan ging ins Wohnzimmer vor. Aus dem Schaukelstuhl blickte Clara eine kleine, uralte Dame entgegen, die in ihrer flauschigen rosa Strickjacke fast verschwand. Sie musterte Clara mit tierchenhafter Zutraulichkeit.

»Das ist der Teufel«, stellte Ceylan sie vor. »Lassen Sie sich bloß nicht täuschen. Letztes Jahr war die Feuerwehr hier Dauergast. Gasofen, Adventskranz, Bügeleisen. Wenn man ihr für eine Minute den Rücken zuwendet, dann lodert es.«

Frau Lange lächelte sanft.

»Also, haben Sie kapiert, was Ihre Aufgabe ist?« Die Putzfrau stemmte die Hände in die Hüften.

»Ja, Sie waren sehr eloquent.« Claras Blick war eine wohldosierte Menge Gift beigemischt.

»Das ist kein Spaß. Ich hab gesehen, dass Sie rauchen. Lassen Sie Ihr Feuerzeug bloß nicht rumliegen. Außerdem sollten Sie ohnehin nicht rauchen. Thrombosen und so.« Ihr Gesicht verdüsterte sich. Wahrscheinlich dachte sie an den Unstern, der über den Frauen ihrer Familie stand.

Clara streckte der alten Dame die Hand hin.

»Ich bin Clara Dorn.«

»Dieser Toaster sieht aber komisch aus«, sagte Frau Lange.

Die Putzfrau klopfte Clara aufmunternd auf die Schulter. »Sie machen das schon.«

Anfangs hatte die Vorstellung, eine Brandstifterin zu hüten, einen gewissen Reiz, zumindest in der Theorie, und sie ließ Frau Lange nicht aus den Augen; doch nach einiger Zeit, eigentlich schon nach zwanzig Minuten, zeigte sich, wie enorm zermürbend es sein konnte, auf ein Ereignis zu warten, das nicht eintrat, namentlich darauf, dass das Haus in Flammen aufging. Es war ein bisschen so, wie wenn man sich im Theater ›Warten auf Godot‹ ansah. Man wusste von Anfang an, dass dieser Godot, von dem die ganze Zeit die Rede war, nie auftauchen würde. Doch was als Prämisse für ein Theaterstück akzeptabel sein mochte – wer erwartete schon, dass im Theater etwas Aufregendes geschah –, erwies sich in der Realität als ziemlich zäh.

Dabei war Frau Lange eigentlich ein ausgeglichenes Geschöpf. Sie kicherte und lachte die ganze Zeit vor sich hin, auch wenn Clara komplett verborgen blieb, worüber und warum. Manchmal zeigte sie auf ihren Schuh und lachte. Clara hingegen langweilte sich entsetzlich. Ab und zu fiel ihr Blick auf die Bibel, die auf dem Couchtisch lag, aber dann glitt ihr Blick lustlos vom Einband ab und trieb woandershin. In ihrer Verzweiflung schaltete sie sogar den Fernseher ein. Ein Fehler, wie sich schnell herausstellte. Denn während Frau Lange im Alltag eine umgängliche Person zu sein schien, wurde sie fanatisch, sobald es ums Fernsehprogramm ging. Das Einzige, was sie sehen wollte, waren alte Musikfilme, und sie gab erst Ruhe, wenn Clara beim Zappen durchs Vormittagsprogramm einen gefunden hatte. Dann summte sie glücklich vor sich hin und wiegte sich im Takt, während Clara reichlich Gelegenheit hatte, darüber nachzudenken, warum sie Musikfilme verabscheute. Es gab einfach nicht genug Handlung, und das Wenige, das es an Handlung gab, wurde ständig unterbrochen. Wann immer sich eine halbwegs interessante Entwicklung abzuzeichnen begann, konnte man schon mal misstrauisch werden, denn dann breitete Peter Alexander garantiert im nächsten Moment die Arme aus und trällerte los.

Man stelle sich vor, normale Menschen würden sich so verhalten, dachte Clara. Man sitzt gemütlich im Café, und plötzlich, um einen Punkt zu verdeutlichen oder einfach nur aus einer Laune heraus, steht am Nebentisch einer auf und fängt an zu singen. Man würde ihn aus dem Café werfen oder am besten direkt in die Klapsmühle stecken. Aber die Cafébesucher in den Filmen nickten nur lächelnd, wiegten sich im Takt oder sangen mit. Das war das Problem mit dem Unterhaltungsprogramm der fünfziger Jahre – es vermittelte einem ein völlig falsches Bild von der Wirklichkeit. Im Nachhinein musste sie ihrer Mutter wahrscheinlich sogar dankbar sein, dass sie ihr alles, was sie im Verdacht gehabt hatte, allzu vergnüglich zu sein, verboten hatte, einschließlich Kinobesuche. Sonst würde Clara heute vielleicht selbst im Supermarkt stehen und vor der Käsetheke in Gesang ausbrechen. Als der Abspann über den Bildschirm lief, schaltete Clara den Fernseher aus. Bis zum Dienstschluss war noch immer eine Stunde. Im Anschluss gab es noch ein Mitgliedertreffen der Frauen des Heiligen Herzens. Nicht einmal das Wochenende war frei, denn dann fand der Kirchenbasar statt. Clara starrte auf die graue Mattscheibe und seufzte.

»So wird man keine Heilige.«

»Die kleine Miezekatze hat sich in den Schwanz gebissen«, sagte Frau Lange.

»Ich wette, Mutter Teresa musste sich nicht ›Im weißen Rößl‹ ansehen.«

»Und wann kommt der Bus?«

Im übertragenen Sinne fragte sich das Clara in letzter Zeit selbst oft. Mit der imaginären Journalistin hatte sie schon seit Ewigkeiten nicht mehr gesprochen. Ihr fehlte die Lust und, wenn sie ehrlich war, auch der Gesprächsstoff. Von welchen Entwicklungen hätte sie ihr auch schon berichten können? Davon, dass sich allmählich eine unschöne Bauchfalte an der Taille ihrer enger geschnittenen Designerkleider abzuzeichnen begann, ein Umstand, den sie auf die ewigen Kuchenbüfetts der Damen des Heiligen Herzens schob? Dass sie wieder angefangen hatte zu rauchen – nicht aus einer lässigen Verachtung für den Zeitgeist heraus, sondern einfach nur so, wie damals als Teenager, aus purer, dumpfer Langeweile?

Nein, es gab wirklich nichts zu erzählen. Die Tage waren wie kleine, fest verschnürte Pakete, die über ein endloses Rollband glitten. Auch die Treffen der Frauen des Heiligen Herzens liefen immer nach dem gleichen Schema ab: Zu Anfang trat Hilde ans Podium und stellte das Thema der Sitzung vor, dann wurde die Runde eröffnet und jedem Mitglied standen theoretisch zehn Minuten unangemeldete Redezeit zur Verfügung, ein Recht, von dem niemand Gebrauch machte. Gelegentlich gab es Kurzvorträge zu vermischten Themen, in denen brennende tagesaktuelle Fragen erörtert wurden, wie zum Beispiel, welches Gewächs sich am besten für die Friedhofsbepflanzung eignete (Immergrün), die richtige Art, Marmelade einzukochen (nicht zu viel Zucker) und was vom neuen Papst zu halten war (na ja).

In der ersten Hälfte des Treffens starrten die Frauen sehnsüchtig zum Büfett und warteten auf die Pause, in der zweiten Hälfte starrten sie auf die Uhr. Anfangs hatte

Clara angenommen, dass mehr oder weniger alle Mitglieder, die sich hier regelmäßig versammelten, die Heiligenlaufbahn anstrebten, doch nach und nach wurde ihr immer klarer, dass diese Frauen auf der Flucht waren: Sie flohen vor ihren Kindern, die sie als kostenlose Babysitter versklavten, vor nörgelnden Ehemännern oder der Einsamkeit ihrer leeren Wohnzimmer. Die Treffen im Pfarrhaus waren eine kleine Atempause, bevor sie wieder ins Getriebe ihres Alltags zurückmussten. Clara konnte nicht begreifen, wie die anderen Frauen mit der Eintönigkeit fertig wurden, zumal sie weder Kaffee noch Alkohol tranken noch – ihres Wissens nach – irgendwelche halbwegs aufregenden Drogen konsumierten. Sie selbst hätte sich pausenlos besaufen können. Soweit Clara es einschätzen konnte, taten diese Frauen nie etwas Interessantes, lasen, sagten und dachten nichts Interessantes, und vielleicht war Clara schon zu lange hier, denn sie begann sich allmählich zu fragen, ob sie nicht selbst mittlerweile genauso war.

Im Pfarrhaus ging sie direkt zum Büfett, ohne nach rechts und links zu blicken, wie ein Trinker, der in einem überfüllten Raum gleich auf die Bar zusteuert. Ein freudiges Kreischen von der Seite verriet ihr, dass Lissi bereits da war. Sie musste sich nicht umdrehen, um zu wissen, dass sie im Stuhlkreis saß und die Sitzflächen auf beiden Seiten neben sich mit ihrem Mantel und ihrer Handtasche besetzt hatte.

»Mein rechter, rechter Platz ist frei!«

Clara schraubte eine Thermoskanne auf und schnupperte am Rand. Seufzend schraubte sie sie wieder zu.

»Na, wie ist dein neuer Schützling?«, erklang eine Stimme dicht an ihrem Ohr. Therese war von hinten an sie herangetreten.

»Sie hält mich für einen Toaster.« Clara schraubte eine weitere Thermoskanne auf und schnupperte.

»Was machst du da?«

»Ich hab gehört, hier sei irgendwo Kaffee dazwischen.«

»Träum weiter.«

Therese lachte, was selten vorkam. Überhaupt wirkte sie in letzter Zeit gelöster. Auf ihren sonst farblosen Wangen lag ein rosiger Schimmer, und sie hielt sich ein wenig aufrechter. Gerda Kleinert warf Clara einen bitteren Blick zu. Clara verstellte ihr den Weg zum Sandkuchen. Ungerührt griff Clara nach der dritten Thermoskanne. Plötzlich knallte eine Tür, und Hilde betrat den Raum, die Stirn in gewittrige Falten gelegt. »Oh, oh«, raunte Therese. »Das sieht nach Ärger aus.« Ohne auf die Damen zu achten, die noch lose im Raum verstreut standen, ging Hilde direkt zum Podium und klatschte ungeduldig in die Hände. »Kommt, wir wollen endlich anfangen.« Seit der Sache mit Herrn Fitz war Hilde noch unausstehlicher als sonst, fand Clara. Ein Scharren war zu hören, als Stuhlbeine übers Linoleum gezogen wurden und die Frauen im Kreis Platz nahmen. Clara blieb als Einzige trotzig am Büfett stehen. Therese warf ihr einen entschuldigenden Blick zu, setzte sich dann aber schnell neben Lissi.

Hilde kam direkt zum Punkt. Ja, in der Tat, es gab ein Problem, und zwar ein sehr großes. Es betraf das Stadtfest am Wochenende, genauer gesagt den Kirchenbasar. Clara stöhnte innerlich. Schon seit Monaten redete Hilde von nichts anderem. Hilde schüttelte mehrmals den Kopf. Sie wirkte ernstlich aufgewühlt. Es ging um den Kuchenstand: Eigentlich hatte sich die Diabetes-Selbsthilfegruppe des St.-Marien-Krankenhauses schon vor Monaten bereit erklärt, Kuchen zur Verfügung zu stellen.

Doch nachdem eins ihrer Mitglieder tragischerweise verschieden war, hatten die Frauen die Kaffeekränzchen aus Pietätsgründen eingestellt. Sie trafen sich jetzt einmal die Woche zum Tai-Chi, wie Hilde Kühn mit vor Unwillen bebender Unterlippe hinzufügte. Den Basar hatten sie über ihren Kummer völlig vergessen. »Wofür wir unter den gegebenen Umständen natürlich Verständnis haben.« Hildes Tonfall war deutlich anzuhören, dass sie nicht das geringste Verständnis hatte. »Jedenfalls fehlen uns für den Basar morgen noch dreißig Kuchen. Das Geld für die Zutaten wird weiterhin von den Damen gestiftet, aber sie wollen die Kuchen nicht selbst backen. Ich fürchte, hier sind wir alle gefordert. Ich weiß, die Zeit ist knapp. Trotzdem hoffe ich auf ein paar Freiwillige.« Hilde zog einen graugrünen Notizblock aus ihrer Tasche. »Wen darf ich also für den Pflaumenkuchen aufschreiben?«

Als Clara das erste Mal die Hand hob, war es tatsächlich nur, um Hilde zu ärgern. Sie schnipste sogar mit den Fingern, ziemlich kindisch, doch Hilde spielte sich in letzter Zeit dermaßen auf, dass sie der Versuchung nicht widerstehen konnte. Hilde übersah ihre Hand einfach. Folglich konnte Clara sie nicht herunternehmen. Das wäre das falsche Signal gewesen.

»Pflaumenkuchen. Irgendwer?«

Die Blicke der anderen Frauen irrlichterten zwischen Hilde und Clara hin und her. So harmlos sie auch wirkten, im Grunde wollten sie Blut sehen. Man könnte sie sich gut als Publikum im Circus Maximus vorstellen, dachte Clara, wie sie, die Hände im Schoß gefaltet, mit geduldiger Artigkeit darauf warteten, dass die Gladiatoren einander die Gliedmaßen abhackten.

»Ich melde mich schon die ganze Zeit.«

»Nicht du, Clara.«

»Warum nicht?«

»Jeder weiß, dass du völlig unzuverlässig bist.«

»Was soll denn das bedeuten?«

»Der Klassenausflug in die Püppkesberge. 1961. Du hattest versprochen, einen Apfelkuchen zu backen.«

»Ich hatte eine Angina.« Clara war ehrlich empört.

»Angina«, spie Hilde hervor, als hätte sich Clara aus dem Stegreif eine Krankheit ausgedacht.

»Außerdem ist das über fünfzig Jahre her.«

»Die Menschen ändern sich nicht. Im Übrigen kannst du sowieso nicht backen.«

Das fand Clara wirklich ungerecht. Ja, sie hatte sich nie viel aus dem Backen gemacht, weil sie keine Veranlassung dazu gesehen hatte. Tiefkühlkuchen und Fertigmischungen waren ihr immer als völlig ausreichend erschienen. Aber die Tatsache, dass sie es nie versucht hatte, hieß noch lange nicht, dass sie es nicht konnte. »Wie es aussieht, bin ich die einzige Freiwillige. Aber wenn du meine Hilfe nicht willst.« Clara zuckte die Achseln. »Dann fällt der Kuchenstand eben aus, deine Entscheidung.«

Hilde sah aus, als wollte sie noch eine ganze Menge sagen, stattdessen nickte sie fast unmerklich und notierte Claras Namen. Oder auch einen Totenschädel. Wer konnte das schon wissen? Das zumindest musste man ihr lassen, dachte Clara. Der Kirchenbasar war ihr wichtiger als das Begleichen einer persönlichen Rechnung.

»Und die Biskuitrolle?«, fragte Hilde in die Runde. Claras Hand schoss nach oben.

Hildes Lippen bildeten einen dünnen Strich. »Noch mal Clara«, sagte sie und notierte es. »Stachelbeerbaiser, Quarktörtchen, Marmorkuchen?«

Clara ließ die Hand gar nicht erst sinken. Hilde schnaubte. »Mach dich nicht lächerlich. Willst du etwa alle dreißig Kuchen allein backen?« Die Frauen warfen einander betretene Blicke zu, keine wagte zu atmen, doch plötzlich glättete sich Hildes zerfurchte Stirn. Sie lächelte sogar. »Gut, dann machen wir weiter: Windbeutel, Käsesahne, Baumkuchen, Appeltarte, Knabbeln und Bauernstuten?«

Kurz darauf standen Therese, Lissi und Clara draußen vor dem Pfarrhaus. Clara sog hektisch an ihrer Zigarette, während sie gleichzeitig auf ihrem Handy herumtippte. Unterdessen schimpfte Therese auf sie ein. »Du bist ihr in die Falle gegangen. Wie willst du allein dreißig Kuchen backen? Selbst wenn du die ganze Nacht backst, das schaffst du nicht! Und wenn der Basar wegen dir ins Wasser fällt, wird sie dich verantwortlich machen.«

Lissi kicherte nervös. Ein paar Frauen des Heiligen Herzens schritten langsam an Clara vorbei; im Vorbeigehen warfen sie ihr ehrfürchtige Blicke zu. Sogar die Große-Suttrup-Schwestern, die Clara nicht leiden konnten, nickten ihr zu.

»Sie hat mich provoziert«, erwiderte sie und tippte weiter auf ihrem Handy herum.

»Was machst du da eigentlich?«, wollte Lissi wissen.

»Ich versuche rauszukriegen, was Knabbeln sind. Gibt es so was überhaupt oder hat sie sich das nur ausgedacht, um mich zu ärgern? Was meint ihr?«

Therese und Lissi wechselten einen schnellen Blick.

»Ihre Tochter hilft ihr sicher«, sagte Lissi, als hätte Therese eine Frage gestellt.

Zugegebenermaßen hatte Clara zu keinem Zeitpunkt über die konkrete Umsetzung ihres Versprechens nachgedacht. Sie hatte es dieser blöden Schnepfe zeigen wollen, und genau das hatte sie getan. *Mission accomplished.* Bis auf die Kleinigkeit der dreißig ungebackenen Kuchen eben. Natürlich konnte sie ihre Tochter um Hilfe bitten. Vielleicht würde es ihr gelingen, das Ganze wie einen lustigen Zeitvertreib aussehen zu lassen: »Komm, Schätzchen, wir machen mal was Schönes zusammen. Wir backen jetzt.« Andererseits waren dreißig Kuchen eine Größenordnung, die das Lächeln aus dem Gesicht des größten Backenthusiasten vertreiben konnte. Und sie war sich nicht sicher, ob ihre Tochter gerne buk. Sie spielte gern Fußball, früher zumindest, aber buk sie gern? Sie musste Katrin wirklich mal nach ihren Hobbys fragen. Doch in letzter Zeit war es ziemlich schwer, mit ihrer Tochter über überhaupt irgendein Thema ins Gespräch zu kommen. Clara wusste selbst nicht, woran es lag, aber die Stimmung zwischen ihnen war angespannt. Heute Morgen war so ein Beispiel. Sie hatte sich nur zu Katrin an den Küchentisch gesetzt und »guten Morgen« gesagt. Daraufhin war Katrin aufgestanden, hatte ihre Müslischüssel genommen und war auf ihr Zimmer gegangen. Clara wusste wirklich nicht, was das zu bedeuten hatte. Doch es war vermutlich übertrieben, dieses Verhalten auf sich zu beziehen. Katie war schon immer launisch gewesen und in letzter Zeit schien sie viel Stress bei der Arbeit zu haben. Sie blieb jeden Tag länger in der Praxis, was vermutlich ein gutes Zeichen war. Anscheinend hatte sie viele Patienten.

»Meine Tochter würde mir sicher gern helfen. Aber das wird leider nicht gehen.«

»Wieso nicht?« Lissi sah nun ehrlich besorgt aus.

»Es gibt da ein klitzekleines Problem mit der Technik. Sie hat keinen Backofen.«

Die beiden Frauen rissen die Augen auf, und Lissi

schnappte hörbar nach Luft. »Okay«, sagte Therese langsam. »Du hast weniger als achtzehn Stunden Zeit, um dreißig Kuchen zu backen. Du musst Berge von Zutaten besorgen, hast keine Hilfe, keinen Backofen und – entschuldige bitte – nicht die geringste Ahnung vom Backen. Warum bist du so ruhig?«

»Nun, ich bin in einem katholischen Wohltätigkeitsverein. Wahrscheinlich hoffe ich einfach auf ein Wunder.« Clara lächelte die beiden Frauen erwartungsvoll an. Ausdruckslos starrten sie zurück. Es dauerte tatsächlich eine ganze Weile, bis sie begriffen. Bei Therese vollzog sich der Prozess des Begreifens naturgemäß schneller als bei Lissi. Man konnte ihr förmlich dabei zusehen: Erst lachte sie, dann schüttelte sie den Kopf, schließlich lachte sie wieder.

»Du glaubst, dass wir beide dir helfen?«

Nein, Therese reagierte nicht übermäßig enthusiastisch. Tatsächlich war Clara ein wenig überrascht, wie lange und heftig sie sich sträubte. Doch sie war zu keinem Zeitpunkt ernsthaft beunruhigt. Sie wusste, dass Therese ihr helfen würde. Es war ihr einfach nicht gegeben, jemanden im Stich zu lassen, der sie um Hilfe bat. Und Lissi war sowieso begeistert. Es war, als hätte sie die letzten siebzig Jahre ihres Lebens genau auf diesen Moment gewartet. Sie begann sofort, Mehlmengen auszurechnen, Fahrten in den Großmarkt zu planen und Backzeiten zu kalkulieren. Dann rief sie nacheinander ihre sieben Enkelkinder an, und in kürzester Zeit schwärmten Kapeters in alle Richtungen aus. Lissis große Wohnküche wurde zur Kommandozentrale erklärt. Lissi selbst saß mit Headset am Küchentisch und delegierte, während Clara und Therese in Rezeptbüchern blätterten. Ab und zu hob Lissi den Kopf und zischte ihnen Zwischenstände zu. Sie klang wie ein Militärstratege, der seine Truppen durch feindliches Gebiet lenkt. »Die Eier sind jetzt in Fechtrup – Die Milch ist auch auf dem Weg – Unsere Aprikosen wurden in Brochterbeck aufgehalten – Und es gibt einen Apfelengpass, aber wir kriegen Nachschub.« Wie sich herausstellte, hatte Lissi Bestellungen bei verschiedenen Bauernhöfen laufen, die sonst ihre Familie mit frischen Zutaten belieferten. Diese über Jahrzehnte gepflegten Kontakte kamen ihr jetzt besonders beim Obst zugute.

»Du hast mehr Glück als Verstand«, flüsterte Therese Clara zu. Clara gab ihr recht. Obwohl Lissis Wohnküche groß war und über einen riesigen Ofen verfügte, war schnell klar, dass sie das Backen teilweise würden auslagern müssen.

An diesem Punkt kamen wieder die Enkel ins Spiel: Sie alle, Mädchen und Jungen in ihren späten Teenagerjahren oder frühen Zwanzigern, waren blond, mit frischen Wangen und wachem Blick. Sie waren tüchtig, hatten Humor und liebten ihre Großmutter von Herzen. Bei jedem Türklingeln stand wieder ein Enkel vor der Tür, schleppte eine Kiste in die lichtdurchflutete Wohnküche, gab Lissi einen Kuss auf die Wange und verschwand. Bald türmten sich die Lebensmittel auf dem Eichenholztisch: gelbe Butterberge, Milchflaschen, Apfel- und Pflaumenhügel, der Boden war von Mehlstaub bedeckt und überall stapelten sich Rezeptbücher.

»Gehen wir es an?« Ein wenig ängstlich wandte sich Therese an die beiden Frauen. Lissi und Clara nickten.

Anfangs lief es noch ein wenig holprig. Bei Kuchen eins, zwei und drei kamen sie sich oft in die Quere, stießen sich die Ellbogen in die Seite oder prallten zusammen, wenn sie ihre Rührschüsseln von der Arbeitsfläche zum Tisch trugen. Bei Kuchen vier, fünf und sechs entwickelten sie langsam Routine, und ab Nummer sieben waren sie eine gut geölte, schnurrende Maschine, durch nichts aufzuhalten: Eier wurden aufgeschlagen, Mehl abgemessen, Rum in den Pralinenteig gekippt, Backformen gefettet, Äpfel zerschnitten und noch mehr Rum in den Pralinenteig gekippt – im Nachhinein wurde deutlich, dass sie sich bei diesem letzten Punkt nicht hinreichend abgesprochen hatten. Lissi dachte, sie sei für den Rum zuständig, Therese dachte das Gleiche, und Clara hielt zwar Therese für die Rumfrau, befürchtete aber, dass sie bei der Dosierung zu geizig sein könnte.

Irgendwann, es musste so gegen zwei Uhr sein – sie alle hatten zum Backen ihre Armbanduhren abgelegt –, kam die erste ernstzunehmende Krise. Therese und Clara rollten gerade die Pralinen, in der Küche war es backofenwarm, und über der gleichmäßigen, monotonen Bewegung fielen Clara die Augen zu. Gähnend ließ sie sich auf einen Stuhl sinken und bat um ein paar Minuten Auszeit. Davon wollte Therese jedoch nichts wissen. Nur wegen ihr und ihrem Größenwahn steckten sie überhaupt in diesem Backschlamassel. Lissi lachte über das Wort Backschlamassel. Und Clara griff sich ein Ei vom Küchentisch und warf es nach ihr. Sie hatte gar nicht geplant, sie zu treffen, sie hatte lediglich ihrer Frustration Ausdruck verleihen wollen. Leider traf sie Lissi mitten auf der Stirn. Zähflüssiger gelboranger Glibber troff ihr in die Augen. Therese schlug sich die Hand vor den Mund. Lissi zitterte vor Empörung am ganzen Körper. Sie wischte sich den Dotter nicht mal ab, sie stand bloß da, ein Mahnmal des ihr zugefügten Unrechts. Noch nie in ihrem ganzen Leben, sagte sie mit bebender Stimme, habe jemand ein Ei nach ihr geworfen.

Im Nachhinein hätte dies gut das Ende der Geschichte sein können. Das Ende des Kuchenstands und das Ende ihrer Freundschaft. Clara blickte sich hilfesuchend in der gut ausgeleuchteten Küche um, ohne zu wissen, was sie dort zu finden hoffte. Therese, das Gesicht immer noch in den Händen, krümmte sich und zitterte. »Alles in Ordnung?«, fragte Clara. Ein gedämpfter Schrei war die Antwort, ein schrilles, eingerostet klingendes Geräusch, gefolgt von einem asthmatischen Röcheln. Therese riss die Augen auf, schnappte nach Luft, mehrmals hintereinander, und fiepte. Lissi und Clara wechselten einen befremdeten Blick.

»Therese hat eine Gruselfilmlache«, sagte Clara, an Lissi gewandt. Das kam normalerweise nie vor. Sie verbündete sich nicht mit Lissi gegen Therese. Es konnte vorkommen, dass sie sich mit Therese gegen Lissi verbündete, wenn diese wieder etwas besonders Hirnrissiges gesagt hatte, aber nie umgekehrt. Es verstieß gegen die Ordnung der Dinge. Andererseits hatte Clara gerade ein Ei nach Lissi geworfen, was die Ordnung der Dinge wohl für eine Weile außer Kraft setzte. Lissi klaubte sich Eierschalen aus dem Ausschnitt. »Morgen«, sagte sie, mehr zu sich selbst, und blickte mit großem Ernst in die Ferne, »werde ich vielleicht schon darüber lachen.« Daraufhin ging bei Therese das Röcheln, Schnappen und Fiepen wieder los, und die Krise war überwunden.

Alles in allem konnte sich ihre Trefferquote sehen lassen: Der Hefezopf ging nicht ganz auf, und die Appeltarte verkohlte. Enkelsohn Nummer vier hatte, während der Kuchen in seinem Ofen buk, ›World of Warcraft‹ gespielt und wegen der Kopfhörer den Küchenwecker nicht gehört. Als er seiner Großmutter die Hiobsbotschaft am Telefon mitteilte, brach sie in Tränen aus. Das sei eine absolute Tragödie, heulte Lissi, der schlimmste Tag ihres Lebens, sie wisse nicht, wie sie je wieder glücklich werden könne, woraufhin Therese vorsichtig fragte, ob sie Alkohol im Haus hätte.

»Nur den Rum.« Schniefend wischte sich Lissi mit dem Handrücken über die Augen und nahm die Flasche aus dem Küchenschrank. Sie war leer, bis auf eine kleine, dunkle Pfütze am Grund. Lissi machte große Augen.

»Ist das etwa alles in den Pralinen?«

»Wow«, sagte Clara ehrfürchtig.

Glücklicherweise fand Lissi in ihrer Speisekammer eine zweite Flasche mit achtzigprozentigem Stroh-Rum. Sie holte drei Wassergläser aus dem Schrank und goss sie bis zum Rand voll. Kurz darauf saßen die drei Frauen um den mehlbestäubten Tisch herum, zu erschöpft, um sich zu rühren, und starrten auf die dunkelgoldene Flüssigkeit in ihren Gläsern. Eine Weile sagte keiner ein Wort, doch schließlich stellte Lissi die Frage, die ihr, wie sie zugab, schon die ganze Zeit auf der Seele brannte.

»Warum hasst ihr beide euch eigentlich so? Hilde und du? Ist irgendetwas passiert?«

Clara dachte darüber nach. Und natürlich war über die Jahre und Jahrzehnte eine ganze Menge passiert: die Klassensprecherinnenwahl in der Sexta, bei der Clara locker an Hilde vorbeigezogen war und sich – gelinde gesagt – nicht gerade als gute Gewinnerin erwiesen hatte. Hilde, die der Lateinlehrerin gepetzt hatte, dass Clara während der Arbeit ein Vokabelheft unter der Bank liegen hatte. Der Junge, den Clara Hilde aus Rachsucht bei der Tanzstunde ausgespannt hatte. Über die Zeit kam so einiges zusammen. Doch nichts davon war der Anfang. Die Feindschaft zwischen ihnen bestand, solange sie sich erinnern konnte. Vielleicht schon, bevor sie überhaupt ein Wort miteinander gewechselt hatten. Es war wie Liebe auf den ersten Blick, nur umgekehrt.

Clara hatte einmal einen interessanten Artikel über Bösewichte bei Shakespeare gelesen – gut, genau genommen war es Marie, die den Artikel gelesen und ihn hinterher für sie zusammengefasst hatte, aber das erwähnte sie nicht. Es ging um die Frage, warum die Bösewichte bei Shakespeare taten, was sie taten. Warum hatten sie einen derart unversöhnlichen Hass auf die Welt und wünschten allen Menschen nur Übles? Und tatsächlich gab es gar keinen Grund. Die Menschen hatten eben eine bestimmte Mischung von Säften in ihrem Körper. Sie bestanden aus Blut oder Schleim oder gelber Galle, und deswegen waren sie leichtsinnig, faul, cholerisch oder rachsüchtig, verstanden sich mit bestimmten Menschen, überwarfen sich mit anderen. Nichts davon stand im Zusammenhang mit ihren Erfahrungen. Ein bisschen so war es auch mit Hilde und ihr: Natürlich waren über die Jahre einige Ereignisse zusammengekommen, die ihre Feindschaft besiegelten. Aber im Grunde hassten sie sich, weil sie sich hassten, nicht weil irgendetwas geschehen war. Die Ereignisse waren eine bloße Konsequenz aus ihrem Hass, nicht andersherum.

Falls Lissi diese Erklärung enttäuschte, ließ sie es sich nicht anmerken. Inzwischen hatten sie ihre Gläser zur Hälfte ausgetrunken, und auch Therese traute sich, eine Frage zu stellen: Warum, wollte sie wissen, war Clara damals überhaupt weggegangen? Und auch noch so spät. Mit siebenundvierzig?

»Im Nachhinein muss die Frage wohl eher lauten, warum ich so lange geblieben bin.«

»Warst du hier nicht glücklich?«, fragte Lissi und riss entsetzt die Augen auf.

Clara lachte. Die ersten Jahre ihrer Ehe waren der Horror gewesen. Ihr eigener Mann war ihr fremd. Er verhielt sich höflich ihr gegenüber, fast schüchtern, und ging ihr die meiste Zeit aus dem Weg. Clara hatte keinen Zweifel, dass er sie liebte. Doch was genau diese Liebe bedeutete und was sie ihr bringen sollte, wusste sie nicht. Marie lebte schon seit Jahren in einer Kommune in Süddeutschland, wo sie, wie Clara mutmaßte, wahrscheinlich eine ganze Menge Sex hatte, dafür aber kein Telefon. Auch von dieser Seite war keine Unterstützung zu erwarten.

Sie selbst hatte ein abgebrochenes Lehramtsstudium und eine abgebrochene Liebesgeschichte hinter sich; nun saß sie in einer dumpfen, lichtlosen Wohnung mit einem ewig kränkelnden Kleinkind und verlor langsam den Verstand. Sie hatte keinen Plan, keine Vorstellung von der Zukunft, stattdessen sah sie sich ununterbrochen Filme an. Sie sog die Bilder gierig in sich auf, doch gleichzeitig steigerten sie nur ihre Verzweiflung. Clara setzte auf Zeit und willkürlich gesteckte Zwischenziele: Wenn das Kind erst mal anfing zu krabbeln, würde alles besser werden. Und tatsächlich, irgendwann fing das Kind an zu krabbeln, und mit dem erweiterten Radius stieg auch seine allgemeine Lebenszufriedenheit. Ihr Mann übernahm die Praxis seines Vaters und wurde ein wenig zuversichtlicher. Plötzlich war auch mehr Geld da, das sich in Urlaube, Kleider und ein Haus mit Swimmingpool ummünzen ließ. Es war nicht das Glück. So sehr konnte Clara sich nicht selbst betrügen, aber der Stillstand wurde erträglicher. An manchen Tagen sah sie sich bis zu sieben Filme an. Das sogenannte reale Leben war ohnehin überbewertet, fand sie, und so verstrichen die Jahre einigermaßen schmerzlos. Ihr Mann sprach kaum noch. Weder mit ihr noch mit sonst irgendwem. Wenn er nach Hause kam, schloss er sich direkt in seinem Arbeitszimmer ein. Clara und er waren wie Geister, die durch das Leben des anderen huschten. »Das ist das ganz normale Leben«, lautete der Standardsatz ihrer Mutter, der durch die Zeiten hallte.

Im Stillen wusste Clara, dass sie keine Wahl hatte. Sie hatte ihre Chance gehabt und sie vergeigt. Jetzt konnte sie sich keine großen Sprünge mehr erlauben. Wieder setzte sie auf Zeit. Nicht mehr darauf, dass sie Besserung brachte, sondern dass sie verging. Mit Mitte vierzig begann sie, die Jahre abzuzählen, die ihr laut statistischer Wahrscheinlichkeit noch blieben. Sie ging von Durchschnittswerten aus, wobei sie sich an den Lebensdaten ihrer unmittelbaren Verwandtschaft orientierte. Die Großeltern und Urgroßeltern mütterlicherseits, das ergaben ihre Recherchen, wiesen einen erschreckenden Hang zur Langlebigkeit auf, väterlicherseits gab es ein wenig Hoffnung: Herzinfarkte und Blasenkrebs, allerdings auch nur bei den Männern. Alles in allem ergab sich der deprimierende Durchschnittswert von dreiundachtzig Jahren.

»Das war einfach zu lang.« Clara zuckte die Achseln. »Wären die Leute in meiner Familie im Schnitt nur sechzig geworden, wäre ich vielleicht geblieben.«

Lissi sah aus, als wollte sie gleich wieder anfangen zu weinen. Doch Therese nickte nur langsam, als wüsste sie ganz genau, wovon Clara sprach. Sie trank ihr Glas aus, und Lissi füllte es ungefragt nach.

»Ich wollte immer studieren«, sagte Therese leise. »Mathematik oder Biologie. Ich war gut in den Naturwissenschaften. Wirklich sehr gut. Die Volksschullehrerin redete meinem Vater zu, mich aufs Gymnasium zu schicken. Leider hielt mein Vater nicht viel von höherer Bildung für Mädchen.« Therese lächelte traurig. »Er fand, ich hätte den Kopf schon genug in den Wolken.«

Stattdessen hatte sie nach dem Abschluss der Volksschule eine Banklehre gemacht, früh geheiratet, ein Kind bekommen. Und für sie war das auch ganz in Ordnung gewesen. Ein großer Verlust für die Wissenschaft sei es ganz gewiss nicht gewesen, sagte Therese. Und um den Nobelpreis hätte sie sich wahrscheinlich auch nicht gebracht. Trotzdem wurde sie gerade in den frühen Jahren ihrer Ehe das Gefühl nicht los, dass ihr Kopf eigentlich zu etwas anderem bestimmt war und dass sie ihn mit den falschen Dingen füllte. Der Alltag strengte sie unglaublich an. Dabei gab sie sich doch solche Mühe, mit dem Haushalt, dem Kochen, dem Ehefrau- und Muttersein. Und am Ende kriegte sie alles sogar ganz gut hin. Gut genug jedenfalls. Niemand konnte ihr einen Vorwurf machen.

»Aber es ist ein bisschen so, wie wenn du die falsche Sportart machst.« Therese suchte nach den richtigen Worten. »Sagen wir, du bist von deiner Veranlagung her die geborene Stabhochspringerin. Aber aus irgendeinem Grund ist die einzige Disziplin, in der du antreten darfst, Langstreckenlauf. Du musst dich doppelt so sehr anstrengen, um die Ergebnisse zu erzielen, die andere mühelos erreichen. Am Ende bist du völlig erschöpft und doch bloß Durchschnitt.«

Als sie aufhörten zu reden, sickerte bereits Sonnenlicht durch die Fenster und tauchte die Wohnküche in einen warmen Rotton. Kuchen bedeckten jede freie Fläche, und Lissis Kopf war auf die mehlbestäubte Tischplatte gesunken. Ihr Mund stand ein wenig offen, sie sah aus wie ein träumendes rosiges Kind.

»Beneidenswert, oder?«, meinte Therese. Clara lächelte nur.

Die beiden Frauen brachen gleichzeitig auf. Vor der Haustür blieben sie kurz stehen. Obwohl sie sich in wenigen Stunden am Kuchenstand wiedertreffen würden, schüttelte Clara ihr zum Abschied die Hand. Mit feierlichem Ernst sah sie Therese in die Augen. »Ich möchte, dass du eins weißt. Ich werde nie wieder in meinem Leben etwas backen.«

Auf dem Heimweg fühlte sich Clara erschöpft und gleichzeitig merkwürdig aufgekratzt. Die Luft war eiskalt und klar, der Himmel schillerte in allen Farben, und die Vögel machten einen wahnsinnigen Radau.

So fühlen sich Anfänge an, schoss es Clara durch den Kopf, als sie den Schlüssel im Schloss drehte. Trotzdem musste sie sich ausruhen. Bis der Kirchenbasar begann, hatte sie noch ein paar Stunden. Vielleicht konnte sie sich ja kurz hinlegen. Als sie in den Flur trat, knirschte es unter ihren Sohlen. Clara bückte sich und hob eine weiße Scherbe auf. Erstaunt sah sie sich um. Die Tür zum Wohnzimmer stand offen. Es brannte Licht. Der Boden war von zerbrochenem Porzellan übersät. Und inmitten dieses Scherbenmeers hockte ihre Tochter auf dem Boden, neben ihr ein Werkzeugkasten. Sie hielt einen Hammer in der Hand und war gerade im Begriff, ihn auf einen Teller niedersausen zu lassen. Als sie ihre Mutter sah, hielt sie inne.

»Na, willst du mir helfen?«

13. Sky

Wenn Sky nicht wusste, wie er sich verhalten sollte, orientierte er sich an der Werbung oder an alten Cary-Grant-Filmen. Und wenn er es dann immer noch nicht wusste, fragte er sich, was Frank Sinatra an seiner Stelle tun würde. Die Antwort auf diese Frage hatte ihn heute in die Paradiso-Bar und vor ein Glas Malt-Whiskey geführt.

In den späten Achtzigern und frühen Neunzigern war die Paradiso-Bar eine erstklassige Adresse gewesen; die Aussicht war noch immer fantastisch: Durch gläserne Wände blickte man über den Hamburger Hafen, sah Containerschiffe im Blau der einsetzenden Dämmerung vorbeiziehen und am Horizont die funkelnden Lichter der Stadt. Doch das Publikum hatte sich verändert. Überall sah er Männer mit Rucksäcken, Kapuzenträger und Frauen mit Einkaufstüten, die vor vollgestopften Gläsern saßen und Cocktails in den absurdesten Farben tranken. Aus den Lautsprechern drang leise Panflötenmusik. Sky fragte sich, ob es noch immer einen Dresscode gab. Falls ja, musste er erheblich gelockert worden sein. Außer ihm trug niemand einen Smoking.

Sky saß auf einem Hocker am Tresen, rechts von ihm war die Wand und links von ihm eine Frau mittleren Alters, die in ihrem Martiniglas nach einer Olive fischte. Ein paarmal versuchte sie, die Olive mit einem Zahnstocher aufzuspießen, erfolglos. Schließlich steckte sie ihre Hand ins Glas und wühlte mit den Fingern zwischen den Eiswürfeln herum. An ihren Fingernägeln platzte der Lack ab.

Sky schaute weg und wandte seine Aufmerksamkeit lieber dem Barkeeper zu. Der Barkeeper war Anfang zwanzig, hatte einen fransigen Pony und machte einen zurückhaltenden Eindruck. Sky hob sein Glas und prostete ihm zu. Der junge Mann nickte mechanisch.

»Hat Ihnen schon mal jemand das Herz gebrochen?«, fragte Sky. Ihm gefiel, wie seine Stimme sich heute anhörte, tief und warm, ein bisschen rauchig, wie gemacht für Whiskeywerbung.

Der Barmann hob die Schultern. »Kann sein.«

»Wenn es so wäre, wüssten Sie es.« Sky starrte auf die goldene Flüssigkeit in seinem Glas.

Seit Clara Dorn aus seinem Leben verschwunden war, wusste er nicht mehr, was er tun sollte. Und zwar nicht im sentimentalen Sinne, sondern ganz praktisch: Er schlug morgens die Augen auf und wusste nicht weiter. Es war, als hätte ihm jemand die Gebrauchsanleitung für sein Leben gestohlen. Er wusste nicht mal, was er anziehen sollte. Man musste ihn sich nur ansehen: Wer trug an einem ganz normalen Werktag einen Smoking? Herrgott, es war noch nicht mal achtzehn Uhr.

Clara war eine Frau, die einem stets genau sagte, was sie von einem erwartete. Leider hatte ihre letzte Anweisung ebenso eindeutig geklungen: »Ruf mich nicht an, ich rufe dich an.« Sie müsse sich jetzt um ihre Tochter kümmern und brauche eine Auszeit. Das Wort Auszeit machte Sky Angst. Wurde er etwa abserviert? Das konnte nicht sein. Die Frauen liebten ihn, das hatten sie schon immer. Wie um sich zu vergewissern, ließ Sky seinen eisblau funkelnden Blick durch die Bar schweifen, und tatsächlich, schon nach wenigen Sekunden wurde er aufgefangen und erwidert. Gut, die Frau riss die Augen ziemlich weit auf, und die Art, wie sie sich an der Wand abstützte, machte deutlich, dass sie vielleicht schon ein paar Drinks intus hatte, aber das war nicht der Punkt. Die Frauen liebten Sky und würden es immer tun. Er konnte jede haben – bis auf die eine. Sky hob das Glas an die Lippen und stürzte seinen Whiskey in einem Zug hinunter.

Wie war er nur je ohne Clara Dorn zurechtgekommen? Schließlich hatte er sich auch ohne ihre Hilfe viele Jahrzehnte lang recht erfolgreich durchgeschlagen. Andererseits hatte er damals auch noch ein nicht unerhebliches Drogenproblem gehabt. Und welche Nachteile ein Edel-Junkie-Dasein auch mit sich bringen mochten, man konnte nicht leugnen, dass Kokain dem Leben eine Richtung gab. Man wusste, wofür man arbeitete, hatte feste Bezugspersonen, die einen nie im Stich ließen, solange man Geld hatte, und war – im guten wie im bösen Sinne – eigentlich ständig beschäftigt. Leider ließ er schon seit Jahren die Finger von Drogen. Seine neue Droge hieß Clara Dorn, und er war seit Wochen auf Entzug.

»Mir hat gerade eine Frau das Herz gebrochen.« Der Barkeeper stopfte ein Geschirrtuch in ein Wasserglas. »Sie hat mich verlassen, und seitdem fühle ich mich leer.« Erwartungsvoll sah er den Barkeeper an.

»Wissen Sie, ich bin nicht die Art Barkeeper«, sagte der Barkeeper, nachdem er eine Weile geschwiegen hatte.

»Was meinen Sie?« Bislang hatte Sky nicht gewusst, dass es mehr als eine Art gab.

»Sie wissen schon, die sich die Probleme der Gäste anhört und gute Ratschläge gibt.«

Sky war aufrichtig überrascht. Anscheinend hatten sich die Zeiten in mehr als einer Hinsicht geändert.

»Entschuldigen Sie, das habe ich nicht gewusst.« Er drehte sein leeres Glas in den Händen. »Also darf ich mit Ihnen über gar nichts Privates sprechen?«

Der Barkeeper verzog das Gesicht, als hätte er Magenschmerzen. »Ich kann Sie nicht davon abhalten. Aber es wäre mir lieber, wenn Sie es nicht täten. Wissen Sie, das ist nur ein Nebenjob für mich. Eigentlich studiere ich Jura.«

Sky trank noch zwei weitere Whiskeys, dann beschloss er, die Bar zu wechseln. Aber vorher rief er noch Leila D. an. Da er der letzte Mensch auf Erden war, der kein Handy besaß – wenn er gefragt wurde, erfüllte ihn diese Formulierung immer mit einem gewissen Stolz –, musste er ein Callcenter aufsuchen. Schließlich saß er in einer engen roten Telefonkabine und starrte durch die verschmierte Scheibe einer Glastür. Hinter der Kasse saßen die Betreiber des Callcenters und sahen sich auf einem Fernseher an der Wand einen Boxkampf an. Ihren Reaktionen nach zu schließen, verlief er zu ihrer Zufriedenheit. Ab und zu brachen sie in Triumphgeheul aus, stießen die Fäuste in die Luft oder rüttelten sich gegenseitig an den Schultern.

»Sie hat ihr Handy abgestellt.« Sky schirmte die Augen ab, als er spürte, wie ihm die Tränen in die Augen stiegen. Ein mitfühlendes »Hm« drang aus dem Hörer. Er war dankbar, dass Leila sich Zeit für ihn nahm. Seit sie aus der Pornobranche ausgestiegen war, betrieb sie einen florierenden Versandhandel für Erotikartikel und hatte viel um die Ohren.

»Ach was, Liebling. Für dich hab ich immer Zeit. Sie ist also weg.«

Sky schluchzte einmal kurz auf und presste sich die Hand auf den Mund. Dann nahm er sie wieder weg. Er war dafür, dass Männer weinten. Er hatte sogar einmal in einer Talkshow gesessen, in der er sich vehement dafür ausgesprochen hatte, dass Männer ihren Gefühlen Ausdruck verleihen und weinen sollten, wenn ihnen danach war. Im Nachhinein fragte er sich, was wohl das Thema der Sendung gewesen sein mochte. Metrosexualität? Die Fußballweltmeisterschaft? Er wusste es nicht mehr.

Im Hintergrund klingelte Leilas Handy, und sie entschuldigte sich. Kurz darauf hörte er, wie Leila einen Kunden anherrschte: »Hören Sie, wenn Sie das Ding falsch benutzen, kann ich Ihnen auch nicht helfen … Die Anatomie gibt natürliche Grenzen vor … Wenn Sie die ignorieren, ist das nicht mein Problem … Wagen Sie es ja nicht, das Ding zurückzuschicken … Lesen Sie die Gebrauchsanweisung … Da gibt es eine Genieklausel drin, die besagt … Ach, ficken Sie sich doch.« Leila war wieder am Apparat. »Entschuldige, Liebling, ich hör dir zu.«

Leila atmete tief durch, sie klang aufgebracht und ein wenig asthmatisch. Er fragte sich, ob sie immer noch vierzig Zigaretten am Tag rauchte oder ob sie inzwischen, wie er hoffte, vernünftiger lebte. Alles in allem hatten sie eine schöne Zeit gehabt, dachte er, auch wenn sie damals, wie Leila es ausdrückte, noch beide voll auf dem Ego- und Karrieretrip waren. Eigentlich war ihre Beziehung eher ein Publicitygag gewesen. Als sie das erste Mal händchenhaltend auf der Sommerparty eines Privatsenders erschienen waren, hatten das ihre Manager arrangiert. Aber erwiesen sich nicht gerade solche Verbindungen am Ende oft als die haltbarsten?

»Hat sie einen anderen?«

»Großer Gott, Leila!«

»Heißt das nein?«

»Sie ist bei ihrer Tochter. Aber sie will keinen Kontakt.

Sie ruft mich nicht an, und wenn ich anrufe, geht bloß die Mailbox ran.«

»Warum holst du sie nicht zurück?«

»Aber sie hat gesagt, ich soll warten, bis sie sich meldet.«

»Scheiß drauf: Frauen wollen keine Männer, die einfach nach Vorschrift handeln.« Im Hintergrund klingelte erneut das Handy. Leila schnaubte. »Entschuldige, da ist wieder so ein Arschloch.«

Als Sky am nächsten Tag in seinem Porsche saß und ihm der Fahrtwind durchs Haar strich, wusste er, dass er die richtige Entscheidung getroffen hatte. Obwohl es eigentlich schon zu kalt dafür war, fuhr er mit offenem Verdeck. Sein weißer Seidenschal flatterte im Wind. Er hatte sich bewusst für die Landstraße entschieden. Jetzt genoss er die Freiheit der leeren Straßen und die Farben: die sattgrünen Wiesen und bunten Laubbäume, das tiefe Blau der Dämmerung. Dann sah er den Mann am Straßenrand stehen. Er hatte seinen abgewetzten Rucksack neben sich abgestellt und streckte seinen Daumen aus. Die Geste war derart herzzerreißend in ihrer Hoffnungslosigkeit, dass Sky sofort auf die Bremse trat. Heute war kein Tag, um einen Verzweifelten zurückzulassen.

Sky hielt an und kurbelte das Fenster herunter. »Springen Sie rein, Sportsfreund.«

Wie sich herausstellte, hatten sie dieselbe Richtung. Der Tramper war zerzaust, Anfang bis Mitte dreißig, hatte einen Sieben-Tage-Bart und stank ein wenig. Er sagte, er käme gerade von einer langen Reise, dann sagte er nichts mehr. Auf Sky machte er einen niedergeschlagenen Eindruck. Er versuchte es mit ein wenig Smalltalk.

»Und wohin sind Sie jetzt unterwegs? In die Heimat

oder in die Fremde?« Wenn überhaupt sackte der Mann noch ein wenig mehr in sich zusammen.

»In die Heimat«, sagte er tonlos.

Sky schlug aufs Lenkrad und lachte. »Wissen Sie, in gewisser Weise bin ich das auch. Wenn man Heimat als den Ort definiert, wo das Herz wohnt. Ich bin auf dem Weg zu einer Frau. Was für ein wunderbarer Zufall, dass wir uns getroffen haben!«

Sein Beifahrer verzog ein wenig das Gesicht. Sky deutete das als Zustimmung.

»Haben Sie auch jemanden, der auf Sie wartet?«

In dem Moment ruckte es ein wenig, dann stieg Qualm aus der Kühlerhaube auf und schließlich setzte der Motor ganz aus. Sky gelang es gerade noch, den Wagen im Leerlauf an den Straßenrand zu lenken, bevor er endgültig stehen blieb. Nachdem er mehrfach erfolglos versucht hatte, den Wagen neu zu starten, stiegen sie aus. Vor ihnen und hinter ihnen erstreckte sich die Landstraße in öder Endlosigkeit. Es war ein wenig Wind aufgekommen, und in der Ferne hörte man Donnergrollen. Sky klappte die Motorhaube auf. Er runzelte die Stirn und kniff die Augen zusammen, während er den Blick des Trampers im Nacken spürte. Um sich keine Blöße zu geben, starrte er noch eine Weile weiter, bis seine Augen zu tränen begannen.

»Sie haben keine Ahnung, was Sie da machen, oder?« Der Tonfall des Trampers war durchaus taktvoll.

»Ich fahre normalerweise Taxi.« Sky klappte die Motorhaube wieder zu. »Wie sieht's mit Ihnen aus?«

»Fahrrad.« Er zuckte entschuldigend die Achseln.

»Es scheint, als würden sich unsere Talente nicht gerade optimal ergänzen«, gab Sky zu.

»Warum rufen Sie nicht den Abschleppdienst?«

Wie immer freute sich Sky über die Frage. »Ich bin der letzte Mensch auf diesem Planeten, der kein Handy besitzt.« Er gelang ihm nicht ganz, das stolze Lächeln zu unterdrücken, das sich unwillkürlich auf sein Gesicht stahl.

Der Tramper blickte die leere Landstraße entlang. »Na dann, herzlichen Glückwunsch.«

»Haben Sie etwa auch keins?«

»Ich hab's zu Hause gelassen.« Er wurde rot. »Ich hatte Angst, man könnte es orten.«

Sky betrachtete seinen Reisegefährten mit neu erwachtem Interesse. »Sie sind also auf der Flucht. Sind Sie ein gesuchter Krimineller?«

»Nein, nur ein Feigling.«

Die beiden sahen sich an, und in ihren Gesichtern spiegelte sich die Enttäuschung darüber, dass sie nicht das waren, was sie voneinander erhofft hatten.

»Haben Sie Geld?«, fragte der Tramper. »Falls ein Auto vorbeikommt, können wir dem Fahrer Geld anbieten.« Sky lächelte und zog seine schwarze schimmernde Kreditkarte hervor.

»Wow«, sagte der junge Mann. Es klang ein wenig sarkastisch.

»Das ist die Centurion.«

»Die wird Ihnen sicher viel helfen mitten auf der Landstraße.«

Sky schob die Karte beleidigt in seine Tasche zurück. »Und was ist mit Ihnen?«

Der Tramper nahm sein Portemonnaie aus der Hosentasche und warf es ihm zu. Es erinnerte Sky an ein totes, zerfleddertes Tier. Er fasste es mit spitzen Fingern an, stülpte es um. Das Banknotenfach war ebenso leer wie das Münzfach.

»Glauben Sie, wenn ich Geld hätte, stände ich bei Einbruch der Nacht an der Landstraße?«

Plötzlich hellte sich Skys Miene auf. »Vielleicht ist das eine Chance.« Er senkte seine Stimme zu einem Raunen. »Wir sind mitten in der Natur, ohne Geld, nur die freie Straße vor Augen. Zwei Männer. Allein in der Wildnis. Vogelfrei. Der Ruf des Abenteuers.«

»Hat Ihnen schon mal jemand gesagt, dass Sie wie diese Autowerbung klingen?«

Sky winkte ab. »Ich hab nur wenig Fernsehen gemacht. Dafür habe ich viele Jahre für Hugo Boss gearbeitet.«

Schließlich einigten sie sich darauf, dass sie versuchen würden, ein Auto anzuhalten. Auch wenn sich Skys Reisegefährte keine allzu großen Hoffnungen machte. Bevor Sky ihn mitnahm, habe er zwei Stunden gewartet, ohne dass ein einziges Auto vorbeigekommen sei. Und selbst wenn jetzt noch, nach Einbruch der Dunkelheit, jemand vorbeigefahren käme: Wer würde sie mitnehmen? Ein silberhaariges Model im Smoking und einen abgerissenen Rucksacktyp? Sie sahen aus wie der Beginn einer spannenden Geschichte. Einer Geschichte, wie man sie sich gerne im Fernsehen ansah oder in einem Roman las. Aber nichts, in das man gerne verwickelt werden würde. Sky musste ihm recht geben.

»Vielleicht hätten wir bessere Chancen, wenn wir uns trennen. Einer von uns könnte sich in die Büsche schlagen, wenn ein Auto kommt, und dem anderen den Vortritt lassen.«

Der Tramper runzelte die Stirn. »Sie meinen, ich soll das einzige Auto, das hier in einer Stunde vorbeikommt, an mir vorbeiziehen lassen? Und wer, wenn ich fragen darf, kriegt das erste Auto?«

Sky zuckte die Achseln. »Wir werfen eine Münze.«

»Ich dachte, das hätten wir bereits geklärt: Ich habe keine Münze, und Sie haben eine Centurion. Sonst haben wir gar nichts.«

Sky fand seinen gereizten Tonfall weder angebracht noch sonderlich konstruktiv, und das sagte er ihm auch. »Dann spielen wir eben Schere-Stein-Papier.«

»Ich werde hier sicher nicht mitten auf der Landstraße herumstehen und mit einem pensionierten Hugo-Boss-Model Schere-Stein-Papier spielen! Ich komme mir sowieso schon wie das weltgrößte Arschloch vor, ich will mir nicht auch noch wie der weltgrößte Idiot vorkommen.«

Sky zuckte leichthin die Achseln. »Dann laufen wir eben.« Er sog die Luft ein. »Es ist ein schöner Abend.«

In dem Moment fielen die ersten Regentropfen, dick und schwer platzten sie auf dem Asphalt. Der Tramper legte den Kopf in den Nacken und starrte in den dunklen Himmel. Sky, der schon ein Stück vorausgegangen war, drehte sich nach ihm um.

»Was ist, kommen Sie?«, rief er ihm zu. »Hier auf dem Land gibt es sicher jede Menge Heuschober. Zur Not kommen wir da eine Nacht unter.«

14. Zerschlagenes Porzellan

»Bitte, Schätzchen, leg den Hammer weg.«

Clara stand im Türrahmen, die Hände beschwörend erhoben wie ein Polizist in einem Geiseldrama. Katrin fragte sich, ob ihre Mutter an den Leitsatz dachte, den man im Umgang mit Geistesgestörten zu befolgen hatte: dass man weiterreden musste, immer weiterreden, bis der Irre von seinem Vorhaben abließ. Katrin hatte keine Lust zu reden: Sie hatte im Laufe der letzten Stunde zwölf Essteller zertrümmert, zehn Suppentassen und vier Dessertschälchen und war gerade dabei, sich durch die Kuchenteller zu arbeiten. Sie hatte noch eine Menge zu tun.

»Warum machst du denn dein ganzes Geschirr kaputt?« Ihre Mutter sah sie hoffnungsvoll an, als könne es irgendeine naheliegende Erklärung dafür geben, dass ihre Tochter mitten in einem Scherbenhaufen auf ihrem Wohnzimmerteppich kniete.

»Weil ich's nicht brauche«, erwiderte Katrin und ließ den Hammer auf einen zierlichen Porzellanteller niedersausen. Clara zuckte zusammen.

»Das ist doch Unsinn, Schätzchen. Jeder Mensch braucht Geschirr.«

Katrin senkte den Blick. Porzellanscherben in unterschiedlichen Formen und Größen übersäten den Teppich, blaue Blüte auf weißem Grund. Ihre Großmutter hatte ihr das Service zur Hochzeit geschenkt. Eine Art Aussteuer, wie Katrin vermutete. Um die rührende Implikation der Geste ein wenig abzumildern, hatte sie bei der Geschenkübergabe hastig und, wie immer, ein wenig ruppig hinzugefügt: »Ich brauch's nicht mehr. Was soll eine alleinstehende Frau mit dem ganzen Kram?« Katrin musste ihr recht geben: eine Sauciere, tiefe Suppenterrinen, eine Bratenplatte, Eierbecher, Butterdose, Gebäckschalen und drei verschiedene Kännchen für Kaffeesahne. Ein Service, das in einem bürgerlichen Haushalt des neunzehnten Jahrhunderts seine Berechtigung gehabt haben mochte. In einem Haushalt, in dem sich mindestens drei Generationen beim Sonntagsmittagessen um den Tisch drängten und ein halbes Dutzend Kinder in Matrosenanzügen durch den Garten tollte. Katrin aß ihr Morgenmüsli aus einer roten Plastikschüssel und trank ihren Kaffee aus einem Steingutbecher, der mit dem Schriftzug einer Pharmafirma bedruckt war: »Für Rotz- und Regentage«. Katrin ließ den Hammer sinken. Sie führte kein Leben, das auch nur annähernd mit den Maßstäben dieses Geschirrs mithalten konnte.

»Aber was soll denn das bringen?« Die Stimme ihrer Mutter klang hilflos. Langsam ging sie auf sie zu, sorgfältig darauf bedacht, nicht auf die Scherben zu treten. »Erklär es mir.«

Wenn du es bis jetzt nicht kapiert hast, kapierst du's nie, dachte Katrin.

Laut sagte sie: »Ein Gutachter war heute in der Praxis. Er hat überprüft, ob die Hygiene- und Qualitätsstandards eingehalten werden.« Sie tat ihr Bestes, es wie einen überzogenen Akt staatlicher Willkür klingen zu lassen. Tatsächlich war der Gutachter ein schmaler, höflicher Mann mit leiser Stimme gewesen. Taktvoll hatte er sich durch die Räume bewegt und selbst angesichts der schlimmsten Schandflecke kaum mehr als ein verhaltenes »Ah« von sich gegeben, bevor er sich einen schnellen Vermerk in seinen Notizblock machte. Als er den Gebläsetrockner in der Patiententoilette entdeckte, dehnte er das »Ah« ein wenig länger aus, das war aber auch alles.

Das Schlimmste war der wache, aufmerksame Blick, den er durch die Räume schweifen ließ und der immer wieder an Dingen hängen blieb, die Katrin die Schamesröte in die Wangen trieben: der Kotzefleck vor der Rezeption, die rostigen Scharniere der Spaltlampe, der abblätternde Lack am Türrahmen. Als er an den Bildern mit den Augenkrankheiten in Sprechzimmer 2 vorbeikam, sog er hörbar die Luft ein. Mit ehrlichem Interesse beugte er sich über das Refraktometer und tippte es vorsichtig an: »So was hab ich ja schon lange nicht mehr gesehen.« Er wandte sich an Katrin. »Das können Sie glatt einem medizinhistorischen Museum stiften.«

Katrin lächelte höflich als Zeichen, dass sie den Scherz sowohl zur Kenntnis genommen hatte als auch zu würdigen wusste. Yvonne hingegen wurde blass und verbarg ihre zitternden Hände in den Hosentaschen. »Es ist im Moment nicht das Geld da, um neue Geräte anzuschaffen«, sagte sie mit fester Stimme. »Aber das steht ganz klar auf unserer Liste.« Das »unserer« war rührend. Yvonne, sonst eher der Typ für »ich« gegen »euch«, hatte in letzter Zeit beschlossen, dass die Parole von nun an »wir« gegen »die« zu lauten hatte, und Katrin brachte es nicht übers Herz, ihr zu widersprechen. Dieser Mann war keine Marionette des brutalen Raubtierkapitalismus, er hatte lediglich dafür zu sorgen, dass elementare medizinische Standards eingehalten wurden. Aber das bewahrte ihn nicht vor dem gerechten Zorn ihrer jüngsten Sprechstundenhilfe: »So einfach kriegen Sie uns nicht kaputt! Wir werden die Praxis renovieren.« Bestätigung heischend wandte sie sich zuerst an Katrin und dann an Rita. »Wir bringen das alles in Ordnung.« Sie machte eine raumgreifende Geste, die das veraltete Sprechzimmer, die gesprengten Knöpfe an Ritas Kittel, ihre apathische Chefin und möglicherweise auch den Rest der Welt mit einschloss. Der Mann blickte erstaunt von seinem Notizblock auf, als sähe er sie zum ersten Mal. »Ich schreibe nur einen Bericht. Ich habe gar nichts zu entscheiden.« Doch die Art, wie er seinen Notizblock zuklappte, hatte etwas Endgültiges. Yvonne zitterte nun am ganzen Körper.

Katrin hingegen überkam eine seltsame Ruhe. Sie hatte mal einen Artikel von einer Frau gelesen, die einen Flugzeugabsturz überlebt hatte. Die Triebwerke waren ausgefallen, und das Flugzeug segelte im Gleitflug durchs Gebirge: Allen Passagieren war klar, dass sie sterben würden. Man hätte annehmen sollen, dass Panik ausbrechen würde, doch stattdessen herrschte eine beinahe unheimliche Stille in den Kabinen. Das habe daran gelegen, dass niemand Hoffnung gehabt habe, schrieb die Frau. Panik kann nur entstehen, wo Hoffnung ist. Katrin verstand zum ersten Mal, was das bedeutete. Genau das empfand sie im Moment, die bleierne, durchaus angenehme Ruhe absoluter Hoffnungslosigkeit. So ruhig war sie, dass es ihr sogar gelang, ihre Sprechstundenhilfen zu beschwichtigen, nachdem der Beamte gegangen war. Der weinenden Rita drückte sie ein Taschentuch in die Hand. Und als Yvonne ihr Vorwürfe machte und sie anschrie, nahm sie sie in die Arme. Dann sagte sie den beiden jungen Frauen, was sie hören wollten: dass alles nicht so schlimm war, wie es aussah, dass weder die Praxis noch ihre Jobs in Gefahr waren. Sie log mit ruhigem

Gewissen, doch als die beiden endlich aus der Tür waren, fühlte sie sich erschöpfter als je zuvor in ihrem Leben. Vielleicht war das der Grund, warum ihr keine Ausrede mehr einfiel, als Philipp sie bat, mit ihr essen zu gehen.

Philipp holte sie inzwischen jeden Tag von der Praxis ab. Er wartete nach Sprechstundenende vor dem Ausgang und fragte sie, ob sie mit ihm ausgehen wolle. Katrin sagte Nein, und dann begleitete er sie nach Hause. Manchmal lehnte sie entschieden ab, und er blieb schmollend zurück, aber meistens nahm sie seine Gesellschaft hin, einfach weil sie nicht genug Energie aufbrachte, noch einmal Nein zu sagen. Philipp schien zufrieden mit ihrem Arrangement zu sein, und Katrin hatte sich daran gewöhnt. Außerdem stellte er keine Erwartungen an sie. Sie musste nicht freundlich sein, sie musste nicht mal reden. Wenn sie ihn, wie jeden Abend, vor der Tür stehen ließ, war er nicht beleidigt. Doch als Philipp sie heute fragte, zuckte sie bloß die Achseln: »Warum nicht. Gehen wir essen.«

Da bekamen seine Augen einen feuchten Glanz, er schnappte nach Luft, und beim Anblick seiner geraden weißen Zähne dachte sie, dass er das sein musste, der Unterschied zwischen Zufriedenheit und Glück. Sie war sich auf einmal gar nicht sicher, ob sie so viel Glück an einem Abend gewachsen war.

Das San Marco war ein bisschen von allem, Kneipe, Disco, Pizzeria, Eiscafé; es war, als hätte der Besitzer im verzweifelten Versuch, alle in der Kleinstadt vorhandenen Zielgruppen zufriedenzustellen, kurzerhand drei verschiedene Läden in einen gepackt. Die Einrichtung wirkte zusammengewürfelt. Am Tresen reihten sich billige rotgepolsterte Plastikbarhocker, ein glasgerahmtes ›Dirty Dancing‹-Poster hing an der Wand, und die leere

Tanzfläche wurde von orangenfarbenen Resopaltischen gesäumt.

Um diese Uhrzeit aßen nur eine Handvoll Paare im San Marco. Am Tresen saß ein alter Trinker mit glänzendem Haar und ebenso glänzender Lederjacke und trank in langsamen, rhythmischen Schlucken sein Bier. Wie üblich lärmte das Radio. Philipp führte sie an einen Platz am Rand der spiegelnd gebohnerten, nach scharfem Putzmittel riechenden Tanzfläche. Sie setzten sich, und der Moderator im Radio versprach, in der kommenden Stunde nichts als die Superhits der Achtziger und Neunziger zu spielen, redete dann aber erst mal ausgiebig übers Wetter: Schwül würde es werden, was örtlich zu starken Gewittern mit Platzregen und orkanartigen Böen führen konnte. Katrin gähnte unbeeindruckt. Was war schon ein Gewitter? Warum nicht gleich Heuschreckenschwärme, Hagelstürme und Frösche, die vom Himmel regneten?

Philipp schob seine Hand langsam über die Tischplatte, Katrin griff schnell nach der Speisekarte. Sie bestellte einen Weißwein und einen gemischten Salat, Philipp das Menü des Tages. Katrin stieß einen tiefen Seufzer aus, woraufhin ihr der Kellner, der gerade ihre Bestellung notierte, einen seltsamen Blick zuwarf. Er war dunkelhaarig, schlank und immerhin so attraktiv, dass es Katrin auffiel, ohne darauf zu achten.

Das Gute an Philipps Gesellschaft war, dass sie ihr nicht viel abverlangte. Philipp bestritt mühelos den Löwenanteil des Gesprächs, indem er über die neuen Krankheiten sprach, die er an sich entdeckt zu haben glaubte. Er schilderte ihr ausführlich die Symptome, und ab und zu riet sie ein bisschen mit. Es war wie ein Quiz, es störte sie nicht. Sie stocherte in ihrem Salat herum, trank ihren Wein und war selbst überrascht, wie einfach das war. Verstohlen blickte sie sich im Raum um und stellte fest, dass Philipp und sie sich kaum von den Paaren an den anderen Tischen unterschieden. Der Gedanke erleichterte sie.

Katrin hatte noch nie auffallen wollen, nicht mal als Teenager. Wenn sie nicht wusste, was sie tun sollte, orientierte sie sich an den anderen. Ihre Großmutter, der es nicht gleichgültiger hätte sein können, was andere dachten, taten oder sagten, schüttelte darüber den Kopf: »Du bist wirklich ein Herdentier«, sagte sie. »Und wenn alle anderen von einer Klippe springen, springst du dann auch?« Katrin war das unlogisch erschienen. Was immer man gegen den Herdentrieb einwenden mochte: Die Herde rannte selten geschlossen auf die Klippe zu und stürzte sich gemeinschaftlich in den Abgrund. Und auch wenn in einem einzelnen Schafshirn nicht allzu viel los sein mochte, musste doch die Kapazität mehrerer Schafshirne ausreichen, um die Herausforderungen eines durchschnittlichen Schafslebens zu bewältigen.

Bei Menschen war es letztlich genauso. Wer der Masse folgte, ging nicht für vierzig Tage in die Wüste, nahm experimentelle Drogen oder studierte Assyriologie. Nein, man suchte sich einen soliden Job, heiratete einen netten Mann, zog in ein hübsches Haus und zahlte seine Steuern. Wenn man sich verhielt wie alle anderen, musste man sich nicht anstarren, verurteilen oder bemitleiden lassen. Man wurde für die Welt unsichtbar; spätestens nachdem ihre Mutter die Familie verlassen hatte, erschien Katrin das nicht als die schlechteste Option.

Ein Summen riss Katrin in die Gegenwart zurück. Es war Philipps stummgeschaltetes Handy, das vibrierend auf der Tischplatte lag. Er wurde rot.

»Geh ruhig ran«, sagte Katrin. »Und grüß Tante Tine von mir.« Philipp nickte knapp, dann stand er auf und entfernte sich ein paar Schritte vom Tisch. »Ja, es läuft sehr gut«, hörte sie ihn in den Hörer flüstern, bevor er in Richtung Herrentoilette verschwand. Katrin nahm einen großen Schluck aus ihrem Weinglas, dann einen weiteren Schluck, bis das Glas fast leer war. Der Kellner trat an ihren Tisch.

»Ich brauche nichts«, sagte sie.

»Warum gehen Sie dann nicht einfach?«

Sie hob die Augenbraue. »Das ist aber nicht gerade gastfreundlich.«

»Das habe ich nicht gemeint. Sie sitzen hier schon den ganzen Abend, und es ist offensichtlich, dass Sie nicht hier sein wollen. Warum gehen Sie also nicht einfach? Sie sind ein freier Mensch.«

Die Erkenntnis breitete sich mit bitterer Langsamkeit in ihr aus. Katrin sah in die dunklen, freundlich blickenden Augen und schüttelte den Kopf.

»Ich bin vieles, aber ganz sicher kein freier Mensch.«

»Es ist nie zu spät, um einer zu werden.«

»Sie sind Kellner, oder?« Es war nicht sarkastisch gemeint. Katrin wollte sich nur vergewissern, doch plötzlich erinnerte sie sich an ihn: Vor knapp einem Jahr hatte sie mit Marleen einmal hier zu Mittag gegessen. Er hatte sie zweimal gefragt, wie ihr die Linguini geschmeckt hätten, und dann etwas Positives über ihre Augen gesagt oder ihre Bluse oder vielleicht auch über etwas ganz anderes. Jedenfalls hatte es ausgereicht, dass sie Marleen gebeten hatte, in Zukunft lieber in die Metzgerei zu gehen. Marleen hatte geschimpft: »Das ist diese verdammte westfälische Verklemmtheit. Jemand flirtet mit dir, und du benimmst dich, als hätte man dir Oralsex angeboten.«

Katrin schämte sich, blieb aber standhaft. Sie konnte es nun mal nicht ändern: Essen und Flirten gingen bei ihr nicht zusammen. In der ersten Verliebtheitsphase mit Joachim war sie fast verhungert.

»Wie heißen Sie?«, fragte Katrin, hauptsächlich weil ihr nicht einfiel, was sie sonst sagen sollte.

»Silvio.« Er lächelte sie an. Glücklicherweise kehrte in diesem Moment Philipp zurück, der Silvio sofort misstrauisch beäugte.

»Was wollte er?«, fragte er, sobald der Kellner ihnen den Rücken zugewandt hatte.

»Fragen, ob dir das Essen nicht bekommen ist. Du warst ziemlich lange auf der Toilette.« Katrin staunte selbst, wie leicht ihr mittlerweile das Lügen fiel.

»Das war Tante Tine. Sie wollte nur wissen …«

»Wie es läuft?«

Philipp nickte.

»Sag ihr, alles bestens. Und liebe Grüße.« Sie nahm ihre Jacke von der Stuhllehne.

»Du willst doch nicht schon gehen?« Philipp sah sie aufrichtig entsetzt an.

»Doch.«

Der ruhige, vernünftige Klang ihrer eigenen Stimme bestärkte sie. Sie war ein freier Mensch. Vielleicht wurde es wahr, wenn sie es sich oft genug sagte.

»Ich bin ein freier Mensch«, sagte sie und schlüpfte in ihre Jacke. Da spürte sie plötzlich einen Luftzug im Gesicht; er roch nicht nach Freiheit, sondern nach Aftershave und Männerschweiß. Im nächsten Moment platzte ein verschwitztes Männerrudel ins San Marco. Sie erkannte die Stimmen, bevor sie die Gesichter sah. Joachims Fußballverein.

Einer der Männer hatte sich aus der Gruppe gelöst und

blieb mit schlaff herunterhängenden Armen auf der Tanzfläche stehen. Katrins Herz sank. Es war Joachims Freund Paul, und das nervöse Zucken seines Oberlides verriet, dass er sie auch gesehen hatte. Weder er noch seine Frau hatten sich seit Joachims Verschwinden bei ihr gemeldet.

Katrin musste an die Wii denken, die sie Pauls Sohn zur Erstkommunion geschenkt hatten. Joachim hatte einen Zwanzig-Euro-Schein für ausreichend gehalten, doch sie hatte darauf bestanden. Paul und Eva seien schließlich gute Freunde. Dabei stimmte das nicht mal. Paul war ein guter Freund von Joachim, Eva und Katrin verband lediglich ihr gegenseitiges Desinteresse an ihrer Gesellschaft.

Paul schaute zwar in ihre Richtung, fixierte jedoch einen Punkt hinter Katrin an der Wand. Ich habe deinem Sohn eine Wii zur Erstkommunion geschenkt, dachte Katrin, und du weißt nicht, auf wessen Seite du stehst? Kein Anruf, kein Wort, und das nach Jahren öder Pärchentreffen? Was hätte sie an diesen Samstagabenden nicht alles erledigen können? Wahrscheinlich hätte sie ein Heilmittel gegen den Krebs entdeckt!

Die Fußballfreunde verteilten sich auf einige Tische am Fenster, nur Paul rührte sich nicht. Mit weit aufgerissenen Augen blickte er zu ihr wie einer, der seinen Blick von einem sich gerade vollziehenden Autounfall nicht abwenden kann. Und plötzlich begriff Katrin, was er sah: Er sah Philipp, Kerzen, Weingläser, und in seinem schlichten Gemüt setzten sich die Puzzleteile allmählich zusammen. Zorn stieg in ihr hoch: Joachim war abgehauen, aber sie war das Luder?

Sie sah Paul fest in die Augen, der schreckstarr zurückstierte. Dann beugte sie sich zu Philipp hinunter und nahm sein Gesicht in die Hände. Philipp zuckte ein wenig zusammen, in einer Mischung aus Schock und Erwartung. Katrin schloss die Augen, und als ihre Lippen auf Philipps trafen, stellte sie sich Pauls entsetztes Gesicht vor.

»Und dann bist du nach Hause gekommen und hast dein Geschirr zerschlagen?« Ihre Mutter hatte es sich mittlerweile, so gut es ging, auf dem Boden bequem gemacht, indem sie ihren Mantel zusammengerollt und unter ihren Po geschoben hatte. Die weißen Scherben bildeten einen Wall um sie und Katrin herum.

Katrin schüttelte den Kopf. Nachdem sie nach Hause gekommen war, hatte sie direkt ins Bett gehen wollen. Sie hatte im Badezimmer gestanden und sich die Zähne geputzt. Lange hatte sie ihr ruhiges Gesicht im Spiegel betrachtet. Irgendwann war ihr aufgefallen, dass der Wasserhahn tropfte. Sie drehte an den Griffen, aber es half nichts. Während sie auf der Toilette saß, sich die Zehennägel schnitt und sogar Stunden später, als sie sich schlaflos im Bett wälzte, hörte sie das Tropfen. Sie drückte sich ein Kissen aufs Gesicht, doch es half nichts. Schließlich stand sie auf und ging nach unten. Sie wollte eine Zange nehmen und die Sache in Ordnung bringen.

»Und dann habe ich das hier gefunden.« Katrin klappte den Werkzeugkoffer auf, und dort, zwischen Dübeln und Schraubenschlüsseln, lag ein bunt eingewickelter Schokoladenhase. Clara blickte verständnislos vom Hasen zu Katrin.

»Joachim hat an dem Tag, bevor er mich verlassen hat, Ostereier für mich versteckt.« Katrin zuckte die Achseln. »Ich dachte, ich hätte inzwischen alle gefunden. Aber wahrscheinlich finde ich die Dinger noch, wenn ich siebzig bin.«

Ihre Mutter streckte den Arm aus, und einen bangen Moment lang dachte Katrin, sie wolle sie umarmen, doch stattdessen hob sie den Hammer auf und wog sein Gewicht in der Hand. »Du warst bei den Kuchentellern, nicht wahr?«

15. Lichter

Man konnte zwar nicht behaupten, dass die Menge sich teilte, als Clara mit der Appeltarte in der Hand über den Kirchplatz schritt, aber sie hatte definitiv alle Aufmerksamkeit. Obwohl sich die Frauen des Heiligen Herzens an ihren Ständen beschäftigt gaben, lag eine sirrende Spannung in der Luft. Hilde hatte Clara den Rücken zugewandt und arrangierte Kakteen auf einem Holzbrett. Clara musste sich zweimal räuspern, bevor sie sich zu ihr umdrehte.

»Wo kann ich meinen Kuchen hinstellen?«, fragte Clara.

Hildes Blick glitt zufrieden über den puderzuckerbestreuten Kuchen in Claras Hand. An manchen Stellen, wo der Zucker ein bisschen spärlicher gestreut war, schimmerte die verkohlte Oberfläche durch.

»Oh, der passt überallhin.« Hilde machte eine weit ausholende, gleichzeitig wegwerfende Handbewegung. »Vielleicht bittest du Elisabeth Große-Suttrup, dir ein Eckchen bei den Strickwaren freizuräumen.« Sie lächelte. »Mehr hast du wohl nicht geschafft?«

»Doch.«

Wäre es nach Claras Vorstellungen gegangen, wäre dies das Stichwort für den Auftritt ihrer persönlichen Helferarmee gewesen. Im Gleichschritt wären sie über den Marktplatz marschiert, jeder eine Kuchenplatte in der Hand. Die Helfer hätten weiße Uniformen mit

Bäckermützen getragen. Auf ein Signal hin wären sie ruckartig stehen geblieben, um – wiederum in perfekter Synchronizität – die Hauben von den Kuchenplatten zu lupfen. Clara hatte versucht, Therese und Lissi die Idee schmackhaft zu machen, doch Lissi hatte nur gejammert. Sie wisse nicht, wo sie jetzt noch dreißig Uniformen herbekommen solle, außerdem habe sie nur sieben Enkelkinder und Loreley habe die Grippe, also sechs. Therese fand, Clara solle die Kirche im Dorf lassen. Also rollte nur ein klappriger Volvo auf den Platz, vier Enkel sprangen heraus, rissen den Kofferraum auf – und im nächsten Moment überschwemmte eine Welle Kapetscher Tüchtigkeit den Marktplatz: Im Nu wurden Holztische aufgestellt, zusammengeschoben und mit weißen Leinentüchern bedeckt. Dann wurden die Kuchen auf Porzellanplatten arrangiert.

Die Wirkung war, wie Clara zugeben musste, mehr als zufriedenstellend. Die Frauen des Heiligen Herzens liefen von allen Seiten herbei. Zwar wagte in Gegenwart der Vorsitzenden keine, ihrer Bewunderung allzu enthusiastisch Ausdruck zu verleihen, doch die Blicke der Damen sprachen Bände. Hilde wiederum wurde blass. Sie schüttelte mehrmals hintereinander den Kopf, als versuche sie einen besonders hartnäckigen, unerfreulichen Gedanken abzuschütteln. Kurz sah es so aus, als wolle sie etwas sagen, doch dann drehte sie Claras Kuchenstand den Rücken zu und widmete sich wieder ihren Kakteen.

Um sie herum wuchs das Stadtfest Stück für Stück zusammen: Ein Pommes- und Würstchenwagen rollte in die Mitte des Marktplatzes, und Sekunden später hing die übliche Fettwolke über den Köpfen. Es gab einen Bierstand, eine Bude mit bunter Zuckerwatte und eine

Ballonwand. Und an einem Spielstand konnte man Haushaltsgegenstände aus Seerosen angeln. Auf einer Tribüne quälte sich eine verloren wirkende Gruppe pickeliger Schüler durch den Soundcheck.

Doch letztlich drehte sich alles um den Kuchenstand, fand Clara. Eine ihrer Helferinnen, Enkelin Nummer drei, die Marketing studierte, hielt Lissi, Therese und Clara einen langen Vortrag darüber, wie wichtig es sei, »excitement« zu generieren, um »demand« für ihr Produkt zu erzeugen. Um diesen Prozess zu unterstützen, führte sie zusammen mit ein paar Freundinnen eine Art rhythmischer Sportgymnastik vor dem Stand auf. Clara hatte ein bisschen Angst, sie könnte die Leute verscheuchen, doch als sie eine zaghafte Andeutung in diese Richtung machte, verbot ihr Lissi den Mund. Bei ihren Enkelkindern verstand sie keinen Spaß. Außerdem war der Stand von Anfang an ein Erfolg. Therese, Lissi und Clara hatten Mühe, den Käuferansturm zu bewältigen. Nach einer Stunde legten sie ihre Jacken ab, dann ihre Halstücher, Clara vergaß über der Arbeit das Rauchen, und gegen Mittag, als die Sonne schon hoch am Himmel stand, war bereits die Hälfte der Kuchen verkauft.

Auch Katrin kam vorbei. Sie gab vor, rein zufällig hier zu sein, und nickte ihrer Mutter knapp zu. Selbst Clara wusste nicht recht, was sie sagen sollte. Dafür war ihre letzte Begegnung zu seltsam gewesen. Clara konnte nicht behaupten, dass das Zertrümmern der »Blauen Blüte« ihr großes Vergnügen bereitet hatte. Während die Porzellansplitter durch die Luft flogen, waren Eurozeichen vor ihrem geistigen Auge vorbeigezogen. Zumal ihr spontan mindestens drei Kunden in ihrer Kartei einfielen, die ihr das Service aus den Händen gerissen hätten. Aber so war das nun mal mit symbolischen Handlungen, dachte Clara, sie durften so hirnverbrannt sein, wie sie wollten, es kam auf die Botschaft an, auch wenn sie sich nicht hundertprozentig sicher war, wie die lautete. In jedem Fall sah Katrin heute viel besser aus als gestern, fand Clara. An dem Kleid, das sie trug, rot mit weißen Punkten, irgendeinem flatterigen No-Name-Produkt aus dem Sommerschlussverkauf, konnte es nicht liegen. Aber Katrin bewegte sich ein wenig leichter darin, sogar mit einer gewissen Anmut. Lissi, die gerade einen Papierbeutel mit Pralinen füllte, legte die silberne Gebäckzange nieder.

»Meine Güte, Katrin, wie hübsch du aussiehst.«

Katrin zuckte die Achseln und schaute zu Boden. Mit einem Mal hatte sie verblüffende Ähnlichkeit mit der Zehnjährigen, die sich immer auf dem Dachboden versteckt hatte, wenn Fremde zu Besuch kamen, dachte Clara. Lissi zeigte auf den Stand. Die meisten Kuchen wiesen bereits deutliche Lücken auf; bei einigen fehlte sogar schon mehr als die Hälfte. »Wir werden ganz schön gestürmt.«

Lächelnd wandte sich Therese an Katrin. »Deine Mutter macht keine halben Sachen.« Katrin nickte und verzog das Gesicht ein wenig, doch es wirkte eher ironisch als bitter. Sie zeigte auf die Pralinen. »Kann ich eine haben?«

»Das kommt drauf an«, sagte Lissi und runzelte die Stirn. »Musst du heute noch fahren?«

Alles in allem war Clara zufrieden mit sich: Der Kuchenstand war ein voller Erfolg, und das Zerschlagen der »Blauen Blüte« hatte offenbar auch seinen Zweck erfüllt. Katrin wirkte so ausgeglichen wie schon lange nicht mehr. Im nächsten Moment befiel sie ein schlechtes Gewissen: Sie hatte lediglich ein paar Tassen zertrümmert. Nichts, was sie als Mutter des Jahres empfahl. Wenn schon so eine Kleinigkeit eine derart positive Wirkung hatte, was wäre dann erst, wenn sie etwas wirklich Konstruktives für ihre Tochter täte?

Sie wagte einen Versuch. »Wir sollten mal zusammen Kleider kaufen gehen.«

Sofort wurde Katrins Gesicht düster und misstrauisch: »Ich bin keine dieser Frauen, die sich ein neues Kleid kaufen oder zum Friseur rennen, sobald sie in eine Lebenskrise geraten.«

»Du siehst sehr hübsch aus«, schaltete sich Lissi ein. »Alle Männer drehen sich nach dir um.«

»Welche Männer?« Katrin blickte sich suchend um.

»Philipp Hegemann«, erwiderte Lissi triumphierend.

Anscheinend hatte der Dorffunk keine Zeit verloren. Katrin lachte. »Keine Chance. Attraktive Männer reden mit mir am liebsten über ihre Verdauungsstörungen.«

Was soll diese ewige Schwarzseherei, dachte Clara. Eine so negative Einstellung musste doch äußerst kontraproduktiv sein, was das eigene Selbstbewusstsein anging. »Red keinen Unsinn. Du musst bloß pfeifen, und schon kommen die attraktiven Männer angerannt.«

»Ach ja?« Katrin steckte sich vier Finger in den Mund und stieß einen gellenden Pfiff aus, der Clara zusammenzucken ließ.

»Na, wo sind die attraktiven Männer?«, fragte Katrin.

»Überall.« Claras Geste schloss in ihrer Vagheit den gesamten Marktplatz ein: Väter mit Kinderwägen, pickelige Teenager und alte Männer mit Rollatoren. Zugegeben, die demografische Entwicklung machte ihr hier einen Strich durch die Rechnung. Wo waren nur die jungen, gutaussehenden Männer geblieben? Die konnten doch nicht alle von den Großstädten verschluckt worden sein. Clara kniff die Augen zusammen. Und dann entdeckte sie doch noch ein ansehnliches Exemplar: groß, dunkelhaarig, sexy! Er stand an Elisabeth Große-Suttrups Strickstand und hielt gedankenverloren einen gehäkelten Untersetzer in die Höhe, während die alte Dame lebhaft auf ihn einredete.

»Was ist denn mit dem da?«, fragte Clara.

»Zeig nicht mit dem Finger auf ihn«, zischte Katrin. Doch der junge Mann hatte sie schon bemerkt. Ein Lächeln breitete sich auf seinem Gesicht aus, als er Katrin sah. Er ließ den Untersetzer sinken – sehr zur Enttäuschung von Elisabeth Große-Suttrup – und kam direkt auf sie zu. Na bitte, dachte Clara befriedigt, so einfach ist das heutzutage.

»Schön, Sie zu sehen«, sagte der junge Mann, sobald er sie erreicht hatte.

»Was machen Sie denn hier?« Katrin klang nicht erfreut.

Er zuckte die Achseln. »Es ist Stadtfest. Alle sind hier.«

Wie sich herausstellte, kannte Katrin den jungen Mann bereits: Er war Kellner, hieß Silvio und arbeitete in der Pizzeria am Ort. Doch Clara wollte mehr wissen: »Angestellt oder Familienbetrieb?«

»Angestellt.«

»Konfession?«

Katrin war knallrot geworden. »Das geht dich gar nichts an.«

»Römisch-katholisch«, antwortete Silvio.

Der Kellner schien ihr die Ausfragerei nicht übelzunehmen. Er lachte nur und sagte, Katrin habe Ähnlichkeit mit ihrer Mutter. Damit hatte er auf einen Schlag beide Frauen gegen sich aufgebracht. Das war schon sehr im Wühltisch der Plattitüden gekramt, fand Clara. Oder meinte er das etwa ernst?

Clara hatte nie darüber nachgedacht, ob Katrin und sie sich ähnlich sahen. Die Beweislage schien zu eindeutig: Die klare, hohe Stirn, der offene Blick aus blauen, ein wenig zu eng zusammenstehenden Augen – ganz ihr Exmann. Ebenso das Geradlinige, der Hang zu Schwarzseherei und Einzelgängertum. Alles in weicheren Konturen gezeichnet als bei Katrins Vater. Seiner übermäßigen Sensibilität setzte ihre Tochter Disziplin entgegen und eine gewisse trotzige Weltverachtung. Hatte sie die von ihrer Mutter? Clara beschloss, sich später darüber Gedanken zu machen, und setzte erst mal ihr Verhör fort: verheiratet, schwul, pervers, vorbestraft? Das Ganze begann ihr allmählich Spaß zu machen.

»Mama.« Katrin schlug die Hände vors Gesicht. Doch der Kellner lachte nur: »Soll ich für Sie auch noch in einen Becher pinkeln?«

Schlagfertig, fand Clara, wenn auch ein wenig vulgär. Alles sprach dafür, dass man sich mit diesem Mann amüsieren konnte. »Das wird nicht nötig sein«, sagte sie großzügig. »Meinetwegen dürfen Sie meine Tochter jetzt heiraten.«

»Schön, dass du so wählerisch bist, was mein Lebensglück angeht«, sagte Katrin.

Aber am Ende ging sie doch mit ihm fort, auch wenn es wahrscheinlich nur war, um ihrer Mutter zu entfliehen. Sie gingen zwar nicht Hand in Hand, aber immerhin redeten sie miteinander und schlenderten auf die Tribüne zu, wo die Band, angeführt von Dirk Dinkskötter, gerade eine ziemlich schiefe Version von ›I heard it through the grapevine‹ zu Gehör brachte.

»Beneidenswert.« Ein bisschen wehmütig blieb Thereses Blick an dem jungen Paar hängen, während sie gleichzeitig ein Bündel Scheine unter das Münzfach der Geldkassette schob.

»Was soll daran beneidenswert sein?«, fragte Clara.

»Jung zu sein.«

»Sie ist siebenunddreißig. So jung ist sie nun auch wieder nicht.«

Therese schüttelte den Kopf. »Ich meine, es muss schön sein, noch ein paar Möglichkeiten zu haben. Ich rede ja gar nicht davon, *alle* Möglichkeiten zu haben. Aber ein paar wären schon nett.«

»Ich möchte nicht mehr jung sein«, sagte Clara, und zu ihrer Überraschung merkte sie, dass es ihr ernst war. Vielleicht hatte es etwas mit dem Hochgefühl dieses Tages zu tun, mit dem perfekt ausgeleuchteten goldenen Herbsttag, der Sonne, die warm auf ihre Haut schien, und dem Gefühl des Triumphs. Dieses Gefühl bekam in der folgenden Stunde noch mehr Nahrung. Zuerst gratulierte ihr der Pfarrer, dem zu Ohren gekommen war, dass Clara den Basar gerettet hatte. Dreißig Kuchen in einer Nacht! Dann verwies er sie an eine Vertreterin der Lokalpresse, ein dickes, unförmiges Mädchen mit Flipflops und gelangweiltem Gesichtsausdruck. Ihr solle sie diese »tolle Story« doch erzählen, meinte der Pfarrer.

Das Mädchen nickte stoisch. Doch Clara fühlte, wie ihre Handflächen vor Aufregung schwitzig wurden und ihr Herz schneller schlug. Daran hatte sie gar nicht gedacht. Ungeahnte Möglichkeiten taten sich auf! Zwar konnte das Mädchen vom Kleinstadtblatt, was Geist, Aussehen und Esprit betraf, nicht mit ihrer Fantasiejournalistin mithalten, aber dafür besaß sie den nicht von der Hand zu weisenden Vorzug, dass sie real war und ihre Artikel tatsächlich gedruckt wurden. Zwar nur im Lokalblatt. Aber von regional war es nur ein kleiner Sprung zu überregional.

Zugegeben, bis dahin war es noch ein hartes Stück Arbeit. Das Mädchen hatte wahrscheinlich noch nicht mal einen Schulabschluss, und ob sie je einen haben würde, stand in den Sternen. Die Fragen, die sie in leierndem Tonfall von ihrem Stichwortzettel ablas, betrafen vor allem das Ehrenamt. Sie wollte wissen, ob es »schwer« sei, sich um die Alten und Kranken zu kümmern. Als Clara verneinte, fragte sie, ob es denn Spaß mache. Während sie auf Claras Antwort wartete, wanderte ihr Blick sehnsüchtig zum bereits ziemlich reduzierten Kuchenbestand. Clara beschloss, das Gespräch in eine ergiebigere Richtung zu lenken, und holte aus: Sie habe sich ihr Leben lang immer die Frage gestellt, was sie der Welt zurückgeben könne. Lange Zeit sei sie ziel- und richtungssuchend gewesen. Eine Zweiflerin. Camus, Sartre! Nach der Abkehr von ihren katholischen Wurzeln dann die spirituelle Suche. Indien! Ashram! Sex! Drogen! Askese! Sie habe nichts ausgelassen und sei doch richtungslos geblieben. Und dann, in ihrem siebzigsten Lebensjahr, habe sie noch einmal die Bibel zur Hand genommen. An dieser Stelle machte Clara eine Kunstpause: Darin habe sie alle Antworten gefunden. Da habe sie ihr Leben geändert.

Wenn das kein Journalistenfutter war, dachte Clara. Doch tatsächlich schien sie ihre Interviewerin in erster Linie aus dem Konzept gebracht zu haben. Verdattert blickte sie zu Clara und wieder auf ihren Zettel. »Aber macht es denn Spaß?«, wiederholte sie zögerlich. Vor lauter Angst, Clara könne weitersprechen, fuhr sie direkt fort: »Und sollten nicht viel mehr Menschen sich« – kurzer vergewissernder Blick auf den Zettel – »in einem Ehrenamt engagieren? Und sind es nicht vor allem die

Alten, denen wir viel zu verdanken haben?« Es klang wie ein Besinnungsaufsatz für die dritte Klasse.

Clara verscheuchte ihre Worte mit einer ungeduldigen Handbewegung: »Dieser Job ist nicht für jeden, sondern für die, die sich berufen fühlen. Sie brauchen eine Gabe!« Das Mädchen schwieg eingeschüchtert, und Clara wusste, dass sie das Gespräch nun schnell auf die Zielgerade befördern musste. »Manche sagen, ich hätte dem Club in der kurzen Zeit, die ich hier bin, meinen Stempel aufgedrückt«, fuhr sie fort. »Haben Sie sich übrigens notiert, dass ich Ehrenmitglied bin? Aber natürlich kann ich nicht wirklich behaupten, Wunder vollbracht zu haben.«

Endlich glomm so etwas wie ein winziger Funken journalistischer Neugier in den trüben Augen des Mädchens auf. »Ein Wunder? Was für ein Wunder?«

Das gab Clara Gelegenheit, über Herrn Fitz zu sprechen, den Lahmen, den sie zum Gehen gebracht hatte. Es war nicht leicht, die ständig schwankende, von Außenreizen bedrohte Aufmerksamkeit des Mädchens an sich zu fesseln, doch Clara tat ihr Bestes: »Es geht dabei nicht um mich als Einzelperson«, fasste sie zusammen. »Ich betrachte mich als Werkzeug.«

»Hä?«

Clara gratulierte sich im Stillen wieder einmal zum Abbruch ihres Lehramtsstudiums. Die Lehrer heutzutage waren wirklich nicht zu beneiden. »Ich meine«, erklärte sie mit, wie sie fand, grenzenloser Geduld, »dass manche Aufgaben zu groß sind, um sie allein zu bewältigen.« Vielsagend richtete sie ihren Blick gen Himmel. Die Journalistin, die sehen wollte, was sie sah, legte den Kopf ebenfalls in den Nacken. Gemeinsam starrten sie eine Weile ins leere Blau.

»Sie meinen Gott?«, fragte die Journalistin schließlich.

»Ja.« Clara hatte Mühe, einen spitzen Tonfall zu unterdrücken. »Ich bin Mitglied eines katholischen Wohltätigkeitsvereins. Gott spielt bei uns eine gewisse Rolle.«

»Und Gott hilft Ihnen bei Ihrem Ehrenamt?« Es war nicht ironisch gemeint, sie wollte eindeutig nur sichergehen, dass sie alles richtig verstanden hatte.

»Ja, deswegen ›Werkzeug‹.«

»Okay. Verstehe. Weil er's ja nicht selber machen kann.«

»Ganz genau.«

Die Journalistin notierte es.

Am Ende hatten sie die Geschichte so einigermaßen im Kasten, hoffte Clara. Und selbst wenn nicht, war es die Sache wert. Allein zu sehen, wie Hilde hinter ihrem Kakteenstand grün wurde vor Neid und Übelwollen, während der Pfarrer und Clara sich fotografieren ließen, genügte. Bitterkeit troff aus Hildes Blick und schreckte die wenigen Kakteenenthusiasten ab, die sich an ihren Stand verirrten. Hilde hat wahrscheinlich keinen Cent verdient, dachte Clara befriedigt, als sie das dicke Bündel Banknoten aus der Geldkassette nahm und glattstrich. Der Pfarrer verabschiedete sich. Das Stück Stachelbeerbaiserkuchen, das ihm Lissi als Wegzehrung anbot, lehnte er ab. »Zu viel Säure«, sagte er und verzog das Gesicht, um die Pein anzudeuten, die die Stachelbeeren seinem Magen verursachen würden. Er dankte ihnen allen noch mal für ihr Engagement und ermahnte Clara, sich nicht zu verausgaben. Nach allem, was sie heute geleistet hatte. Clara nickte bescheiden. »Erst die ganze Nacht backen, dann der Besuchsdienst und jetzt noch das hier. Nicht dass Sie uns umkippen.«

Clara hörte auf zu nicken und wurde blass. Sie hatte ihren Besuchsdienst bei Frau Lange vergessen.

»Wie geht es Frau Lange eigentlich?«, erkundigte sich der Pfarrer.

Clara wurde heiß und kalt. Wie dumm! Da war sie gerade dabei, sich einen Namen in der Stadt zu machen, und dann so ein Patzer. Aber stopp: Ceylan war heute nicht da, und der Pflegedienst verließ das Haus eine Viertelstunde, bevor sie kam. Niemand wusste, ob sie da gewesen war oder nicht, am wenigsten Frau Lange, die eine buddhistische Einstellung zur Zeit hatte und im Übrigen sowieso alle Leute aus ihrem Umfeld verwechselte. Mal miteinander, mal mit Haushaltsgegenständen. Wer weiß, vielleicht hatte ein Staubsauger heute Claras Rolle zu ihrer völligen Zufriedenheit ausgefüllt.

»Ich hab gehört, sie kann manchmal schwierig sein«, sagte der Pfarrer.

»Sie ist ein Engel«, antwortete Clara. »Ein absoluter Engel.«

Das schien den Pfarrer zufriedenzustellen. Trotzdem fühlte sich jeder Muskel in Claras Körper verspannt an, nachdem er gegangen war. Langsam ließ sie ihren Kopf kreisen, und in ihrem Nacken knackte es.

»Mir tut der Rücken weh.«

»Mir auch«, sagte Therese.

Nur Lissi schüttelte den Kopf. »Aquagymnastik«, setzte sie beinahe entschuldigend hinzu. »Wirkt Wunder. Ich fühle mich fitter als mit siebzehn. Solltet ihr auch mal probieren.«

»Bist du eigentlich in deiner Kindheit in einen großen, klebrigen Bottich voller Honig und Sonnenschein gefallen?«, fragte Clara. Allmählich machte es sich bemerkbar, dass sie seit vierundzwanzig Stunden auf den Beinen war. »Dieses lange Stehen ist nichts. Lasst uns hier abhauen.« Der große Ansturm war ohnehin vorbei, ab und zu kamen noch einzelne Käufer, aber die Intervalle wurden länger. Die Kuchenzeit war von der Bierzeit abgelöst worden. Lissi fand, sie müssten vorher Hilde fragen, woraufhin Clara sie ziemlich grob anfuhr. Sie brauche Hildes Erlaubnis nicht, um sich von der Truppe zu entfernen. Besten Dank.

Clara schirmte die Augen gegen die tiefstehende Sonne ab. Auf dem Platz vor der Bühne tanzten ein paar Leute. Die Band spielte ein langsames Lied, und sie sah eine hübsche junge Frau, die die Arme um den Hals ihres Tanzpartners geschlungen hatte. Vielleicht war es ihre Tochter, ganz sicher war sich Clara nicht. Die Bühne war zu weit weg, außerdem hatte sie ihre Brille zu Hause vergessen. Die Frau warf ihren Kopf in den Nacken, und in der Sonne leuchtete ihr Haar rötlich auf. Clara hörte Katrins Lachen. Oder bildete sie sich das nur ein? Claras Augen wurden feucht, und sie schüttelte über sich selbst den Kopf: Was war nur heute mit ihr los? Sie schwamm ja förmlich in Sentimentalität.

In diesem Moment stieß ihr Therese warnend den Ellbogen in die Seite. Hilde hatte ihren Kakteenstand verlassen und kam direkt auf sie zu. Lissi blickte hinter sich, als suche sie einen Fluchtweg. Clara gähnte. Sie nahm die letzte Praline vom Teller und steckte sie sich in den Mund. Erst breitete sich der Rum warm in ihrer Kehle aus, dann in ihrem Magen. Clara fiel ein, dass sie heute noch nichts gegessen hatte. Als Hilde auf sie zutrat, umspielte ein Lächeln ihre Lippen, das tatsächlich ein wenig erschreckend war.

»Ein großer Erfolg.« Mit einer ruckartigen Bewegung ihres Kinns wies Hilde auf den fast leeren Stand.

»Ja.« Therese nickte. »Wir haben nur noch Reste.« Sie redete noch ein wenig weiter, erzählte, welche Kuchen besonders beliebt gewesen seien und welche sich als Ladenhüter erwiesen hatten, und machte freundlich Konversation, doch als sie merkte, dass Hildes Blick allein auf Clara gerichtet war, verstummte sie.

»Ich wollte dir danken«, sagte Hilde. »Für deine Hilfe.«

Therese und Lissi sogen scharf die Luft ein.

»Im Ernst, Clara. Ich weiß, wir sind beide nicht immer die besten Freundinnen gewesen.«

Therese unterdrückte einen Hustenanfall. Doch Hilde sprach schon weiter: »Ich hatte meine Zweifel, als du dem Verein beigetreten bist. Aber dein Engagement ist vorbildlich. In der Altenpflege, jetzt beim Basar.«

Clara musterte sie scharf. War das vielleicht ein Trick? Wusste sie, dass Clara gar nicht bei Frau Lange gewesen war, und wollte sie vorführen? Andererseits wirkte Hilde ernstlich zerknirscht und sie war, wie Clara aus alten Schulaufführungen wusste, eine miserable Schauspielerin.

»Vielleicht habe ich mich in dir getäuscht«, fuhr Hilde fort. »Jedenfalls möchte ich das Kriegsbeil gern begraben.«

Ja, dachte Clara, ich auch. Am liebsten zwischen deinen Augen.

Hilde lächelte. »Ihr habt die ganze Zeit gearbeitet. Lasst uns das Zusammenräumen übernehmen. Als kleines Dankeschön. Gerda und ich machen das gern.«

Gerda, die Hildes Platz am Kakteenstand eingenommen hatte, seufzte. Ihre Familie hatte zusammengelegt und ihr ein neues, hochsensibles Siebentausend-Euro-Hörgerät gekauft. Es war auf der Höhe der technischen Entwicklung und brachte ihr dennoch nichts als Kummer, filterte es doch nur die schlechtesten Nachrichten aus dem Äther.

»Das ist sehr nett von euch«, erwiderte Therese schnell. Clara gähnte. »Ja, sehr nett.«

»Zeichen und Wunder.« Therese blickte der Vorsitzenden verwirrt nach.

Clara blinzelte in die Sonne und gähnte noch einmal herzhaft. »Hauptsache, wir können abhauen.«

Das Stadtfest war in vollem Gange, als die Frauen sich ihren Weg über den überfüllten Marktplatz bahnten. Die Menschen scharten sich um die Buden wie Ameisen um einen Klecks Marmelade. Clara schubste, schob, drängte, keilte, aber es war nur aus Gewohnheit, es machte ihr keinen Spaß. Dafür war sie zu müde. Dennoch lief sie rasch und zielstrebig, ohne darauf zu achten, ob die anderen beiden ihr folgten. Denn sie hatte noch etwas zu erledigen. Und wenn sie ihr Tempo nur ein wenig drosselte, bestand die Gefahr, dass sie es sich anders überlegte. Allmählich wurden die Menschen weniger und die Straßen leerer. Schließlich bogen sie ins Arbeiterviertel ein.

»Was willst du denn hier?«, fragte Therese erstaunt. »Du warst doch heute schon bei Frau Lange.«

Clara überquerte die Straße und blieb vor der Backsteinmauer stehen, die das verwilderte Grundstück von Maries Elternhaus einzäunte.

»Hier hat doch früher Marie gewohnt«, sagte Lissi. »Gehört ihr das Haus noch?«

Clara zuckte die Achseln. »Keine Ahnung, vielleicht hat sie es auch ihrem Sohn überschrieben.«

»Sprecht ihr nicht miteinander?«

»In letzter Zeit nicht.«

»Seit Marie in Uganda ist?«

»Schon vorher nicht.«

»Keine Sorge.« Lissi wirkte ehrlich betroffen. »Das renkt sich schon wieder ein.«

Clara hörte gar nicht hin. Sie war zu sehr damit beschäftigt, die Mauer nach Trittlöchern abzusuchen. Wenn sie sich auf die Zehenspitzen stellte, fand sie mit der Hand an der oberen Kante Halt. Aber sie hatte nicht genug Kraft im Arm, um sich hochzuziehen.

»Lissi, mach mal Räuberleiter.«

Therese runzelte bedenkenvoll die Stirn, doch Lissi war sofort Feuer und Flamme. »Was hast du denn vor?«, fragte sie, war aber zu ungeduldig, um die Antwort abzuwarten. Vor gespannter Erwartung kicherte sie so sehr, dass sie Claras Fuß nur einen schwankenden Halt bot. Schließlich legte Therese die Hände unter Claras Hintern und schob; eine Minute später saß Clara schwer atmend auf der Mauer und schaute in den dunklen Garten. Das Haus sah in der Dunkelheit zumindest unverändert aus, nur das Gras wucherte wild. Einen Moment lang spürte Clara einen dumpfen Schmerz in der Brust, es verschlug ihr den Atem, und dann saß auch schon Therese neben ihr. Sie schwang die Beine auf die andere Seite und sprang. Von unten war ein dumpfer Aufprall zu hören. Clara folgte ihr. Sie spürte den Schmerz zuerst in den Knöcheln, dann schoss er ihr die Beine hoch. Kurz darauf plumpste Lissi neben ihnen ins Gras. Stöhnend rieb sich Clara das Steißbein: »Wie hast du denn das geschafft? Ohne Hilfe?«

»Kletterkurs. Ich bin wie eine Fliege.« Lissi kicherte immer noch. »Was machen wir hier eigentlich?«

Clara wusste, dass sich Lissi mit jeder Erklärung zufriedengeben würde. Bedauerlicherweise hatte sie gar keine anzubieten, nur das sichere Gefühl: Wenn sie heute nicht die Kraft dazu fand, hierherzukommen, dann vielleicht nie. Sie setzten sich um den Stumpf des abgeholzten Kirschbaums herum. Mit Marie hatte sie oft nachts unter dem Baum gesessen. Wenn Marie mal wieder Hausarrest hatte. Das Schlafzimmer ihrer Eltern lag zur anderen Seite hinaus, und die Blätter boten Sichtschutz. Manchmal saßen sie nachts stundenlang hier und rauchten.

»Maries Eltern waren wohl sehr streng«, sagte Therese.

Neben Maries Vater war Attila der Hunne ein umgänglicher Kerl, dachte Clara, sagte es aber nicht. Eine Weile saßen die drei Frauen schweigend da, während am Himmel Lichter in allen Farben zuckten: Grün, Blau, Rot, Orange, Gelb. Die Lichter der Kreis-Disco, erklärte Therese.

»Ich hätte jetzt gerne eine Zigarette«, sagte Lissi plötzlich.

Therese sah sie erstaunt an. »Du rauchst doch gar nicht.« Aber Lissi beharrte auf ihrem Wunsch. Clara kramte in ihrer Handtasche und fand schließlich ihr Zigarettenpäckchen. Es war leer. Bis auf einen riesigen Joint.

»Das ist aber eine große Zigarette«, sagte Lissi ehrfürchtig.

Therese nahm Clara das Päckchen aus der Hand. »Woher hast du denn den Joint?«

Aus dem Müll, hätte die ehrliche Antwort gelautet. Clara hatte ihn zwischen Werbebriefumschlägen und Schmierpapieren gefunden und angenommen, dass Katrin ihn weggeworfen hatte. Das war noch in der Phase gewesen, in der die Kommunikation zwischen ihr und ihrer Tochter nur sehr eingeschränkt funktioniert hatte. Zwar hatte sie die Frage in den Raum gestellt: »Warum liegt da ein Joint im Altpapier?« Doch Katrin war kommentarlos aus dem Zimmer gegangen. Da hatte Clara ihn eben an sich genommen. Sie war zwar keine regelmäßige Kifferin, aber ein perfekt gedrehter Joint gehörte nicht in den Müll. Clara zählte sich noch immer zur Nachkriegsgeneration.

»Der gehört meiner Tochter«, antwortete Clara wahrheitsgemäß.

»Katrin nimmt Drogen?« Lissi sah sie mit großen Augen an.

»Nur gelegentlich. Zur Entspannung.«

»Dann will ich jetzt auch einen Joint rauchen«, sagte Lissi. Clara suchte nach ihrem Feuerzeug. In der Handtasche fand sie es nicht, und ihre Jacke hatte sie am Stand vergessen: Glücklicherweise hatte Therese, wie immer, ihre Streichhölzer für die Friedhofskerzen dabei.

Um die Lagerfeuerstimmung komplett zu machen, ließen sie den Joint herumgehen. Therese nahm den Filter nur zwischen die Lippen, aber es war offensichtlich, dass sie nicht zog. »Wenn du beim Blasen die gleiche Herangehensweise hattest, dann gute Nacht«, sagte Clara. Lissi kicherte bereits, bevor sie den ersten Zug genommen hatte, und durchlief im Folgenden alle Höhen und Tiefen eines Junkielebens: Erst sah sie Farben, dann erklärte sie, ihr habe sich eine neue Dimension der Wirklichkeit erschlossen, dann wurde ihr schlecht und sie meinte, erste Entzugserscheinungen an sich festzustellen, woraufhin sie einen Riesenschrecken bekam und gelobte, für immer die Finger von den Drogen zu lassen. Sie erwog sogar, das Thema in einem Kurzvortrag bei den Frauen des Heiligen Herzens zur Sprache zu bringen. Therese riet ab. Ihrer Meinung nach war das Risiko, dass ein Mitglied der Frauen des Heiligen Herzens im Drogensumpf versank, überschaubar. Lissi war anderer Ansicht. »Es geht durch alle Schichten«, sagte sie ernst. Dann gähnte sie herzhaft und ließ den Kopf auf Thereses Schulter sinken. An diesem Punkt fand Therese, dass es Zeit zum Aufbruch war.

Stöhnend und steifgliedrig erhoben sich Lissi und Therese aus dem Gras. Clara blieb sitzen.

»Kommst du nicht mit?«, erkundigte sich Therese überrascht.

Doch im Grunde war es Clara ganz recht, dass die Freundinnen gingen, denn sie wollte noch etwas allein sein. »Bist du dir sicher?«, fragte Lissi. »Es ist ganz schön kühl.« Sie zog ihre Jacke aus und legte sie Clara um die Schultern. »Ich wohne ja gleich um die Ecke. Nicht dass du eine Blasenentzündung bekommst.«

Plötzlich fiel Clara der Spitzname wieder ein, den sie Lissi in der Schulzeit gegeben hatten. Pissi Lissi hatten sie sie genannt. Clara lachte auf, voll heller, unkomplizierter Freude darüber, dass ihr der Name wieder eingefallen war. »Warte ab.« Lissi schüttelte warnend den Kopf. »Wenn du eine Blasenentzündung hast, lachst du nicht mehr.«

Clara verstummte. Warum waren wir nur so, dachte sie. Was sollte das alles, diese ständigen Lästereien gegen alles und jeden? War das von ihr ausgegangen oder von Marie? Über die Jahre ließ sich das schon nicht mehr sagen. Wir gegen die, hatte die Parole gelautet. Dieses »wir«, schon damals oft hart erkämpft, war ihr als die einzige Lösung erschienen. Clara hatte sich gern vorgestellt, dass sie und Marie wie Soldaten waren, die nebeneinander im Schützengraben ausharrten und den Angriffen einer feindlichen Welt trotzten. Aber was war das für ein Bild, das Marie zur Soldatin erklärte und die Welt zum Feind?

Im Hintergrund hörte sie Schimpfen und Stöhnen, als die beiden Frauen sich gegenseitig über die Mauer halfen. Clara legte sich ins Gras zurück und starrte in den Himmel, der erst grün schimmerte, dann blau, dann violett.

16. Propaganda

Schon bevor sie die Augen aufschlug, wusste Katrin, dass irgendetwas anders war als sonst. Langsam drehte sie den Kopf zur Seite und schaute direkt in Silvios Nasenlöcher, in denen die Härchen im sanften Luftstrom vibrierten. Sie blickte an sich selbst hinab, ängstlich wie jemand, der nach langer Bewusstlosigkeit in einem Krankenhaus aufwacht und sich vergewissern will, dass alle Glieder noch unversehrt sind. Die Bettdecke war ein wenig verrutscht, und auf ihrem Bauch lag eine große schwarzbehaarte Männerhand.

Mit angehaltenem Atem hob Katrin die Hand hoch und legte sie vorsichtig neben ihren Besitzer zurück. Die Hand sah auf ihrem weißen Bettlaken seltsam aus. Sie passte nicht in ihr Bett, vor allem aber passte sie nicht in Katrins Selbstbild.

Sie war die Augenärztin am Ort, solide, verlässlich und seit zehn Jahren verheiratet. In ihrer Freizeit las sie englische Romane aus dem neunzehnten Jahrhundert und sah sich Fußballspiele an. Außereheliche Eskapaden, insbesondere One-Night-Stands mit behaarten Fremden, gehörten nicht in ihr Profil. Katrin fragte sich, ob die letzte Nacht ihrer Persönlichkeit eine zusätzliche Dimension hinzugefügt oder sie gar dauerhaft verändert hatte. Vielleicht war sie ja zu einer anderen Frau geworden, mit neuen Aversionen und Vorlieben, die sie selbst noch nicht kannte. Vielleicht würde sie als Nächstes aus dem Bett springen, eine Schrotflinte aus dem Schrank holen und Tauben vom Dach schießen. Oder eine Bank ausrauben. Die Fülle der Möglichkeiten machte Katrin schwindelig.

In Zeitlupentempo rutschte sie zur Seite, weg von dem warmen, gleichmäßig atmenden Körper neben ihr. Sie schaute auf die Uhr. Schon zehn. Sie schwang ihre Beine über den Bettrand und wollte gerade aufstehen, da umschlangen sie kräftige Arme von hinten und zogen sie ins Bett zurück. Im nächsten Moment spürte Katrin warme, feuchte Lippen an ihrem Ohr, dann eine Zunge, und sie fragte sich, wie es so weit hatte kommen können. Nicht im faktischen Sinne, die Stationen, die zu dieser Nacht geführt hatten, ließen sich rekonstruieren: Sie erinnerte sich an den in weiches Nachmittagslicht getauchten Marktplatz, an Musik und an einen langsamen Tanz. Sie erinnerte sich an ein rot gefülltes Glas, an dem sie ein paarmal genippt hatte, und an das Zerplatzen bunter Ballons. Natürlich erinnerte sie sich auch an die endlose Küsserei vor der Haustür. An das klickende Geräusch, als der Schlüssel, mit dem sie nach dem Schloss stocherte, immer wieder abglitt. Die Chronologie der Ereignisse war ihr bekannt, doch sie wusste nicht, wie sie zusammenhingen und was sie bedeuteten.

»Na?«, flüsterte Silvio.

»Na«, sagte Katrin, um Zeit zu gewinnen. Sie wusste nicht, wer der Mann in ihrem Bett war, noch schlimmer, sie wusste nicht, wer sie selbst war, und das machte das »Na« in seiner ganzen semantischen Begrenztheit sehr verlockend. Zumindest hatte bislang noch keiner von ihnen etwas Unehrliches, Peinliches oder Herzzerbrechendes gesagt. Sie hatte allerdings das Gefühl, dass es nicht lange so bleiben konnte.

Prüfend blickte sie in Silvios Gesicht, auf der Suche nach irgendeinem Abglanz der Befangenheit oder Verwirrung, die sie selbst empfand. Doch da war nichts außer Honig und Sonnenschein. Silvio kuschelte, lächelte, pustete ihr ins Ohr und küsste ihren Nacken. Es war unbegreiflich, jedenfalls für Katrin. Gestern hatte ihr Silvio noch von der zermürbenden, schmerzhaften Trennung erzählt, die hinter ihm lag. Seine Exfrau lebte mittlerweile in Italien, zusammen mit ihrem gemeinsamen Sohn, den er so gut wie nie sah. Warum heulten sie einander nicht die Ohren voll, überboten sich mit wehleidigen Erzählungen aus ihrem schrecklichen Leben oder empfahlen einander effektive Antidepressiva? Katrin machte sich los.

»Entschuldige, ich muss kurz.«

Ja, was musste sie kurz? Auf die Toilette? Zum Joggen? Auf eine Auktion? »Zur Arbeit«, sagte sie triumphierend. »Ich bin nämlich Ärztin.« Silvio nickte, wirkte jedoch nicht sonderlich beeindruckt, denn das wusste er schon. Aber Katrin hatte sich diese Tatsache vor allem selbst ins Gedächtnis rufen wollen; der Gedanke gab ihr immerhin genug Kraft, um aus dem Bett zu steigen. In dem Moment, als die Bettdecke von ihrem Körper glitt, wusste sie, dass sie einen Fehler gemacht hatte. Katrin zeigte sich nicht gerne nackt. Der letzte Mann, der sie nackt gesehen hatte, war ihr Gynäkologe gewesen, ein griesgrämiger Junggeselle, und selbst dem war ihre Verklemmtheit irgendwann zu viel geworden: »Glauben Sie mir«, hatte er sie angeherrscht. »Sind Sie erst mal eine Weile im Beruf, sehen alle Brüste gleich aus.« In dem Bewusstsein, die Wahl zwischen zwei üblen Optionen zu haben, kreuzte Katrin die Arme vor der Brust und ging langsam rückwärts.

»Ich muss in die Praxis«, sagte sie, ohne Silvio aus den Augen zu lassen.

»Es ist Sonntag.« Er sah sie mit milder Nachsicht an, wie ein Kind, das er bei einer offensichtlichen Lüge ertappt hat.

»Ich habe Notdienst.« Katrin tat ihr Bestes, Bilder menschlichen Leids vor ihrem geistigen Auge heraufzubeschwören: Abszesse, klaffende Fleischwunden, offene Beine. Zwar war sie nicht diese Art Ärztin – die Art, bei der es um Leben um Tod ging –, aber das wusste Silvio wahrscheinlich nicht.

»Trockene Augen, meinst du?«, fragte er.

»Das Auge ist ein hochempfindliches Organ«, sagte Katrin und knallte polternd gegen die Kommode. Sie rieb sich das Steißbein. Anscheinend waren Rückwärtsgehen und Reden in Kombination an diesem Morgen zu viel für sie. »Ich mache so was normalerweise nicht.« Sie stieß einen Stuhl um. Zumindest hatte sie ihre Sachen wiedergefunden. Ihr rot-weiß gepunktetes Kleid und ihre Strumpfhose lagen zerknittert auf dem Boden. Sie konnte sie aufheben und zum Umziehen mit ins Bad nehmen, statt lange im Kleiderschrank zu wühlen.

Silvio hatte sich im Bett aufgerichtet und musterte sie mit geübtem Problemanalyseblick.

»Ich glaube, du solltest entweder stehen bleiben oder zumindest nicht rückwärtslaufen.«

Katrin nickte, richtete den Stuhl wieder auf und setzte sich. »Das ist alles ein bisschen viel. Ich bin seit zehn Jahren verheiratet.«

»Mit Joachim.«

Katrin blickte erstaunt auf. Sie konnte sich nicht erinnern, wann sie diese Information weitergegeben hatte und warum.

»So ist es«, sagte sie.

»Aber Joachim ist nicht hier.«

Silvio beugte sich über den Bettrand und schaute unter dem Bett nach, um seinem Argument Gewicht zu verleihen.

»Vielleicht versteckt er sich ja im Schrank«, bemerkte sie spitz. Und mit einem Mal wusste sie, dass ihr diese Lösung am liebsten wäre. Nicht unbedingt einen Ehemann im Schrank zu haben und auch nicht notwendigerweise Joachim, einfach irgendeinen Ehemann, der wutschnaubend ins Zimmer gestürmt kam und für klare Verhältnisse sorgte. Er würde den fremden Mann aus ihrem Schlafzimmer vertreiben und dieser nervenaufreibenden Sache ein Ende setzen. Und auch sie würde wieder wissen, was zu tun war, weil es für Situationen wie diese Standardverhaltensweisen gab, auf die man zurückgreifen konnte. Silvio würde in Panik aus dem Bett springen, seine Jeans vom Boden reißen und versuchen, sie im Laufen anzuziehen. Dabei würde er sich verheddern und hüpfend die Treppe hinunterstolpern, während ihr Mann die Verfolgung aufnahm. Sie selbst würde auf diesem Stuhl sitzen bleiben, endlich allein, das Gesicht in den Händen vergraben. Vielleicht weil sie weinte. Vor lauter Erleichterung darüber, dass nun endlich Ruhe war.

»Was ist denn los?«

Silvios Stimme klang sanft und einfühlsam und zugleich vollkommen ratlos, als müsse sich in den zirka drei Stunden zwischen Sex und Aufwachen etwas ereignet haben, das ihren aufgewühlten Zustand erklärte. Eine überfahrene Katze, ein Knoten in der Brust, etwas in der Art.

»Das fühlt sich falsch an.« Sie rang nach Worten, mürbe und erschöpft. »Ich habe in den letzten dreizehn Jahren nur mit einem einzigen Mann geschlafen. Und den größten Teil der Zeit war ich mit ihm verheiratet. Eigentlich finde ich, man sollte überhaupt nur miteinander schlafen, wenn man verheiratet ist. Alles andere verursacht doch bloß Chaos.«

Sie wusste, dass ihre Worte keinerlei Sinn ergaben, und doch nickte Silvio verständnisvoll.

»Weißt du«, erwiderte er, »auf dem Papier bin ich noch verheiratet. Und du ja auch.« Er lächelte breit. »Siehst du, alles in bester Ordnung.«

Er stieß die Decke von sich und stand auf. Völlig ungerührt von seiner Nacktheit trat er ans Fenster und blickte in den leeren Sommermorgen hinaus. »Weißt du eigentlich, dass vor deinem Haus ein Mann parkt und dich mit dem Fernglas beobachtet?«

»Das ist bloß Philipp.«

»Philipp?«, fragte er, schien aber keine weitere Erklärung von ihr zu erwarten. Er streckte sich, gähnte, streckte sich noch mal. Dann hob er seine Jeans vom Boden auf. »Ich geh jetzt kurz nach Hause. Später komme ich wieder und koch was für uns.«

»Das geht nicht«, sagte Katrin schnell.

»Warum nicht?«

Das Telefon klingelte, was ungewöhnlich war. Am Sonntag um diese Zeit rief sie sonst nie jemand an. Katrin wartete darauf, dass der Anrufbeantworter ansprang.

»Geh doch ran«, sagte er.

»Ich will aber nicht in deiner Gegenwart telefonieren.«

»Das stört mich nicht.«

»Du störst mich! Ich brauche meine Privatsphäre, Herrgott noch mal.«

»Vielleicht solltest du das mal dem Typen mit dem Fernglas sagen.«

Eins zu null, dachte Katrin und antwortete: »Das ist etwas völlig anderes. Philipp und ich kennen uns schon unser ganzes Leben lang! Wir waren sozusagen schon als Kinder ein Paar.« So funktioniert Propaganda, dachte Katrin, man konnte sich jahrelang dagegen wehren, aber irgendwann tat sie doch ihre Wirkung. Sie seufzte. »Ich meine, nur weil wir miteinander geschlafen haben, heißt das doch nicht … Ich meine, ich mag dich wirklich. Aber das ist doch jetzt nichts Ernstes zwischen uns.« Sie lachte nervös. Vom Anrufbeantworter war ein Piepen zu hören.

Silvio schlüpfte in seine Jeans und schlenderte auf sie zu. Dicht vor ihr blieb er stehen und klopfte ihr auf die Schulter. »Du redest wie ein italienischer Macho«, sagte er und ging aus dem Zimmer.

17. Die Heilige Mutter Gottes beim Glascontainer

Clara wusste, dass etwas nicht stimmte, als sie den Spatz auf sich zuhüpfen sah. Er hatte den Kopf schräg gelegt und schaute sie aus schwarzen, glänzenden Augen an. Im nächsten Moment spürte Clara das nasse Gras unter sich und hörte eine derbe Männerstimme sagen: »Meinst du, sie ist tot?«

»Nein«, erwiderte eine jung klingende Frauenstimme deutlich sanfter, »du siehst doch, dass sie die Augen aufhat.«

Clara hob den Kopf. Neben dem abgeholzten Stamm des Kirschbaums sah sie zwei Füße in ausgetretenen Männersandalen. Tennissocken quollen aus den Zwischenräumen der Lederriemen hervor.

»Guten Morgen.« Die junge Frau lächelte Clara herzlich an.

»Entschuldigen Sie. Ich habe mich wohl verlaufen.«

»In welchen Garten wollten Sie denn?« Der Mann musterte sie mit kritisch zusammengekniffenen Augen. »Sind Sie über die Mauer geklettert?«

»Das spielt doch keine Rolle.« Die Frau verdrehte die Augen und lächelte Clara an, wie um zu sagen: Männer.

»Ich wusste nicht, dass das Haus bewohnt ist«, verteidigte sich Clara.

»Sie müssen uns nichts erklären.« Die Frau tätschelte

ihr beschwichtigend das Handgelenk. Ihr Mann runzelte die Stirn. Anscheinend sah er das ein wenig anders, und Clara konnte es ihm nicht verdenken.

»Haben Sie Hunger?«, fragte die Frau. »Wollen wir vielleicht zusammen frühstücken?« Allmählich begriff Clara das ruppige Auftreten des Mannes. Mit einer Frau an der Seite, die Einbrecher zum Frühstück einlud, musste man sich eine harte Schale zulegen. Clara versuchte, Fakten aufzulisten, die sie in ein günstigeres Licht rückten – ihr Engagement bei den Frauen des Heiligen Herzens, der Kirchenbasar, schmeichelhafte Porträts in der Lokalpresse –, doch egal, was sie sagte, die Frau nickte nur und lächelte sie voller Wärme an, und plötzlich erkannte Clara das Lächeln: Man reservierte es für Personen, bei denen man sich sicher war, dass sie unwiderruflich durchs soziale Netz gefallen waren.

»Sie können jederzeit in unserem Garten schlafen, wenn Sie keine Bleibe finden«, sagte die Frau. »Aber ich mache mir Sorgen um Sie. Die Nächte sind in letzter Zeit ganz schön frisch. Eine Freundin von mir arbeitet beim Sozialamt. Soll ich Ihnen mal ihre Nummer geben?«

»Vielen Dank.« Clara zog ihren übergroßen bonbonfarbenen Mantel enger und wischte sich etwas Erde vom Kinn. »Ich muss wirklich los.« Sie warf einen demonstrativen Blick auf die Uhr, wie jemand mit einer Menge unaufschiebbarer Termine. »Ich bin Geschäftsfrau, müssen Sie wissen. Zeit ist Geld. Tick-Tack.« Clara sprang auf und rannte auf die Mauer zu.

»Wollen Sie vielleicht unsere Haustür benutzen?«, hörte sie die Stimme der Frau von hinten.

Als das Feuerwehrauto an Clara vorbeifuhr, dachte sie sich noch nichts dabei. Doch dann sah sie die Polizeiwagen am Straßenrand. Nachbarn, teilweise noch in Pyjama und Morgenmantel, scharten sich in plaudernden Grüppchen auf dem Bürgersteig. Clara schnupperte. Ein schwacher Rauchgeruch lag in der Luft. Dann entdeckte sie Hilde. Sie stand vor dem Hauseingang von Frau Lange und redete auf einen Polizisten ein, der sich ab und zu Notizen machte. Eine Haarsträhne hatte sich aus ihrer Marmorfrisur gelöst, ihre Wangen waren gerötet, ihre Augen blitzten, und Clara dachte, dass sie Hilde noch nie so glücklich gesehen hatte.

Es hätte wesentlich schlimmer ausgehen können, meinte der Polizist, der Clara später befragte. Frau Lange hatte schon im Bett gelegen, als das Geschirrtuch Feuer fing. Die hölzerne Arbeitsplatte war angekokelt, und wenn das Feuer auf den Stapel Zeitungen übergegriffen hätte, der neben dem Küchentisch auf dem Boden lag, wäre die alte Dame vermutlich in ihrem Bett verbrannt. Glücklicherweise hatte Hilde Kühn den Rauch gesehen, der aus dem gekippten Küchenfenster quoll, als sie auf ihrem Heimweg an den Altenwohnungen vorbeikam. Sie könne wirklich dankbar sein, so eine gewissenhafte Vorsitzende zu haben. Letztlich sei es ja noch mal gut ausgegangen, sagte der Polizist, aber – er hob mahnend den Zeigefinger – bei einer zündelnden Seniorin ein Feuerzeug liegen zu lassen sei schon grob fahrlässig. Er hielt ihr ein silbernes Benzinfeuerzeug unter die Nase, das Clara nur allzu bekannt vorkam. »Kennen Sie das? Die Putzfrau meinte, es gehört Ihnen.«

»Das ist völlig unmöglich«, sagte Clara zum gefühlt tausendsten Mal. Obwohl kaum zwei Stunden verstrichen waren, hatte Hilde es irgendwie geschafft, eine Notsitzung der Frauen des Heiligen Herzens einzuberufen.

Und aus Gründen, die sich nur mit der perversen Inszenierungslust der Vorsitzenden erklären ließen, musste Clara am Podium stehen, während die Frauen des Heiligen Herzens und der Pfarrer im Halbkreis um sie herumsaßen. Wie am Pranger! Alle benahmen sich völlig hysterisch, fand Clara, und überboten sich mit übertriebenen Was-wäre-gewesen-wenn-Szenarien. Hilde keifte sicher schon zwanzig Minuten lang. »Dein Feuerzeug lag auf dem Küchentisch. Wegen dir wäre die arme Frau Lange beinahe verbrannt.« Sie wandte sich an den Pfarrer. »Ich stimme für einen Ausschluss.«

Was für eine Überraschung, dachte Clara. Sie blickte auf den blankpolierten Holztisch, auf dem sonst das Büfett aufgebaut war. Niemand hatte Zeit gefunden, Kuchen zu backen. Dafür hing ein starker, würziger Geruch in der Luft, und in zahlreichen Tassen glänzte es schwarz. Typisch, dachte Clara, an dem Tag, an dem sie mich rausschmeißen, führen sie den Kaffee wieder ein.

»Nun mal langsam.« Der Pfarrer saß zusammengekrümmt auf seinem Stuhl. Eine flauschige rote Wärmflasche lag auf seinem Bauch. »Das Feuerzeug auf dem Küchentisch zu vergessen war gewiss ein großer Fehler, aber …«

»Diese Frau bringt alle Leute ins Grab, die sie betreut«, unterbrach Hilde ihn. »Sie ist die weibliche Ausgabe des Sensenmanns.«

»Ich hab mein Feuerzeug nicht liegen lassen«, wiederholte Clara.

»Und das sollen wir dir glauben?«

»Abends hattest du es jedenfalls nicht mehr.« Lissi wurde rot. Wahrscheinlich weil ihr eingefallen war, wozu sie das Feuerzeug gestern gebraucht hätten. Danke, dass du mir in den Rücken fällst, morste Clara ihr mit den Augen; ein Teil ihrer Botschaft musste angekommen sein, denn Lissi senkte schuldbewusst den Blick, offenbar noch immer mit ihrer Drogenvergangenheit hadernd. Doch der Schaden war angerichtet, das spürte Clara. Nach Lissis Einwand glaubte ihr keiner mehr. Wo sie hinsah, Zweifel in den Gesichtern. So fühlte sich das also an, dachte Clara, wenn man zu Unrecht beschuldigt wird. Bislang hatte sie immer angenommen, es müsse ein edles, erhebendes Gefühl sein, doch tatsächlich war es verblüffend unangenehm. Es erzeugte eine Spannung in ihr, die ihr auf Herz und Magen schlug. Mit jeder Minute nahm der Druck zu, und die Versuchung wurde größer, die Wahrheit zu sagen. Aber das ging nicht. Ein Feuerzeug bei einer dementen Pyromanin liegen zu lassen war dämlich, aber gerade deswegen verzeihbar. Einen Schützling im Stich zu lassen hingegen war ein Ausschlussgrund. Nicht gerade berauschende Optionen. Clara saß in der Falle, und Hildes schadenfrohem Gesichtsausdruck nach zu schließen, wusste sie es auch.

»Vielleicht habe ich das Feuerzeug doch vergessen.«

Ein überraschtes Raunen ging durch die Runde.

»Ich war so durcheinander. An jenem Tag ist etwas Seltsames geschehen. Ich war in einem besonderen Zustand.«

Clara sah, wie Lissi und Therese einen schnellen Blick tauschten. Sollte ein einziger Ausrutscher ihre mühsam aufgebaute Reputation zerstören? Nein, das durfte nicht passieren. »Ich hatte eine Erscheinung.«

»Was für eine Erscheinung?« Hilde war zu verblüfft, um den üblichen Hohn über ihre Worte zu träufeln.

»Eine übersinnliche.«

Clara atmete tief durch. Sie war Clara Dorn, Ehrenmitglied der Frauen des Heiligen Herzens. Mühsam und aus vielen Einzelteilen hatte sie sich diese Identität aufgebaut. Sie war jemand, den man respektierte; zu dem man aufsah; jedenfalls niemand, den man nach seinem Tod in einem Erdloch verscharrte.

»Sie meinen ein Erweckungserlebnis?« Der Pfarrer klang, als versuche er, noch im Sprechen die größtmögliche Distanz zwischen sich und seine Worte zu legen.

»Ich habe Lichter gesehen. Farben.« Clara stockte. »Und es roch nach ...«

»Weihrauch«, flüsterte Ulrike König. Clara wusste nicht viel über Ulrike, abgesehen davon, dass sie einmal im Jahr nach Lourdes pilgerte und einen Mittelfingerknochen vom heiligen Stephanus besaß, den sie ständig in einem Marmeladenglas mit sich herumtrug. Doch heute war Clara dankbar für jede Unterstützung.

»Genau. Weihrauch. Und dann habe ich diese Frau gesehen.«

»Was für eine Frau?«, fragte Ulrike.

Clara dachte an den Morgen im Garten. »Sie war jung, hübsch. Wirklich sehr nett.« Es geschah nicht häufig, aber manchmal machten Clara ihre eigenen Einfälle Angst. Andererseits: Was sollte ihr schon passieren? Diese Frauen waren Katholikinnen. Sie glaubten, dass Leute übers Wasser wandelten und ohne Sex schwanger wurden. Sie würden ihr glauben.

»Was soll der Quatsch?« Hilde schnaubte.

»Wer war sie denn?« Vor Erregung war Ulrike an den äußersten Rand ihres Stuhls gerutscht. Clara dachte an die Frau von heute Morgen, an ihr junges, lächelndes Gesicht. Doch plötzlich schob sich das Gesicht einer anderen, älteren Frau davor, weißhäutig und ernst, ein Ausdruck trauriger Ironie in den Augen.

»Marie«, sagte Clara. Sie räusperte sich. »Ich meine, es war Maria.«

»Die Heilige Mutter Gottes?« Mit seinem Blick flehte der Pfarrer Clara an, ihre Worte zurückzunehmen, doch Clara nickte langsam.

»Wo?«, fragte Elisabeth Große-Suttrup, die immer einen Sinn fürs Praktische hatte. »Wo hast du sie gesehen?«

»Malmedystraße. Ecke Theresiengrund.«

»Am Penny-Markt?«

»Nicht direkt am Penny-Markt.« Clara überlegte. Vor dem Penny-Markt standen immer mindestens ein halbes Dutzend Penner mit Plastiktüten, und auch wenn es auf poetische Weise ein passendes Setting für einen Auftritt der Heiligen Mutter Gottes gewesen wäre, gab es dort eindeutig zu viele Augenzeugen.

»Eigentlich hinterm Supermarkt«, sagte Clara entschlossen. »Beim Glascontainer.«

Der Pfarrer presste sich beide Hände auf den Bauch und starrte zu Boden. Clara wandte sich an Therese, doch die schüttelte nur stumm den Kopf. Hoffnungsvoll blickte Clara zu Lissi. Aber deren Gesicht war leer und abweisend. Mist, dachte Clara. Wenn nicht mal Lissi ihr glaubte, steckte sie in Schwierigkeiten.

Wie sich herausstellte, sah die Mehrzahl der Frauen des Heiligen Herzens Claras mystisches Erlebnis eher kritisch, was in einem Club, dessen Name sich von der Heiligen Jungfrau ableitete, schon ein starkes Stück war, wie Clara fand. Grob teilte sich der Club in zwei Lager: Die eine Hälfte der Frauen hielt Clara für eine schamlose Lügnerin und forderte ihren Rausschmiss, die andere, gemäßigtere Gruppe war sich einig, dass sie vermutlich den Verstand verloren hatte. Und dann gab es da noch eine winzige Splittergruppe, genau genommen bestand sie nur aus einer Person, die Clara glaubte: Gut, Ulrike König glaubte auch, dass Elfen in ihrem Vorgarten lebten und dass ihre Schwiegertochter ein Muttermal in Form eines Pentagramms auf dem Rücken hatte; in einer Krise war sie nicht unbedingt die Frau, an die sich Clara zuerst gewandt hätte. Aber man musste sich mit dem zufriedengeben, was man hatte, und Therese und Lissi hatten sich als erschreckend illoyal erwiesen. Nach Claras Ansprache wollten sie nicht mal mehr mit ihr reden. Lissi forderte lediglich ihre Jacke zurück und zeigte ihr ansonsten die kalte Schulter.

Ulrike hingegen konnte ihre Geschichte gar nicht oft genug hören. Kurzerhand lud Clara sie zu sich nach Hause ein. Schließlich waren es die Anhänger, die den Unterschied machten zwischen einer missverstandenen Heiligen mit einer Vision und einer alten Frau mit Wahnvorstellungen. Ulrike saß auf der Wohnzimmercouch, ihre Handtasche auf den Knien balancierend, und sah Clara auf eine Weise an, die schmeichelhaft hätte sein sollen, doch vor allem dazu führte, dass Clara das Blut in die Ohren schoss.

»Erzähl mir noch mal von der Heiligen Jungfrau.«

Clara nickte und beschloss für alle Fälle, später den Begriff »Todsünde« zu googeln. Ob das Erfinden einer Marienerscheinung wohl eine war? Es wäre Clara ein wenig überzogen vorgekommen, doch andererseits fielen ihr auf Anhieb noch ein paar weitere Todsünden ein, die ihr nicht besonders verdammenswert erschienen: Eifersucht? Völlerei?

»Was hat sie eigentlich an diesem Glascontainer gemacht?« Ulrike beugte sich vor wie die Ermittlerin in einem Fernsehkrimi. Mit einem Mal fühlte sich Clara sehr müde. Trotzdem zwang sie sich zu einem Lächeln. Schließlich würde Ulrike von nun an ihre beste Freundin sein, sie war der perfekte Ersatz für Therese und Lissi, im Grunde sogar besser: Kein Widersprechen mehr, kein Anzweifeln, keine lästigen Nachfragen oder kleinlichen Bedenken. Nur bedingungslose Anbetung. Überhaupt konnte sich die Geschichte mit der Marienerscheinung durchaus noch als Schritt in die richtige Richtung erweisen. Was war schließlich der Unterschied zwischen einer Heiligen aus der Bibel und einer Frau, die mitten im Leben stand und Heilige aus der Bibel sah, sozusagen im Alltag auf Augenhöhe mit ihnen verkehrte?

»Die Farben waren zuerst da.« Clara spürte eine neue Entschlossenheit in sich aufsteigen. »Der Himmel glühte, es gab ein Zischen, und ein Geruch von …«

»Weihrauch«, flüsterte Ulrike. Das war immer noch ihre Lieblingsstelle. Doch bevor Clara weitersprechen konnte, betrat Katrin das Zimmer. Sie trug das rot-weiß gepunktete Kleid vom Vorabend, das inzwischen ziemlich zerknittert aussah. Auch sie selbst wirkte ein wenig zerknittert, zerzaust, aber vor allem müde.

»Hallo, Frau Doktor«, sagte Ulrike und stand auf, um ihr die Hand zu geben. Desinteressiert perlte Katrins Blick an ihr ab.

»Ihre Mutter hatte eine Marienerscheinung«, verkündete Ulrike in einem Tonfall, in dem man jemandem zu seinem schönen Haus gratuliert.

Katrin nickte, da war weder Spott noch Staunen in ihrem Gesicht noch irgendeine andere Emotion, die Clara hätte zuordnen können. Wenn überhaupt drückte ihr Gesicht die Abwesenheit jeglicher Emotionen aus.

»Ich muss mit dir reden«, sagte sie zu Clara. Dann schwieg sie, und Ulrike begriff, dass dies ihr Stichwort war, sich zu verabschieden. Doch als die alte Dame aus der Tür war, sagte Katrin noch immer nichts. Sie sah ihre Mutter nur an.

»Die Geschichte mit der Marienerscheinung kommt dir wahrscheinlich ein wenig seltsam vor«, sagte Clara schließlich.

»Nein.«

»Aber du willst sicher wissen, was es damit auf sich hat. Weißt du, es war vor dem Penny-Markt ...«

»Jannek hat angerufen«, unterbrach Katrin sie. »Er hat gesagt, dass Tante Marie tot ist.«

»Ich weiß.«

»Ich weiß, dass du es weißt. Aber ich wusste es nicht. Weil du es mir nicht erzählt hast.«

»Was hätte das gebracht?«

Katrin lachte unfroh. »Das ist alles? Tante Marie, deine älteste und wahrscheinlich einzige Freundin auf diesem Planeten, ist tot, und du erzählst es mir nicht?«

Falls das hier irgendwie auf einen herzerwärmenden, mitfühlenden Mutter-Tochter-Moment hinauslaufen sollte, mussten die Anzeichen sehr subtil sein, denn Clara erkannte sie nicht. Katrin stand mit vor der Brust verschränkten Armen vor ihr und sah sie kalt an.

»Ich hab mich die ganze Zeit gefragt, was du hier willst«, sagte sie. »Jetzt verstehe ich es. Du weißt nicht, wo du sonst hinsollst. Weil du immer irgendein Projekt brauchst. Lange Zeit war das Marie, und jetzt soll ich das sein.«

»Das ist nicht wahr.«

»Und ob das wahr ist. Dabei geht es dir gar nicht um mich oder Marie. Deine älteste Freundin stirbt, und du besuchst sie nicht ein einziges Mal im Krankenhaus. Die Praxis deiner Tochter geht pleite, und du spendest dein Geld einem beschissenen Wohltätigkeitsverein. Und noch nicht mal, weil du bekehrt bist und plötzlich das Licht gesehen hast, sondern nur, um einer alten Schulfeindin eins auszuwischen. Andere Leute spielen im Drama deines Lebens doch bloß Nebenrollen.« Katrin verstummte. »Du hattest gar keinen Herzinfarkt, nicht wahr?«

Clara schwieg.

»Das hast du nur gesagt, um mich zu manipulieren. Und mit deiner Marienerscheinung willst du wahrscheinlich jemand anders manipulieren. Bei dir hat alles einen Zweck. Wahrscheinlich hast du, wenn du tot umfällst, noch Hintergedanken.«

Katrin musterte Clara gründlich, von Kopf bis Fuß, und Clara zog unwillkürlich den Bauch ein. Dann drehte ihr Katrin den Rücken zu, als hätte sie endgültig genug gesehen.

»Ich wusste nicht, dass deine Praxis in Schwierigkeiten ist«, sagte Clara. »Woher hätte ich wissen sollen, dass du Geld brauchst?«

»Ich habe es dir gesagt. Du hast mir nicht zugehört.«

»Dann hättest du es eben noch mal sagen müssen: ›Meine Praxis steht vor dem Ruin.‹ Das ist doch ein Satz, den es sich zu wiederholen lohnt.«

»Ich habe es satt, immer alles zweimal zu sagen, nur damit du es mitkriegst. Überhaupt habe ich das Reden mit dir satt. Alles, was man von dir zu hören bekommt, ist Müll. Ab heute spreche ich deine Sprache nicht mehr.«

»Was soll das heißen?«

»Das soll heißen: Verschwinde aus meinem Haus. Du findest schon ein anderes Opfer.«

Clara wusste, dass ihre Tochter sie nicht rauswerfen würde. Und gerade deswegen ging sie folgsam zur Tür. Das war angewandte Psychologie: Sie musste Katrin zeigen, dass sie ihre Wünsche respektierte. Damit gab sie ihrer Tochter die Gelegenheit, die Verlustangst und das Schuldgefühl zu empfinden, die sie befallen würden, sobald sie aus der Tür war. Clara trat in den Flur. In der Garderobe nahm sie den Mantel vom Haken. Sie schloss die Haustür möglichst geräuschvoll hinter sich. Katrin würde ihr nachkommen, daran bestand kein Zweifel. Und das war wirklich ein Segen, denn Clara hatte ihre Wohnung in Hamburg mittlerweile vermietet, und ihr Konto war bis auf spärliche Reste ausgeräumt. Als Clara den halben Garten durchquert hatte, war sie versucht, sich noch mal nach dem Haus umzudrehen, doch sie tat es nicht. Falls Katrin in diesem Augenblick aus der Haustür trat, würde es den falschen Eindruck erwecken. Am Gartentor angekommen, blickte Clara über die leere Straße und fragte sich, wie weit sie noch laufen musste. Bis zum Ende der Straße? Hoffentlich nicht weiter, für langes Laufen hatte sie heute nicht die richtigen Schuhe an.

Clara starrte nach vorn, bis es vor ihren Augen zu flimmern begann, und dann sah sie zwei Männer am Horizont auftauchen. Je näher sie kamen, desto mitgenommener sahen sie aus. Der eine war älter, mit grauem Haar und einem zerrissenen Smoking, der andere, jünger, aber ebenso derangiert, hatte einen Rucksack auf den Rücken geschnallt. Sie stützten sich gegenseitig beim Gehen. Sie wirkten wie ein altmodisches Komikerduo, fand Clara, ein bisschen wie Dick und Doof.

18. Hauptgewinn

Joachim hatte sich in den vergangenen Monaten oft ausgemalt, wie es sein würde, das Haus wiederzusehen. Er hatte sich den Garten vorgestellt, in verschiedenen Stadien der Gepflegtheit oder Verwahrlosung, mit wucherndem Unkraut oder kurzgeschorenen Rasenflächen. Er hatte im Kopf durchgespielt, welche Gefühle beide Szenarien in ihm auslösen würden. Doch das Erste, was er sah, als er in die Straße einbog, war seine Schwiegermutter.

Seine Rückkehr entsprach in mehr als einer Hinsicht nicht seinen Vorstellungen. In erster Linie hatte er sich vorgestellt, dass er allein vor der Haustür stehen würde, nicht in Begleitung seiner verrückten Schwiegermutter und eines abgehalfterten Hugo-Boss-Models. Und er hatte angenommen, dass Katrin ihm irgendwann – nach einer angemessenen Zeitspanne des Zögerns und Verhandelns – die Tür öffnen würde. Doch inzwischen war er sich nicht mehr so sicher. Clara drückte bereits zum sechsten Mal den Klingelkopf durch, und Joachim hoffte inständig, dass seine Frau in diesem Moment nicht aus dem Fenster sah, denn wenn sie das tat, das wusste er mit absoluter Sicherheit, würde sie ihm nie wieder die Tür öffnen.

»Du kannst uns nicht für immer ignorieren«, rief Clara. »Wir sind deine Familie.« Doch sie klang nicht so zuversichtlich, wie ihre Worte vermuten ließen. Wie um diesen Punkt zu illustrieren, trommelte sie im nächsten Moment mit beiden Fäusten gegen die Tür.

»Findest du das hilfreich?«, fragte er.

»Ich weiß es nicht, ich bin keine Expertin. Sag du es mir, Mister Hilfreich.«

Sky neben ihm sog heftig Luft durch die Nasenlöcher ein; nach einer schlaflosen Nacht im Heu, die Joachim Gelegenheit gegeben hatte, Sky weit besser kennenzulernen, als er je einen anderen Mann hatte kennenlernen wollen, wusste er, dass dies ein Ausdruck tiefer Ergriffenheit war. »Dich einfach nur wiederzuhaben ist die Erfüllung für mich«, raunte er Clara ins Ohr.

Das Raunen war also auch wieder da. Joachim hatte angenommen, dass eine frostklamme Nacht im Freien und Grashalme in jeder Körperöffnung genug seien dürften, um einem Menschen das Raunen dauerhaft auszutreiben, doch Skys Stimme klang schon wieder ganz nach Whiskeywerbung.

»Ich liebe dich mehr, als du dir überhaupt vorstellen kannst.« Sky versuchte, Claras Ohrläppchen mit den Lippen zu fangen, doch sie drehte blitzschnell den Kopf hin und her, als wolle sie eine Mücke verscheuchen. »Vielleicht klettern wir die Dachrinne hoch.« Sie runzelte die Stirn. »Einer müsste allerdings Räuberleiter machen.«

»Kannst du mir erklären, was du dir davon versprichst, in mein Haus einzubrechen?« Joachim konnte einen gereizten Unterton nicht ganz unterdrücken.

Clara blitzte ihn an. »Hast du vielleicht eine bessere Idee?«

In diesem Moment ging die Tür auf, und ein dunkelhaariger, attraktiver Mann lächelte ihnen entgegen. Er begrüßte Joachim mit Handschlag und einer angedeuteten Umarmung. Joachim schätzte, dass der Mann ungefähr in seinem Alter sein musste. Er stellte sich als Silvio vor und erklärte, dass sich Katrin im Badezimmer eingeschlossen habe und vorerst niemanden sehen wolle.

»Wo kommen Sie denn auf einmal her?«, fragte Clara entrüstet.

»Ich war die ganze Zeit in der Küche«, erwiderte der Fremde freundlich. »Ich wollte Sie und Ihre Freundin nicht stören.«

»Meine Frau hat Sie reingelassen?« Joachim konnte einen Anflug von Bitterkeit nicht unterdrücken.

»Ja«, antwortete der Fremde schlicht. Er lächelte Joachim herzlich an. »Ich koche gerade. Sie können mir gern Gesellschaft leisten, wenn Sie wollen.« Aufmunternd klapste er ihm auf die Schulter, als handele es sich um eines jener Erlebnisse, über die man im Nachhinein gemeinsam lacht.

Schweigend nahm Joachim am Küchentisch Platz. Das Irritierendste an Silvio – abgesehen von seiner Anwesenheit – war seine gute Laune. Er steckte mitten in den Abendessensvorbereitungen. Gerade hackte er etwas Grünes. Er hatte sich ein Geschirrtuch über die Schulter gelegt und summte vor sich hin. Rhythmisch sauste die Klinge aufs Holzbrett herab.

»Sicher, dass Sie keinen Espresso wollen?«, fragte er. »Oder etwas anderes Heißes?«

Joachim schüttelte den Kopf und kämpfte vergeblich gegen die Wehmut an, die diese Worte in ihm auslösten. Silvio verströmte ein Gefühl so selbstverständlicher Häuslichkeit, dass er hätte heulen mögen. Er sah zu, wie Silvio leichtfüßig durch die Küche glitt, vom Herd zur Arbeitsplatte und wieder zurück. Wie er Knoblauch in hauchfeine Scheiben schnitt, Zwiebeln hackte und in dem Topf mit Tomatensoße rührte, der auf dem Herd vor sich hin köchelte. Eine warme Duftwolke hüllte Joachim ein und machte ihn benommen. Am liebsten hätte er seinen Kopf auf die Arme gelegt und wäre eingeschlafen.

»Sie sind also zurück«, stellte Silvio fest.

»Ja.«

»Für länger?«

»Das würde ich gerne mit meiner Frau klären.«

»Ja, aber die hat sich im Bad eingeschlossen.« Er sagte das ohne Auftrumpfen, ohne jede Schadenfreude. Er erinnerte ihn nur höflich an eine Tatsache. Silvio – wer auch immer er war – schien ein netter, umgänglicher Kerl zu sein. Joachim hoffte, dass er im Laufe des Abends nicht gezwungen sein würde, sich mit ihm zu prügeln.

»Da ich ja nun für mehrere koche«, erkundigte sich Silvio, »gibt es etwas, das Sie nicht mögen oder nicht vertragen?«

Joachim überlegte. »Ich bin gegen Chili allergisch. Und ich mag keinen Fisch.« Er überlegte weiter, doch mehr fiel ihm nicht ein. »Das ist alles.«

»Dann kriegen Sie keinen Fisch.«

»Gut.«

»Wie sieht es mit Erdnüssen aus?«

»Erdnüsse sind kein Problem«, antwortete Joachim. Und damit schien zwischen ihnen alles gesagt zu sein. Er stand auf. »Ich muss jetzt mit meiner Frau sprechen.«

Silvio nickte nur stumm und kehrte zu seinen Töpfen zurück.

Da Katrin ihm auch nach mehrmaligem Bitten nicht öffnen wollte, setzte er sich schließlich mit gekreuzten Beinen vor der Badezimmertür auf den Boden. Sein Rücken schmerzte, und er starrte auf seine sich ablösenden Schuhsohlen. Er konnte seine Füße riechen.

»Wir müssen miteinander reden.«

»Nein.« Katrins Stimme klang scharf und klar durch die Badezimmertür. »Müssen wir nicht.«

»Aber ich möchte dir erklären, was passiert ist.«

»Es interessiert mich nicht mehr.«

»Hat der Mann in der Küche etwas damit zu tun, dass es dich nicht mehr interessiert?«

Er hörte ein Klirren. Es klang, als wühlte sie im Badezimmerschränkchen nach etwas. Höchstwahrscheinlich nach einer Waffe. »Ist das dein Ernst? Du hast mich verlassen. Und jetzt willst du mir ein schlechtes Gewissen machen?«

»Ich hab dich nicht verlassen. Ich meine, ich hatte das nicht geplant.« Er zögerte und suchte nach dem richtigen Wort. »Es war eine Kurzschlussreaktion.«

Dick und zähflüssig sickerte das Schweigen unter dem Türspalt durch.

»Nein«, sagte Katrin schließlich. »Sich eine Schrotflinte in den Mund zu stecken ist eine Kurzschlussreaktion. Oder von einem Hochhaus zu springen. Du hast einen Rucksack gepackt, ein Ticket nach Gottweißwohin gekauft und eine Million Ostereier auf dem Grundstück versteckt. Das ist genau das Gegenteil von einer Kurzschlussreaktion.«

»Wäre es dir lieber, ich wäre von einem Hochhaus gesprungen?«

»Kommt drauf an.«

Natürlich hatte Joachim nicht erwartet, dass die Rettung seiner Ehe ein Kinderspiel werden würde. Nicht nach dem, was er getan hatte. Aber in seiner Vorstellung hatte die Hauptschwierigkeit immer darin bestanden, Katrin dazu zu bringen, dass sie ihm zuhörte. In seiner Vorstellung war viel herumgeschrien und mit Sachen geworfen worden, die gegen Wände prallten und auf

Böden zersplitterten. Es herrschte ein Geräuschpegel, der eine normale Unterhaltung unmöglich machte. Doch sobald sich dieser Lärm, der zweifellos seine Berechtigung besaß, ein wenig gelegt hatte, würde er ihr alles erklären. Und jedes Wort würde ein bisschen mehr Klarheit bringen, Verständnis und schließlich Versöhnung. Stattdessen schien alles, was er sagte, sie noch zorniger zu machen.

»Worauf kommt es an?«, fragte er.

»Bist du allein gefahren?«

»Du meinst, ob ich eine Affäre hatte?« Joachim wusste, dass er kein Anrecht auf gerechten Zorn hatte, doch gerecht oder nicht, er verspürte ihn trotzdem. »Die hätte ich auch zu Hause haben können.«

»Vielleicht war dir das nicht dramatisch genug.«

»Hör auf damit.«

»Womit soll ich aufhören?«

»So ein Männerklischee aus mir zu machen.«

»Okay. Dann verrat mir die originelle Wahrheit: Wo bist du gewesen?«

Er hätte lügen können, aber mittlerweile hatte ihn das düstere Gefühl beschlichen, dass ihn auch das nicht retten würde: »Thailand.«

Als er Katrin das erste Mal wieder ins Gesicht sah, saß sie ihm am Esstisch gegenüber und spießte Salatblätter auf eine Gabel. Ihr Gesicht war von einer dünnen Schicht bräunlichem Puder überzogen, sie trug Lippenstift und hatte ihre Augen schwarz umrandet. Sie verhielt sich normal, wenn man bescheidene Maßstäbe anlegte: Sie nahm ihr Glas in die Hand, führte ihre Gabel zum Mund, und wenn jemand sie ansprach, schaute sie ihm oder ihr ins Gesicht. Sie wirkte ein bisschen wie ein Roboter, dem man das Konzept »Familienabendessen« einprogrammiert hatte. Sie sah ihm nicht in die Augen. Sky, nicht gewillt, Clara – beziehungsweise sein Glück – auch nur eine Sekunde lang loszulassen, hielt ihren Arm fest umklammert, was seine Schwiegermutter zwang, einhändig zu essen. Sie nahm es mit bemerkenswertem Gleichmut hin. Nur ab und zu schimpfte sie ein wenig, wenn sie in den Korb mit dem gerösteten Brot greifen wollte oder Soße auf ihren Rock verspritzt hatte. Skys Glück tat das keinen Abbruch. Er schwebte in einer Sphäre der Seligkeit, die Joachim im Moment unendlich fern vorkam.

Der einzig normale, sympathische Mensch am Tisch war Silvio, was ihn eindeutig zum Außenseiter ihrer kleinen Gruppe von Realitätsflüchtlingen machte. Er schenkte Wein nach, sprang auf, um Benötigtes aus der Küche zu holen, war charmant und aufmerksam und in jeder Hinsicht der perfekte Gastgeber. Joachim selbst konnte nicht essen. Dafür trank er ein Glas Rotwein nach dem anderen. Die Säure des Weins brannte in seinem leeren Magen, und mit jedem Glas wurde er wütender, natürlich auf den Falschen.

Silvio erzählte gerade eine witzige Geschichte. Sie handelte von einer schwangeren Frau, die in der letzten Woche im San Marco gegessen hatte. Die Frau bestellte gleich zwei Hauptgerichte, Pasta und Steak, und aß sie bis auf den letzten Bissen auf. Danach verlangte sie auch noch ein Dessert. Und als Silvio ihr zur Rechnung einen Kirschsaft als Grappaersatz brachte und ihr zur bevorstehenden Geburt gratulierte … Katrin lächelte erwartungsvoll.

»Wir sind uns noch nicht richtig vorgestellt worden«, sagte Joachim. Silvio blickte ihn erstaunt an. »Was wollen Sie denn wissen?«

»Ich weiß nicht. Plaudern wir doch einfach. Was macht die Eisbranche?« Sein Tonfall troff vor Hohn, und er fragte sich selbst, worauf er hinauswollte: Wollte er die Akademikerkarte ausspielen, weil die Geld-, Attraktivitäts- und Charakterkarte aus offensichtlichen Gründen nicht zogen? In dem verächtlichen Blick, den Katrin ihm zuwarf, las er genau diese Vermutung. Joachim spürte, wie er rot wurde. Warum prahlte er nicht auch noch mit seiner beruflichen Laufbahn? Er hätte anführen können, dass er als Leiter der Theater-AG der Hildegard-von-Bingen-Grundschule bereits das siebte Krippenspiel in Folge auf die Beine gestellt hatte. Und dann war da noch seine Tätigkeit als Starreporter für die Lokalzeitung. Sein letzter Artikel war ein echter Reißer gewesen: ein Bericht über ein Ehepaar, dessen Bierdeckelsammlung ihren gesamten Hobbykeller ausfüllte.

»Danke, gut, aber eigentlich sind wir eine Pizzeria mit angeschlossenem Eiscafé und Bistro, je nach Saison. Einmal im Monat veranstalten wir eine Disco.«

»Das ist ja fantastisch!«, rief Sky und schlug auf die Tischplatte.

»Sie befriedigen wirklich alle Bedürfnisse.« Joachim lächelte säuerlich.

»Ich gebe mir Mühe«, erwiderte Silvio und sprang auf. Joachim erschrak. War es so weit? Musste er sich jetzt mit ihm prügeln? Falls ja, war er eindeutig nicht betrunken genug. Doch Silvio ging nur in die Küche, um nach dem Essen zu sehen und neue Oliven zu holen. Mit Silvios Abgang kippte das anfällige Gleichgewicht, das bislang am Tisch geherrscht hatte. Seine Anwesenheit hatte sie auf merkwürdige Weise zusammengeschweißt. Sie waren wie eine dysfunktionale Familie, die sich um ein reizendes Kind schart. Ohne ihn waren sie nur noch eine Ansammlung versprengter Individuen ohne Gemeinsamkeiten, die für ihre eigenen egoistischen Belange kämpften. Es gab keinen Grund mehr, nett zueinander zu sein.

»Also, sag schon, warum bist du abgehauen?«, fragte Clara ohne Umschweife.

»Ich glaube, dieses Gespräch würde ich lieber mit meiner Frau allein führen.«

»So schlimm?«

»Nein.« Joachim wurde schon wieder rot.

Katrin spießte die letzte Olive auf einen Zahnstocher. »Joachim war Sextourist in Thailand.« Sie sagte das ohne sichtbare Gefühlsregung, ohne gehässigen Unterton, sie verzog nicht mal das Gesicht, und da wusste er, dass er keine Wahl hatte, als ihr die ganze Geschichte zu erzählen. Er gönnte sich einen kleinen erzählerischen Umweg, indem er zunächst weitschweifig von der Nachhilfestunde bei Kerstin Dinkskötter erzählte, einer versetzungsgefährdeten Sechzehnjährigen, der er die Grundsätze lateinischer Grammatik beizubringen versuchte. Einen kurzen, schuldbewussten Moment lang fragte er sich, ob sie ohne seine Hilfe die Versetzung geschafft hatte, doch dann konzentrierte er sich wieder auf das Wesentliche, darauf, sich in ein gutes Licht zu setzen. Er übertrieb hemmungslos: Kerstin stellte er als begriffsstutzige Idiotin dar, das Zimmer, in dem sie arbeiteten, als engen, überheizten Verschlag. Und das bei einem Stundenlohn von zehn Euro! Sky, Katrin und Clara hörten ihm aufmerksam zu, jedoch ohne erkennbares Mitgefühl. Offensichtlich warteten sie nur darauf, dass er endlich zum Punkt kam; das war umso bedauerlicher, als dies der Teil der Geschichte war, der ihm eventuell noch ein paar Sympathiepunkte hätte einbringen können.

»Ich finde, gegen zehn Euro ist nichts zu sagen«, warf Clara ein. »Du hast ja kaum Vorbereitungszeit.«

Joachim atmete tief durch und schickte sich ins Unvermeidliche. »Und dann, als wir fast am Ende der Stunde waren, klingelte mein Handy.«

Zu Anfang war das Lottospielen ein Witz gewesen. Katrin und er waren noch Studenten und das Lottospielen vor allem ein Vorwand, um über ihre Träume zu sprechen. Später, nachdem sie geheiratet und das Haus gekauft hatten, sprachen sie nicht mehr über Träume, doch das Ausfüllen der Lottoscheine war längst zum Ritual geworden, jetzt unbelastet von allen Hoffnungen und Erwartungen. Katrin und er reihten Zahlen aneinander, wie andere Leute auf Holz klopften oder die Kerzen auf einem Geburtstagskuchen ausbliesen, ein schnelles Stoßgebet ans Universum, das man gleich darauf wieder vergaß. Deswegen begriff Joachim auch nicht sofort, was der Mann am anderen Ende der Leitung von ihm wollte. Von einem Hauptgewinn war die Rede. Bevor er ihm gratulieren könne, müsse er allerdings noch ein paar Daten abgleichen. Joachim war sich sicher, dass es sich um eine Verwechslung handelte, doch der Mann war höflich, und er sah keine Veranlassung, ihn vor den Kopf zu stoßen. Also zog er seinen Personalausweis aus der Brieftasche, und als er das tat, gingen die Bilder in seinem Kopf los, erst langsam und stockend, doch einmal in Gang gesetzt, kamen immer mehr Bilder nach. Er wandte sich an Katrin.

»Ich habe überlegt, was wir mit dem Gewinn alles machen könnten. Ich hätte eine Pause von den Jobs machen und mich wieder an meine Dissertation setzen können. Du hättest die Praxis renovieren und dir mal eine Auszeit nehmen können. Mal wegfahren, richtig weit weg.«

Silvio kam aus der Küche zurück und stellte ein Schälchen Oliven auf den Tisch.

»Und dann sagte der Mann am Telefon, ich darf Ihnen gratulieren, Sie haben fünftausend Euro gewonnen.« Joachim schwieg. Katrin warf ihm einen langen, leeren Blick zu. »Und deswegen hast du beschlossen, mich zu verlassen. Weil du im Lotto gewonnen hast.«

Anscheinend war die Geschichte doch nicht so selbsterklärend, wie er angenommen hatte. »Ich habe versucht, die Sache positiv zu sehen. Fünftausend Euro sind besser als nichts. Aber verglichen mit drei Millionen sind fünftausend Euro so gut wie nichts. Was hätten wir mit dem Geld gemacht? Du hättest vorgeschlagen, dass wir die Kacheln im Bad erneuern oder den Teppich in der Praxis auswechseln. Vielleicht wäre auch noch eine Fahrt an die Nordsee drin gewesen. Und ein nettes Essen.«

Er musste nicht in die Gesichter der anderen blicken, um zu wissen, was sie über ihn dachten: ein verwöhnter Geisteswissenschaftler, der in eine Lebenskrise geraten war, weil er im Lotto gewonnen hatte.

Wie sollte er ihnen begreiflich machen, wie sehr ihn die Bilder gequält hatten? Die Bilder all der Dinge, die er nie haben würde. So schnell er auf dem Rückweg von der Nachhilfe auch durch die Heide radelte, er wurde sie nicht los. Es dämmerte bereits und hatte angefangen zu regnen. Er raste durch schlammige Pfützen, Dreckwasser spritzte auf seine Schuhe. Immer heftiger trat er in die Pedale. Normalerweise fuhr er gern an den Bahngleisen entlang, vorbei an einzeln stehenden Häusern, den weiten grünen Feldern, dann über die Flussbrücke, wo man die Fabrikruine in der Ferne aufragen sah. Aber heute konnte er nur eins denken: Endstation. War nicht alles, was er in der Gegenwart tat, eine Konsequenz aus Entscheidungen, die er vor vielen Jahren getroffen hatte? Er bezahlte ein Haus ab, weil er vor Jahren beschlossen hatte, eins zu kaufen. Er war Mitglied in einem halben Dutzend Vereinen, weil er in diesem Ort hatte heimisch werden wollen. Und warum lebten sie überhaupt hier? Weil sie beschlossen hatten, dass Katrin die Praxis ihres Vaters übernehmen würde. Eine Entscheidung, die sie wiederum für immer an diesen Ort band. Wahrscheinlich war es nichts Ungewöhnliches oder gar Dramatisches, dass das Leben aus einer lückenlosen Aneinanderreihung von Gleichungen bestand, doch eine Minute lang hatte sich eine Lücke aufgetan, und er hatte wieder gewusst, wie es sich anfühlte, Spielraum zu haben. Und dieses Gefühl wieder zu verlieren war schlimmer, als es gar nicht erst gehabt zu haben.

Clara schnaubte. »Also hast du meine Tochter verlassen, weil dir die Summe, die du im Lotto gewonnen hattest, nicht hoch genug war?«

Sich ausgerechnet von seiner verwöhnten Schwiegermutter mangelnde Bescheidenheit vorwerfen zu lassen war hart, fand Joachim. Von jedem anderen am Tisch hätte er sich diesen Vorwurf eher gefallen lassen. Von Sky, der, obwohl in den besten Jahren, sicher nicht mehr in den besten Modeljahren war. Von Silvio, dem hart arbeitenden Kellner-Querstrich-Eisverkäufer-Querstrich-DJ. Und von seiner Frau sowieso. Wahrscheinlich verschwendete keiner von ihnen auch nur einen Gedanken an die Frage, ob es in ihrem Leben noch Spielräume gab. Und gerade deswegen hatte er das Gefühl, sie überzeugen zu müssen, wenn er je wieder seinen Anblick im Spiegel ertragen wollte.

»Es ist doch so«, sagte er, beinahe flehend. »Die meisten Menschen gewinnen nur einmal im Lotto.«

»Nicht unbedingt«, warf Sky ein, froh, etwas zur Unterhaltung beisteuern zu können. »Eine Cousine von mir hat dreimal im Lotto gewonnen. Sie besitzt jetzt ein Haus auf den Malediven und hat eine Tanzausbildung gemacht.«

Joachim ignorierte ihn. »Ich hatte einfach Angst, dass er das gewesen ist: der Lottogewinn meines Lebens.«

»Und wenn du mir davon erzählt hättest, hätte ich dich gezwungen, ihn für Teppiche und Badezimmerfliesen auszugeben«, sagte Katrin langsam.

»Das hätte ich freiwillig gemacht.«

»Genauso freiwillig, wie du hierhergezogen bist.«

»Wir haben die Entscheidung gemeinsam getroffen. Und ich lebe gern hier.« Den letzten Satz hatte er automatisch hinzugefügt, ohne darüber nachzudenken, doch sobald er ihn ausgesprochen hatte, wusste er, dass er stimmte. Der Rest der Geschichte, die Zeit in Thailand, was er dort getan hatte (nicht viel) oder auf welche Gedanken er gekommen war (wenig originelle), war im Grunde bedeutungslos. So bedeutungslos, dass er einigermaßen unbefangen davon erzählen konnte: Er hatte sich ein günstiges Apartment gemietet, war viel am Strand spazieren gegangen. Er hatte ein paar Bücher gelesen, die er immer schon hatte lesen wollen, und hatte ansonsten endlose Stunden in Cafés herumgesessen. Es war unglaublich, wie völlige Gleichförmigkeit selbst die längsten Zeitspannen zusammenschrumpfen ließ, und am Ende hatte er das Gefühl, kaum mehr als einen dreiwöchigen Urlaub hinter sich zu haben.

»Ich verstehe alles«, sagte Katrin. »Jedenfalls bilde ich es mir ein. Nur eins verstehe ich nicht: die Ostereier. Warum hast du die Ostereier versteckt, bevor du gegangen bist?«

Ihre Stimme klang schon beinahe unheimlich ruhig, fand Joachim, und diese Ruhe passte nicht zu ihrem Blick. Sie sah ihn an, als hinge nicht ihre Ehe von seiner Antwort ab, sondern ihrer beider Leben.

»Ich wollte dir eine Freude machen.«

Katrins Augen begannen zu glänzen, und ihre Wangen röteten sich. Wer Katrin nicht gut kannte, hätte dies als Anzeichen der Rührung missdeuten können, doch er wusste, dass es sich um etwas anderes, viel Beunruhigenderes handelte. »Ich hol das Essen.« Sie stand auf. Einen Moment später hörte man Geschirrklappern aus der Küche, nicht weil sie so laut mit den Tellern hantierte, sondern weil alle am Tisch schwiegen. Schließlich hob Sky sein Glas: »Ich muss sagen, Sie haben ein gemütliches Heim!« Joachim wandte sich an Clara. Er hatte seine Schwiegermutter nie besonders leiden können, doch von ihr erhoffte er sich am ehesten Verständnis. Sie beide hatten Katrin schlecht behandelt, sie über Jahre hinweg, er über Monate. Sollte das nicht ein wenig Solidarität zwischen ihnen schaffen? Er hätte zwar nie gedacht, dass er sich einmal um die Unterstützung dieser Frau reißen würde. Aber wenn er im zehnten Höllenkreis seine Tage fristete, saß sie sicherlich im neunten, und der Gedanke allein war tröstlich, nicht der verdammenswerteste Mensch im ganzen Raum zu sein.

»Mir ist klar, dass ich etwas Furchtbares getan habe. Aber was ist mit dem, was davor war? Zehn Jahre lang war ich immer für Katrin da. Ich war ein guter Ehemann. Zählt das gar nichts?«

Clara nickte nachdenklich. »Charles Manson hat dasselbe Problem. Bei dem denkt man auch immer als Erstes: Das ist dieser Psychopath, der die Schauspielerin ermordet hat. Dabei soll er eigentlich ein recht talentierter Musiker gewesen sein. Die Geschichtsschreibung ist in dieser Hinsicht erschreckend selektiv.«

»Hast du mich gerade mit Charles Manson verglichen?«

»Lebt Charles Manson noch?«, fragte Sky und wandte sich interessiert an Silvio. Der zuckte entschuldigend die Achseln.

»Ich habe jedenfalls bedeutend mehr zu Katrins Lebensglück beigetragen, als du es je getan hast.« Musste er es ihr wirklich buchstabieren? Sie daran erinnern, wie sie ihre Tochter im Stich gelassen hatte, als sie gerade vierzehn war? Gut, er hatte Katrin auch im Stich gelassen, aber immerhin war sie zu diesem Zeitpunkt siebenunddreißig Jahre alt, eine erwachsene Frau mit einem Beruf, die bestens ohne ihn zurechtkam. Joachim beschlich das unangenehme Gefühl, dass Claras Selbstrechtfertigung damals ziemlich ähnlich geklungen haben musste.

»Meine Tochter und ich haben ein großartiges Verhältnis«, erwiderte Clara.

»So großartig, dass du die Dachrinne hochklettern wolltest?«

In dem Moment betrat Katrin mit dem Essen das Zimmer. Fisch und Ratatouille hatte sie bereits auf die Teller verteilt. Joachim bekam einen Sojabratling.

Schon beim ersten Bissen brannte die Schärfe so heftig in seinem Rachen, dass er kaum schlucken konnte. Ihm brach der Schweiß aus.

»Erklär es mir noch mal.« Katrin hatte ihren Teller nicht angerührt. Sie starrte Joachim nur an, und ein fiebriger Glanz lag in ihren Augen. »Warum hast du die Ostereier versteckt?«

»Das hab ich dir doch schon gesagt.«

»Dann sag es noch mal.«

»Ich werde alles wiedergutmachen.« Er verschluckte sich und hustete. Silvio sprang auf und klopfte ihm auf den Rücken.

»Warum die Ostereier?«

Der Schweiß hatte sich in seinen Achselhöhlen gesammelt und rann ihm in langsamen Tropfen an den Seiten hinab. Am liebsten hätte er sich sein Hemd ausgezogen.

»Damit du dir keine Sorgen machst.«

»Damit ich mir keine Sorgen mache«, wiederholte sie langsam. »Einem Ehemann, der noch Ostereier versteckt, schickt man nicht die Polizei hinterher. Clever.«

»Das war nicht der Hauptgrund.«

»Was war der Hauptgrund?«

»Den habe ich dir schon gesagt.«

»Red keinen Quatsch.«

»Ich wollte dir eine Freude machen.«

Und dann versengte die Hitze seinen gesamten Brustkorb, er atmete ein, doch da war nicht genügend Sauerstoff in der Luft, nur Feuer und Rauch. Er wollte aufstehen, nach draußen gehen, um sich dort auf die Suche nach Sauerstoff zu machen, doch der Boden wankte unter seinen Füßen und der Raum um ihn herum flimmerte.

»Stirbt er?«

Joachim schlug die Augen auf und blickte direkt in die Augen seiner Schwiegermutter, die sich über ihn beugte. Zu seiner Überraschung stellte er fest, dass er auf dem Teppich lag.

»Ich könnte Mund-zu-Mund-Beatmung machen.« In seinem Tatendrang wirkte Sky beinahe fröhlich. »Ich habe einen Erste-Hilfe-Kurs absolviert.«

Clara verzog das Gesicht. »Dieser Mann war in Thailand. Du weißt nicht, wo seine Lippen gewesen sind.«

»Aber wenn es um Leben und Tod geht«, wandte Sky ein.

»Keine Sorge, so viel Chili hab ich ihm nicht ins Essen getan.« Das war Katrin. Er konnte sie nicht sehen, also saß sie wahrscheinlich noch am Tisch.

»Du hast ihm auch Chili ins Essen getan?« Silvios Stimme kippte ins Hysterische.

»Und du?« Katrin klang ehrlich empört. Vielleicht besteht ja doch noch Hoffnung, dachte Joachim.

»In den Sojabratling.«

»Wie kommst du dazu?«

»Er hat sich wie ein Ekel aufgeführt. Außerdem hast du es auch gemacht.«

»Das ist ein himmelweiter Unterschied. Er ist mein Mann.«

Und während sie weiter darüber stritten, wer ein größeres Anrecht hatte, ihn umzubringen, seine Frau oder ihr Liebhaber, spürte Joachim, wie ihm die Kehle zuschwoll. »Ruf einen Krankenwagen«, flüsterte er Clara zu. Er musste ziemlich elend aussehen, denn sie verkniff sich jeden sarkastischen Kommentar und ging sofort ins Nebenzimmer. Danach gab es noch ein paar, wie er fand, ziemlich amateurhafte Versuche, sein Leben zu retten. Sky, der Engagierteste von allen, klatschte ihm ein triefnasses Geschirrtuch auf die Stirn. Silvio flößte ihm Milch ein, umklammerte seine Hand und beschwor ihn, nicht zu sterben. Die einzige Ärztin im Raum saß am Tisch, nippte an ihrem Weißwein und tat nichts. Nach einer Weile richtete sich Joachim auf, um ihr einen vorwurfsvollen Blick zuzuwerfen. »Du hast mich vergiftet.« Wassertropfen rannen ihm in die Ohren.

Sie zuckte die Achseln.

»Findest du das nicht ein bisschen übertrieben?«

Zu diesem Zeitpunkt wusste er bereits, dass er nicht sterben würde. Joachim wartete eine Minute ab, bis er es moralisch vertretbar fand, die Tatsache auch den anderen mitzuteilen. Katrin nahm die Nachricht gelassen auf. Silvio hingegen strömten Tränen der Erleichterung übers Gesicht. Er rang die Hände und bekreuzigte sich; dann ging er ins Nebenzimmer, um Clara mitzuteilen, dass sie den Krankenwagen abbestellen konnte. Und dann hörte man Silvios Aufschrei.

Wie sich im Nachhinein herausstellte, hatte Clara den Krankenwagen bereits gerufen. Und das war gut so. Denn noch bevor sie hatte auflegen können, war sie ohnmächtig zusammengebrochen. Als Silvio sie fand, lag Clara reglos und leichenblass auf dem Boden, während aus dem Hörer, den sie noch immer fest umklammert hielt, eine zunehmend beunruhigt klingende Stimme quäkte.

19. Wunder

»Es war nur ein kleiner Infarkt, kein massiver«, sagte der Arzt. Wenn ein massiver Herzinfarkt einem Hurrikan gleiche, sei ihrer kaum mehr als ein milder Herbststurm gewesen. »Man wird gehörig durcheinandergewirbelt, aber das Dach fliegt einem nicht um die Ohren.« Clara Dorn konnte nicht behaupten, dass Ärzte bei ihr in letzter Zeit besonders hoch im Kurs standen, und ihren Metaphern konnte sie erst recht nichts abgewinnen.

»Hatten Sie Stress?«, fragte der Arzt. »Was haben Sie denn in den letzten Tagen so gemacht?« Nach kurzem Überlegen kam Clara zu dem Schluss, dass sie in den letzten achtundvierzig Stunden drei Päckchen Zigaretten geraucht, zwei Liter schwarzen Kaffee und mehrere Gläser Rum getrunken hatte; sie hatte eine Nacht durchgemacht, auf einem Rasen übernachtet und einen Joint geraucht. Außerdem hatte sie in einem kathartischen Moment mit ihrer Tochter zusammen ein komplettes Geschirrset zertrümmert. Sie wusste zwar nicht, ob der letzte Punkt relevant war, aber für alle Fälle erwähnte sie es. Der Arzt nickte, als hätte er sich das alles schon gedacht. Clara müsse mehr auf sich achten, lautete sein abschließendes Urteil. Irgendwann sei es eben Zeit, das Rockstardasein an den Nagel zu hängen. »Sie werden uns noch alle überleben«, sagte er und versuchte, zum Abschied noch einmal schnell Claras Hand zu tätscheln. Clara zuckte zurück. Diesen Satz sagten Ärzte immer, wenn sie das Gefühl hatten, es mit alten Leuten zu tun zu haben. Wahrscheinlich plapperten sie ihn den Fernsehärzten nach.

Mit den Reaktionen ihrer Angehörigen hingegen war sie ziemlich zufrieden. Sky schwor ihr unter Tränen, nie mehr von ihrer Seite zu weichen. Anfangs war Clara geschmeichelt, bis ihr klar wurde, dass er es ernst meinte, da schickte sie ihn weg. Katrin war so bleich und verstört, dass Joachim sie nach Hause bringen musste. Und von Silvio fehlte seit dem Eintreffen im Krankenhaus jede Spur. Clara verstand ihn. Wenn ein One-Night-Stand auf der Intensivstation endete, wusste man, dass es Zeit war abzuhauen.

Am Tag nach dem Infarkt kamen Therese und Lissi zu Besuch. Beide sahen wesentlich mitgenommener aus als Clara. Schluchzend warf sich ihr Lissi an den Hals. Sie sah die alte Regel ihrer Mutter bestätigt, nach der man niemals im Streit auseinandergehen solle. Therese überreichte ihr wortlos einen Blumenstrauß, den die Frauen des Heiligen Herzens gestiftet hatten. Orchideen. Von Hilde persönlich bewilligt. Therese hob vielsagend die Augenbrauen. Der Verein war, was Extraausgaben anging, äußerst knausrig, und ein Blumenstrauß galt immer als schlechtes Zeichen.

»Sie weiß schon, dass ich noch nicht tot bin?«, fragte Clara.

»Sie denkt, du bist auf dem besten Weg dorthin«, erwiderte Therese. »Heute hat sie dich ihre ›liebe Freundin‹ genannt.«

»Oh«, sagte Clara.

»Hast du etwas gesehen?« Lissi sah sie erwartungsvoll an. Irgendwie musste Claras Herzinfarkt die Tatsache aus ihrem Gedächtnis verdrängt haben, dass Clara sich die

Marienerscheinung nur ausgedacht hatte. Auf seltsame Art verlieh sie der Geschichte sogar einen Anstrich von Seriosität. Clara hätte sich gewünscht, ihr etwas Spektakuläres berichten zu können, doch sie hatte leider nichts zu bieten, kein Licht am Ende des Tunnels, keine ungeduldig wartenden Verwandten und Freunde. Keinen letzten Film, nur einen Filmriss.

»Das muss euch nicht deprimieren«, brach Clara das enttäuschte Schweigen. »Wenn es einen Himmel gibt, habe ich da ganz sicher nichts verloren.« Lissi hielt die Luft an, so erschrocken war sie. Dabei meinte Clara keineswegs, dass sie in die Hölle gehörte. Das erschien ihr dann doch etwas übertrieben. Aber warum nicht ein gepflegtes Fegefeuer?

Bevor sie gingen, bat Clara die beiden Frauen noch, eine Verbindung zu den Frauen des Heiligen Herzens herzustellen – eine Skypeverbindung; dies erwies sich trotz großer technologischer Aufgeschlossenheit auf beiden Seiten als recht schwierig. Dabei bemühten sich alle nach Kräften, der Sterbenden ihren letzten Wunsch zu erfüllen. Ein Laptop wurde ins Pfarrhaus geschafft, eine Internetverbindung eingerichtet; und beim nächsten Vereinstreffen wurde so lange an der Kamera herumgeruckt, bis sich auf Claras Laptop der Gemeinschaftsraum des Pfarrhauses ins Bild schob.

»Hallo-hallo?«

Clara sah einen Fuß, der in einem ausgetretenen Gesundheitsschuh steckte, und einen Ausschnitt blanken Linoleumbodens.

»Ist es gut so?«, fragte Gerda, die man anscheinend zur Technikexpertin ernannt hatte.

»Perfekt.«

»Hörst du uns?«

»Ja, ich höre euch.«

Die eigentliche Herausforderung im Zeitalter der Kommunikation bestand nicht darin, die Kommunikation herzustellen, sondern sie mit Inhalt zu füllen, dachte Clara. Doch nachdem die Erkundigungen nach ihrer Gesundheit und hastig nachgeschobenen Genesungswünschen verklungen waren, herrschte verlegenes Schweigen.

»Wolltest du etwas Bestimmtes?«, erkundigte sich Hilde schließlich. Sie klang maßvoll höflich. Offenbar hatte sie nicht vor, ihren Zwist übers Grab hinaus fortzusetzen. In dieser Hinsicht erwies sich das Sterbebett, wie so oft, als zuverlässiger Eisbrecher. Es brachte die Leute dazu, einem zuzuhören, selbst wenn sie es nicht wollten, und die Stimme zu senken, wenn sie einen anbrüllen wollten. Vielleicht sollte man den Tipp mal den Leuten geben, die diese Meinungsumfragen am Telefon durchführten, dachte Clara.

Und obwohl es Clara an diesem Tag besser ging denn je, atmete sie laut durch den Mund ein, sie brachte sogar ein Röcheln zustande. »Wenn es den anderen recht ist, würde ich gerne einen Kurzvortrag halten.«

Der Pfarrer im Hintergrund räusperte sich. »Jetzt?« Wahrscheinlich fand er, dass Clara bei ihrer Liste der Dinge, die sie vor ihrem Tod noch tun wollte, ziemlich seltsame Prioritäten setzte. »Was ist denn das Thema?«

»Marienerscheinungen.«

»Hatten Sie wieder eine?« Der Pfarrer klang so beunruhigt, als hätte Clara immer noch Flashbacks von einem Jahrzehnte zurückliegenden LSD-Trip.

»Nein«, sagte sie. »Eine reicht, finden Sie nicht?«

Ohne auf eine Ermutigung zu warten, begann Clara mit ihrem Vortrag. Sie sprach über Marienerscheinungen im Allgemeinen und davon, wie sie von der Gesellschaft bewertet wurden. Die einen sahen darin durch Bewusstseinstrübungen hervorgerufene Halluzinationen, die anderen gezielte Täuschungen. Trotzdem waren sich die meisten einig, dass Manifestationen des Göttlichen Menschen in ihrem Glauben stärkten. An dieser Stelle gab es Zwischenapplaus. Wahrscheinlich von Ulrike König. Der Furor, mit dem sie klatschte, erschien selbst Clara übertrieben, zumal sie im Grunde nur den Wikipedia-Eintrag ablas.

»Marienerscheinungen ziehen Gläubige an. Viele Orte, an denen sie auftreten, liegen in ländlichen oder wirtschaftlich benachteiligten Gegenden. Die Bekanntgabe einer Erscheinung führt meist zu einem enormen Aufschwung dieser Orte. Ein Beispiel dafür ist Lourdes.«

»Lourdes?« Der Pfarrer klang ratlos.

»Wovon redet sie?«, fragte Hilde. »Ist sie überhaupt ganz bei sich?«

Doch Clara, jetzt auf der Zielgeraden, ließ sich nicht mehr aus dem Konzept bringen. »Berichte von Marienerscheinungen, auch solche, die von der Kirche als echt anerkannt sind, sind nicht Bestandteil des offiziellen katholischen Glaubens. Jedem Katholiken bleibt es deshalb freigestellt, an die Echtheit einer Marienerscheinung zu glauben oder nicht.«

»Das ist ja alles sehr interessant«, sagte der Pfarrer. »Aber worauf wollen Sie eigentlich hinaus?«

»Ich finde, dass mein Erlebnis zumindest eine kurze Notiz in der Kirchenzeitung wert ist.«

»Über die Heilige Mutter Gottes am Glascontainer?« Hilde klang jetzt eindeutig ungehalten.

»Den Ort würde ich gern korrigieren. Ich war ziemlich durcheinander.«

»Wo hat sie sich dir denn gezeigt?«, fragte Hilde spitz. »Beim Biomüll?«

»Auf dem Marktplatz. In der Nähe des Stadtbrunnens.«

»Vor dem Schuhgeschäft?« Elisabeth Große-Suttrup klang erfreut. Ihr Sohn leitete das Schuhgeschäft.

»Nein, gegenüber.«

Hilde schnaubte. »Du meinst, vor der Praxis deiner Tochter.«

»Ganz genau.«

Sie hörte ein Potpourri von Geräuschen der Entrüstung, bevor Hilde ihre Empörung in Worte fassen konnte. »Du willst Werbung für deine Tochter machen. Und du glaubst, eine Marienerscheinung macht ihre Schrottpraxis beliebter?«

»Es macht den gesamten Innenstadtbereich beliebter«, erwiderte Clara ruhig. »Die Leute sehen sich die Stelle an, wo Maria erschienen ist, und dann kaufen sie sich beim Bäcker eine Brezel und im Schreibwarengeschäft eine Ansichtskarte. Sie essen in der Metzgerei zu Mittag. Und wenn sie sich die Füße wundgelaufen haben, holen sie sich aus der Apotheke ein Pflaster.« Es war wirklich nicht leicht, die Grundlagen der PR aufs Rudimentärste herunterzubrechen. Hilde erlitt einen vorhersehbaren Tobsuchtsanfall, und danach verlor sie jedes vernünftige Augenmaß. Sie bestand auf eine Abstimmung: Wenn dieser Mist in der Kirchenzeitung erschiene, träte sie als Vorsitzende zurück. Und zwar endgültig. Und dann erlebte Hilde jenen bitteren Moment, den alle Diktatoren, sofern sie nur alt genug werden, irgendwann erleben; den Moment, wenn die Untertanen, von denen man sich geliebt glaubt, aufbegehren und das Joch der Knechtschaft endgültig abwerfen. Es war eine zu gute Gelegenheit, Hilde loszuwerden, um sie an sich vorbeiziehen zu lassen, und die Frauen des Heiligen Herzens ergriffen sie.

Der Artikel über die Marienerscheinung, der schließlich in der Kirchenzeitung erschien, war ein Witz. Er war nur wenige Zeilen lang und bestand aus so vielen »mutmaßlich« und »angeblich«, dass Clara sich fragte, warum der Pfarrer nicht gleich geschrieben hatte, dass es sich bei der Augenzeugin um eine notorische Lügnerin und stadtbekannte Irre handelte.

Aber das spielte keine Rolle, denn Janna, die Lokalreporterin, die Clara beim Stadtfest interviewt hatte, sah das Potenzial der Story und brachte sie in die Lokalzeitung: groß aufgemacht, mit Foto und Originalzitaten. Größere Zeitungen bissen an, und schließlich reiste sogar ein Fernsehteam in die Stadt, eine Ansammlung nervöser, unsympathischer Privatsendergestalten. Der Beitrag, den sie drehten, strotzte vor aus dem Zusammenhang gerissenen Zitaten und ironischen Untertönen. Doch die Bilder der sauberen, in warmes Herbstlicht getauchten Innenstadt waren wunderschön, da waren sich alle einig. Man hätte sie in einem Urlaubsprospekt abdrucken können. Clara bekam reichlich Gelegenheit, über ihre Tochter zu sprechen, die Augenexpertin am Ort, einer Koryphäe, die – ironisch, nicht wahr? – selbst Wunder vollbrachte, indem sie die Blinden wieder sehen ließ.

Wenn ihre Tochter nicht gerade Flügel unter ihrem Kittel und eine Jungfrauengeburt hinter sich habe, sei sie nicht von Interesse, herrschte der Reporter sie an: Dies sei schließlich keine Dauerwerbesendung, sondern ein seriöses Nachrichtenmagazin.

Der Kameraassistent, der gerade im Begriff war, in eine Brezel zu beißen, musste husten.

Katrin griff zur Fernbedienung und schaltete den Fernseher aus. »Ich werde das Wartezimmer voller Irrer haben. Ich hoffe, du bist zufrieden.«

Eine Weile saßen Mutter und Tochter schweigend nebeneinander auf dem Sofa. Durchs Fenster konnten sie zusehen, wie Sky und Joachim im Garten arbeiteten. Der Rasen war mit etlichen Hügeln bunten Herbstlaubs übersät. Sky hielt gerade eine himmelblaue Tüte auf, in die Joachim einen Haufen Blätter hineinstopfte.

»Ich komme in die Hölle«, sagte Clara.

Katrin lachte. »Findest du das nicht ein bisschen übertrieben?«

»Nicht wegen der Mariengeschichte.« Clara stutzte. »Gut, wegen der vielleicht auch. Aber das meine ich nicht. Ich habe meine beste Freundin auf dem Sterbebett allein gelassen.«

Katrin nickte nur. Sie wirkte nicht überrascht. Anscheinend hatte Jannek ihr das bereits erzählt.

»Das ist eine Todsünde«, sagte Clara.

»Ist es, glaube ich, nicht.«

»Sollte es aber sein.«

Katrin seufzte, fuhr sich mit den Händen mehrmals übers Gesicht, zerraufte sich die Haare und gab Clara auf jede erdenkliche Weise zu verstehen, dass sie auf dieses Gespräch keine Lust hatte. Doch schließlich gab sie sich einen Ruck: »Der Todestag ist letztlich auch nur ein Tag im Leben. Ich meine, die Leute tun so, als drehe sich alles um die großen Tage, die Meilensteine, die Hochzeiten, Jubiläen, Taufen, Beerdigungen. Aber zu diesen Anlässen findet sich zur Not immer noch jemand. Die Tage dazwischen sind die Herausforderung. Und an denen warst du für Marie da, schätze ich.«

Clara schüttelte den Kopf. Es kam selten vor, dass sie

mit sich ins Gericht ging, doch wenn sie es tat, war sie unerbittlich. »Ich hab sie nur herumkommandiert, bevormundet und manipuliert.«

Katrin lachte. »Du hast einfach nicht gelernt, Bitte zu sagen. Das ist kindisch, macht dich aber nicht zur Marionettenspielerin. Außerdem gehört zum Marionettenspieler eine Marionette, und ich glaube, dafür war Marie zu klug.«

Clara fühlte sich milde gekränkt, sagte aber nichts. Schweigend schauten sie nach draußen in den Garten, wo gerade ein heftiger Windstoß in die mühsam zusammengerechten Laubhügel hineinfuhr und das bunte Herbstlaub durch die Luft und in den Himmel wirbelte. Joachim schmiss seinen Rechen ins Gras und setzte sich auf den Boden. Sky schüttelte traurig den Kopf.

»War ich eigentlich eine gute Mutter?«, fragte Clara. Sie wusste, so eine gute Gelegenheit würde sich nicht so schnell wieder ergeben.

»Weißt du«, sagte Katrin, »du solltest es nicht übertreiben.«